姊妹

曾經的存在將於瞬刻間不復存在。

而他的每一個爬行動作，

一旦完成，

都在向他身後拋去，

成為“過去心”的一部分

——吳正

《姊妹》為吳正中篇小說集卷二，收錄：《生死隧道》、《風化案》、《姊妹》、《車行》四部中篇小說，以及三篇隨筆：《剽竊這門學問》、《究竟缺乏了什麼》、《語言的比重》。吳正小說着重探索個人和時代的關係，記錄那些曾經的存在和消失的瞬間。其小說章法萬千，佈局緊密之餘又總能讓人掩卷長嘆。與此同時，吳正又善長駕馭各種文體。其隨筆，或調侃或抒情，字裡行間梳理着人生的藝術和藝術的人生，包括如何在虛構非虛構之間設計那些精妙的交叉點。兩者相輔相成，共同構建其小說之獨特魅力。

——編者按

目錄

THE TUNNEL OF

生死隧道

BIRTH AND DEATH

我思故我在

——笛卡兒

我無故我覺

——作者

生死隧道

就我一個人在一條漆黑的隧道之中爬行，不知道已經過了多遠多久了。這是一種伸手不見五指的黑，挺指不辨其形的黑：墨黑、烏黑、漆黑——其實這裡什麼都不存在，除了黑暗本身。它將你團團圍繞，緊緊綑縛；濕滑的地面凹凸不平，但奇怪的是：你總能嗅到一股溫暖的、帶有血腥味的空氣。它讓我能維持呼吸，從而也維持了生命。

但我仍在朝前爬行——其實的所謂「朝前」，只是我的本能告訴我的那個方向，不因為什麼，只因為我知道自己是從後面一路爬行而來的。

我在追求些什麼呢？其實我也答不上來。我只是朦朦朧朧地意識到，在前方的某一處一定存在着這條黑隧道的盡處，只要我能堅持自己的那個朝前的爬行動作，一寸一分一毫一厘，終會有見到洞口光斑顯現的那一刻！

那個光斑既是隧道的端口，也是一個女人子宮的盡頭。這是條將生未生的隧道，我正爬行在通往另一個世界的出口處。我好奇，我興奮；但我也焦灼和驚恐。因為我知道在那兒等待着我的，將是一個繽紛多彩的世界，然而，卻更是一場血雨腥風的生命搏鬥。佛在經上（《菩薩處胎經》）告訴我們說：我們的所謂「入胎」，就是從進入「名色」那個十二因緣的第三環始，由此，我們便開始了漫長的十個月的「胎獄」期。如今，「六入」已臻完成，我，於是便開始了那段「向死而生」的艱難的爬行歷程。佛陀還說過，那十個月的「胎獄」其實是一場慘烈無比的痛苦經歷，痛苦到足以能夠消磨去你前世所有記憶痕跡，而不是孟婆湯或是忘川水之類。然而，處在那一個時刻的我，似乎還能模模糊糊地記起自己的前世，以及自己曾立下過的某個大願：我是要去到這個娑婆世界完成一樁大事，了卻一個心願，至於具體是些什麼，我真還無法記清了——怎麼說，我也已經歷了九個月的ordeal（煉獄）式的煎熬。至於說完全忘卻，那還須待一個生命完全進入了這個全新的世界之後。彼時，將有一個更大的痛苦在等待着你，那，便是「觸」之環節的開啟。新生嬰兒幼嫩的皮膚，在第一回接觸到這個娑婆世界污濁空氣時，一種刀割刃剮的苦楚便頓時向他襲來，這與人間極刑「凌遲」也相去不遠。而這，也就是新生嬰兒為什麼一出生就會「哇哇」大哭的緣由。他無法表達出來，但他正在深刻地感受着。除了大哭不已，他還能做什麼？而這種痛苦，這種能讓他徹底忘卻了前世的自己曾是誰，誰又如何會來到世間經歷這麼一場苦樂交織——苦遠大於樂——人生的種種以及種種，便於此「哇」的一句啼哭聲中起步了。

以上該段描寫其實是出自於我自己寫的那部叫做《昨天》的小說；唯一不同點是其中加多了些許佛學常識——在那個年歲上的我，還是個虔誠的基督徒，與佛緣接上，那是要在另一個三十年之後的事了。

說到了《昨天》那部書稿，欲於此多囉嗦幾句。這是一部長篇小說，起筆於1987年年中。緣起是因為我寫了《上海人》，又在浙江文藝順利出版，之後又收穫了大量的讚許與好評，該書的責編汪逸芳女士便趁熱打鐵，給我提了一項建議。建議說，我可以順着《上海人》的創作思路和手法，分別朝前和向後延伸出另外兩卷長篇來，由此，湊合成一部類似於巴金《家春秋》三部曲式的大東西。若成，她將為我送報「茅盾文學獎」。「茅獎」在當時，是項國家級的，專門頒給長篇小說創作的專用獎項，知名度極高，含金量也高。都頒發有好幾屆了，但就缺乏猶如「三部曲」一類的煌煌巨著。她讀了我的小說，領略了我的文字表達功力，再說，多少也知曉了我部分的人生經歷。她認為：我應該具備那種潛質。

我聽後，自然興奮異常。我摩拳擦掌，鬥志昂揚；雖說還是座空中樓閣，但仍顯示出了一付志在必得樣。我的所謂「人生三部曲」是如此來規劃的：第一部叫《昨天》，從自己一步踏入這人世間始，一直寫到與《上海人》所敘述的故事接上茬，這是《上海人》的前說；第三部叫《作家》，寫的是自己如何從一個實際上的從商者，搖身一變成為一個真正意義上的作家所走過的道路以及心路歷程。而這，又算作是《上海人》的後說部分了。

現在回想起來，不免感覺有點可笑：當年的我對小說創作的優秀與否及其價值幾何的認識，就停留在這個層面上。當然，後來一切都變了，如此規劃竟然莫名其妙地夭折了——造物主的提示與手法常常是含蓄的，出其不意、深不可測的。

我的規劃是夭折了，但你還別說，如此一部「人生三部曲」的巨構真還讓一位叫做「路遙」的西北作家給寫了出來，且也摘取了「茅獎」的桂冠。該小說我沒讀過，據說寫得很棒，是正宗的寫實主義手法，得上「茅獎」也算是名至實歸了。至於汪逸芳本人，後來，由她親自定選題，當責編，而後再負責送薦「茅獎」的書也有好幾部，其中有兩個長篇，在數年中竟然雙雙修成正果，載譽歸來。此乃整個浙江省出版界僅存的兩枚得過「茅獎」的碩果。之前沒有，之後，至少到今天，還未聽說過。可見汪女士作為一位優秀編輯的眼光、實力與判斷能力，真還有別於一般。

而我的那部《昨天》卻喪失了此一機緣。就在我剛寫完了四萬字，還自詡是一個「頗為精彩的入戲」時，我的手稿便在一次搭乘「的士」的旅程中，連手袋與錢包一同丟失在了車廂裡。我呼喊着，追趕「的士」出了好幾百米地，但終未能及，只得彎腰喘氣地望着遠去了的「的士」那冒着煙的尾管，在雲景道和怡景道的彎道口上消失（此事，我記得我曾在「人民文學」版的《上海人》中有所提及）。我失魂落魄地過完了整個炎灼而又濕熱的 1987 年的夏季，從此，便斷絕了寫「三部曲」的念想，直到 2016 年，我六十七歲。

那時的我已開始步入老年，宗教信仰也由基督教轉成了佛教。在偶然的一次盤腿冥想間，突然靈光一閃，一切便隨之而改變：「三部曲」的精魂再次被啟動。唯這回，再也不是《上海人》的前說與後續了；她以一個嶄新的面貌與姿態 taking shape 在了我生命耀眼的雲端：我決定再續前緣。這回的「三部曲」以「前世今生」為題旨，前兩部業已完成：《東上海的前世今生》以及《北港島的前世今生》。現在提筆啟墨者為其末卷：《一個人的前世今生》。而我，仍無法忘懷那個根深蒂固的 1987 年的夏季情結。其標誌是：我仍選擇了以記憶之中《昨天》的開端部分，充作了她的開場白——所謂「不忘初心，方得始終」，意即寓此？

再說回我在那條滑膩、濕漉、漆黑的人生隧道中爬行的情節線上去。

其實，這只是我的一個夢，一個反復而又反復作祟我睡魂中的夢。數星期、數月、半年或者一年，同一個場景經常會冷不丁地闖入到我的夢境中來，我遂發現自己又在那條漫長而又毫無照明源的隧道中爬呀爬的，心情沮喪得幾近於絕望！然後，我便醒了。然而，即使是在明媚的晨光中，這種沮喪的情緒也要在心頭盤旋許久，不肯散去。後來有一回，情勢變了。還是那個夢，但我似乎見到前方出現了一絲十分微弱的光亮了。是的，那是一種光亮，雖然 very dim, very very dim, 且還閃爍不定，但我的全部希望都在那個瞬間被點燃了！隧道的黑暗不再可怕！我，至少擁有了一個明確的方向感了，我在心中告訴自己說：就那兒，那兒便是出口，那兒便是希望，那兒便是黑暗的盡頭！

那回也不知是咋搞的，不僅一成不變的夢境有了新的推進，更大的突變更還接踵而至。說時遲那時快，隧道的上方突然就裂開了一道口子，一束光線直接射進了這黑暗的隧道中來。光線是如是的明亮，明亮得讓我那雙已經適應了漆黑現實的雙眼刺痛地幾乎無法睜開。朦朧中，我只見到有一隻戴有膠質手套的屬於人類的大手伸了進來，它一把將我揪住，提起，扯了出去。我頓時感到渾身上下一陣劇烈的刺痛，而一盞類似於弧光燈的光源在我頭頂之上一閃而過，而我，便被漂白去了所有的前世記憶。

在我，這可能只是一場夢境（還是夢中的某種情景再現？），但之於醫生，護士，還有我的那位仍處於麻醉昏迷狀態中的母親而言，我就這樣隨着「哇！」的一聲啼哭，便呱呱墜地，來到了這人世間。

那都是發生在 1948 年 9 月 10 日凌晨四點三十分的事。

其實，這個夢境還真是頗具涵意的：待我開始記事起，就老聽大人們說及我的出生事。我來到這人世間，並未按照正常的分娩程式：我是剖腹產。別忘了，那是在 1948 年的中國，除了在上海這樣的大城市，在「中德醫院」這樣收費昂貴的教會醫院，剖腹產子的個案是很少聽說的。但它，偏偏就輪到了我的頭上。大人們還告訴我，在經歷了六次習慣性流產，於其子宮內壁上長有一顆拳頭般大小肌瘤的，當年已年屆三十六歲，屬高齡產婦的我的母親，為了能保住我這一胎，就硬生生地在床上平躺了十個月，並付出了將被摘取卵巢、子宮、輸卵管等一切女性生殖系統的巨大代價，把我生了下來。「吳正，儂啊儂！儂地個小寧生出來，至少押上了儂姆媽個半條命，搭自儂阿爸個半生積蓄⋯⋯還有，儂小個辰光又體弱多病，三天兩頭跑醫院，儂長這麼大，都是用金條堆出來的呀！儂真是要好好叫唸書囉，將來不考他個狀元回來，儂哪能對得起儂個爺娘歐——儂啊儂！」我記得，童年時代的我，每逢淘氣不聽話時，大姨媽老喜歡用手指戳着我的額頭，如此說。

時近母親的產期了，據說那位留着上唇翹鬚的德國醫生和那個叫「楊蔭」的女助理，每日都會一早一晚兩次來到我們溧陽路的老宅，為我母親做產前檢查，以防不測。

楊醫生也是個留德的助產士，她後來還被我認作為了「乾娘」。因為除了那十個月跟隨德國醫生風風火火、趕出趕進的勞頓外，她還是在我生下來後的第三天，因被錯注射了一枝大劑量的嗎啡而窒息後，將我從死神手裡奪回來生命的那位主要操盤者（此事，我記得曾在「三部曲」的首卷《東上海的前世今生》有過詳述，此處不再贅言）。其實，我對這位所謂「乾媽」的印象是很模糊、遙遠和淡薄的。我甚至連她叫「楊蔭」這個名字，也早已忘得一乾二淨了。所有的，都只是些我學齡前憶斑的拼湊。我記得她家以前好像是住在虹口區「三角地」小菜場、那一帶的一條「新式里弄」房子裡，與我溧陽路的家，格局也差去不遠。她家的二樓也有一扇通往露台去的落地百頁長窗，推開長窗，站在陽台的欄杆前，能望見吳淞路上來來往往的車輛與行人。但後來就聽母親說，「乾娘家發達了」：在教會醫院收回國有，外國人都走了之後，乾娘好像還擔任過某屆「上海第一母嬰保健院」（其前身即為「中德醫院」）的院長。而她的那位叫「陳先逵」的丈夫（可能也是位留德生）則被委任為「上海市職業病研究所」的所長。夫婦倆如今都成了社會賢達了，吳淞路的家當然也就搬了出來，搬進了北京路江西中路轉角處的那幢用花崗岩壘起來的，叫作「銀行大廈」的一套大公寓裡。就在父親赴港謀生的那一年，母親還帶我去過那裡一回，為的就是要向她報告此一消息。那是座豪華的大公寓樓，蠟地鋼窗，寬敞明亮的客廳裡，沿壁排列着幾條乳白色的熱水汀管。客廳的中央陳設着一圍英式的三件套皮沙發，茶几上擺放着一隻盛有水果和糖果的點心盤。

「乾媽」見到了她的「乾兒子」很是高興，白白嫩嫩的、肌膚已開始鬆垂下來的臉上，綻放出一朵燦爛的笑容來。她抓起一把糖果來塞進我的手中，然後再用她那白白胖胖、細細軟軟的手掌摸着我的頭說：「乾兒子啊，多少年不見了。都長成個大小伙子啦……」

就這麼些記憶了，在往後的歲月裡，我幾乎將這麼個人物從我記憶的軟體庫中完全給刪除了，直到半個多世紀之後，我再次又見到了她。

那是 2020 年冬至前後的事了，是母親帶她來到我跟前的。那是在凌晨時分的一場夢中。那時的我，早已成為了一位虔誠而又精進的佛弟子了，每日誦經、抄經、持咒、禮佛、拜佛不輟。其實，說到我的那兩位不信神佛的父母（母親雖是個基督徒，但並不很精進；再說因我的婚姻破裂，家庭散架，令她含憤而逝，而這些，都會影響她亡後去向的）去世之後也都先後淪入了鬼道，後來還是靠我抄經的功德，才把他們一一超生去了天道。照理說，天道眾生歌詠唄樂，逍遙快活，是很少再會有去關心俗世人間的那些苦難人和苦難事的。但我母親不然，她仍一脈相承於她生前的那種樂施好捨、慈悲為懷的本性，即使是鬼道眾生，她也不棄。當然，那也必須是冥命中與我有緣的才行。母親可不願我對一切曾有恩於我者有任何虧欠。如此之「楊蔭」事件，真還發生過不止一次，而且都是凌晨時分，在我將醒未醒的夢裡。而他（她）們也都有一共同點：那便是生前都曾關懷、愛護、幫助和有益於我。這回，母親與「乾娘」並列站在了我面前，母親衣着華麗，渾身上下，還隐隐的透着圈光亮。但她身旁站立着那個女人卻是衣衫襤褸，模樣憔悴。唯我，於一瞥之間，便知曉了一切。我非但記起了她前一世的名字叫「楊蔭」，就連那位叫「陳先逵」的「乾爹」之名也一併記了起來。母親望着我，她並沒說什麼。但我說（其實，我也是在用我的神識與她溝通）：媽，我明白了。第二天一早，我便唸了好幾卷經懺迴響給了乾娘。我希望她能收到，上不上得去天道，我不敢說；但至少或能脫離愁苦萬分的餓鬼道，這點應該不成問題。

陡然插入一段佛學常識，並非故作玄虛。這都是些稍有涉獵過佛學經典（諸如《地藏經》《阿含經》《法苑珠林》）者都明瞭之事，並也沒有什麼太深奧的學問，當然，作為讀者，信不信由你，一切隨緣。反正於作者，這些既然都是我親歷之事，按照 non-fiction 的創作原則，或因某些顧慮，略去了不說，反倒不好——於己亦於人。

唯 1948 年的楊蔭才三十出頭，緊隨在那位翹唇鬚的德國醫生身後，手拎着一隻畫有紅十字的醫療箱，隨時準備遵醫囑而有所行動。當年的她年輕幹練，精力蓬勃，事業前程充滿了玫瑰色的誘惑。她當然不會知道六十年後的自己會身處何境何地？而這，便是人生，短暫而虛幻，如露亦如電，應作如是觀。

1948 年 9 月 9 日傍晚，母親的產門開了，她被從床上移到了擔架上，然後便送去了醫院。而對應着今日裡我的臆測則是：那不正是我在漆黑隧道中爬行時，突然見到前方有一點微弱光亮出現之一刻？

是的，就這樣，我便一步跨入到了這個娑婆世間，成為了這閻浮提七十億人口中的一員。為的是要前來償還一筆累世劫以來的欠債，實踐某項未生前許下的大願。六十六年後，在上海崇明島的「廣福寺」，玄光方丈神色嚴肅地告知我說：1948 年 9 月 10 日凌晨四點三十分，你可要記住了這個時辰那；早一分鐘不是你，遲一分鐘也不再會是你。別人的時辰都有三個鐘頭的寬限，唯你的，只有一分鐘！聽他說這話時，我與好友陳先法，都不無敬畏地站立在他方丈室的座椅前。

我面覲玄光法師其實先後也僅得兩回，而每回的時間也都不超過十五分鐘。但，怎麼來說，其實還應該加上另一回。那一回，法師應邀，從幽靜的崇明島趕出來市區的「功德林」素齋館，出席由台灣的法師和居士們為他而設的宴席。他事先就給先法兄打了電話，喚他也一同前來作陪。法師的真正目的，現在看來，就是要同他（先法兄）一談他的那位好友「吳正先生」的前世今生之種種。其實，法師的話並不多，每回也就寥寥數語。但生性忠厚的陳兄聽罷，既興奮又激動。飯罷，剛邁出「功德林」大門，還沒在陽光灼灼的南京西路上走出十多步遠呢，就迫不及待地用他的手機給我打通了電話。在電話中，他原原本本地告知了我，坐在他旁座上的玄光法師所說的關於我的那幾句深刻而又含蓄語。我聽罷，自然驚訝，但多少還算鎮定，有點兒胸有成竹的意思。所謂「天機不可洩露」，我想，法師所說所做的，至此，也算是個極限了罷。在這裡，我引用的只是他說過的其中的一句話，其餘的，在後文的敘述中，容我逮得時機，自會一一道出，還望各位看官見諒，給多些耐性。

生死隧道

時間就這麼地流呀流的，又過多了七年半，此刻，我落筆稿紙的時間是 2021 年的 7 月 20 日，地點是在我香港北角丹拿山的寓所，今年我七十四歲。而那個在黑暗隧道中努力朝前爬行的感覺以及動作竟然再次復活了！唯這回不是在夢中，而是在現實生活裡。

2020 年 1 月 26 日，武漢因疫情封城後的第三天，我便匆匆收拾行裝，搭機從上海趕回來了香港。但又有誰能料到呢？這一走，一年又有半，滬港間的往來幾告阻斷，從而讓我那個多年來已習以為常了的上海半年香港半年的生活規律全被打亂了。

說實話，假如在當時就讓我知曉後事，又假如一定要我在香港和上海之間做出一個選擇的話，我選擇的定居點毫無疑問是後者。自 2008 年逃離香港，到 2017 年，我再度回去，滯留在上海的九年中，其實，我也是十分懷念香港的，懷念香港的那個自己曾經擁有過的溫馨的家，懷念兩個女兒，懷念那些與我朝夕相處了三十多年的香港同事們，懷念香港這塊土地上的即情即景和那些絲絲縷縷的熟悉氣息。但怎麼說，那也僅僅是停留在了「懷念」這個層面上，最多，也只能算是一種「強烈的懷念」，如此而已。

但上海不同，上海是我賴以生存的土壤與空氣哪，我感覺自己都快要窒息了，就像是一株被連根帶枝葉一同從泥土中拔起的植物，如今曝曬在了烈日當空下，漸告枯萎了去。困厄在香港這座孤島上，已經有整整五百多天了，別說回上海，現在就是連去澳門、台灣、日本和東南亞各處也都沒有了可能。遙遠，就像是兩顆漂浮在了太空裡的不同星球，無法登陸。

我無人說話，無人面對，在一方五百來尺的公寓裡，從這頭走到那頭，無望、無助、無路、無得其門而入。強烈的落寞感和孤獨感，令那個二十多年前曾折磨得我死去活來的抑鬱症再次捲土重來：我整夜失眠、心悸、驚恐、絕望，大汗淋漓之後又跌入渾身顫慄不已的冰窖中。

這一回，我感覺自己又回去了，回去了那條毫無照明源的、漆黑的隧道之中去了，並再次開始了那個可怕的一寸一分一毫一厘的努力向前爬行的動作。是的，恰似七十三年前，我爬向將生未生之洞口去的那條隧道：一樣的漆黑、陰冷、濕漉而滑膩；一樣的征途漫長，一樣的伸手不見五指，挺指不辨其彎直。

唯有一樣，似乎有異於七十三年前。那便是：我可以斷定，自己的爬行方向必定是朝着洞口的。何以故？理由有二，留待後敘。唯此一刻的我，最熱切期盼的，仍然還是那束從洞口射入來的光亮，哪怕再 dim。

又要說回去 200X 年 年初夏的某個晌午，我與先法兄再次結伴去了崇明島的「廣福寺」——是的，這便是我前文所敘的兩回面覲玄光法師的其中一回。彼之所言，除了述及到的我的出生年月日時辰是 1948 年 9 月 10 日凌晨 4 點 30 分之外，還提及了另一樁事：「施主，發生在你身上的一切，終會有真相大白於天下之一天的，時間是在 200X 年年，時年閣下虛齡七十幾歲！」於當時的我聽來，這幾乎是一個遙遠得來可望而不可即的日期。我說：「這豈不是要我再等上漫長的多少年嗎？」法師淡然一笑：「這，不正好能讓你消清你的業障嗎？」

我無言以對。我知道，命格之事無人可以改變。

當然還有，還有就是他使用那個特殊的詞彙：真相大白（於天下）。聞言，我與先法兩個面面相覷了好一會兒。因為我們都明白，達到了這麼個修煉層次的法師，要麼無語，一旦語出必驚人！

插入一段旁說。當年社會上正流傳有一則有關「聶樹斌案」的新聞軼事。說是上世紀八十年代初，內蒙古青年聶樹斌因第一時間發現公共女廁內的一樁謀殺案而報警，誰知警方卻在「並無旁證可供追尋」的前提下，一口斷定聶玩的是一場「賊喊捉賊」把戲。可憐的聶青年便不由分說的被定罪為一場奸殺案的真兇。投入大牢，且被判了死刑。更慘者，其死刑還被提前執行了。原因是當年社會上某位名流的 DNA 比對恰好與聶的高度吻合，儘管案件仍在上訴中，可名流的腎衰竭卻拖不起啊！這就是聶樹斌的命網，劈頭蓋面地復罩下來，哪裡還來有能讓你逃脫的一丁點兒機會？如此這般，聶非但失去了性命，還失去了雙腎，非但失去了性命和雙腎，還得在死後背負上二十七年之久的奸殺犯的罪名！後來的平反，一是因為真正的兇手因旁案入網，坦白了前科；但更重要的是：當年的那位聶案提前執行死刑的批示者，內蒙古公安廳長 XXX 後來被證實是前政法委書記周永康的黨羽！現在，連他自個兒都榮升成了「秦城居民」了，蓋子當然也就捂不住了。於是普天同頌當今皇上聖明。聶之雙親獲得了一百二十七萬元現金賠償的同時，聶之冤案也得以昭雪。人雖已不在了，但因遭此大難而盡消了業障的聶的神識，此刻，從天堂俯瞰人世間發生的這一幕時，也應該感覺欣慰了。

不知怎麼的，就在法師說出那四個字時，我突然就記起了這件事來。我不無困惑地重復了法師的話：真相大白於天下？我說：「我也勉為聶樹斌第二了不成？」法師聽了，先是笑而不語，繼而言：「難道汝事與聶案就完全沒有可比性麼 —— 所異者，只是各自消業障的方式不同罷了。」聞言，我略有所悟，遂頷首示同。

擱下聶案不說了，單憑玄光師傅的那個 200X 年，我虛齡七十幾歲的斷言，我便應升起信心來：前方就是洞口的方向無疑，仍留在漆黑一片中，不表示什麼，只是第一縷曙光顯示的時機猶未成熟故，忍耐（佛學的專用名詞叫作「忍辱波羅蜜」）以及手足胼胝地匍匐爬行不已（佛學名詞：精進波羅蜜），才是我此刻必須付出的代價。這，就與我七十三年前的焦慮情緒迥然不同了，那陣時，before 第一斑弱光顯現前，我其實是完全茫然不知所措的。

所謂「理由有二」者，此乃其一。

第二樁是兩年前的今日，即 2019 年（己亥年）四月初八，佛誕日，我在上海「靜安寺」接受了三皈依。為我作皈依的師傅是該寺的方丈：慧明大和尚。他是為我作單獨皈依的，地點選在了「大雄寶殿」大廳邊上的一間小禪房中。慧明法師本人及其近徒十來人與我一同誦經三四十分鐘有餘。事畢，遂由大法師親授我以「靜一居士」的法號。儘管我已誦經唸佛茹素許多年了，但正式被列入佛弟子花名冊則始於此回。

自此，我每日的修行便更加努力精進，而與觀音菩薩的感應道交亦愈發增強。所謂顯感顯應，冥感冥應，顯感冥應，冥感顯應；我真真切切體念到了那個事實真相：盡虛空遍法界，佛菩薩的法身無處不在。分別只在於：以佛身得度者顯佛身，以菩薩身（貴人）得度者顯菩薩身，以羅漢身（善知識）得度者顯羅漢身；進而，以耶穌身得度者顯耶穌身，乃至，以冤親債主身得度者，佛菩薩也一樣會顯冤親債主身。觀音大士的三十二應之妙法妙示妙用妙悟如是如是。念及此，我心釋然矣！而滬上兩位大法師：神通第一的玄光法師和佛慧第一的慧明法師為我雙雙佐證，焉有疑竇仍還不解之理？

所謂「疑竇」，就是指對於那洞口方向感的辨別。而這，又與七十三年前我的歷煉何其相似乃爾？前方決定就是洞口——儘管於此一刻仍未見有光斑出現，但它必定存在於那裡（未來心），身後是來道，七十三年前是我的前世。七十三年後，則是我的今生（過去心），而我在黑暗中的艱難爬行則是我的此時此刻（現在心）。它們所以都是假的，虛妄的，這是因為在經歷了之後，無論是前世還是今生，過去了也就過去了，不再會有任何意義；或者說，它們都將歸結於同一個意義：曾經的存在將於瞬刻間不復存在。而我的每一個爬行動作，一旦完成，都在向我身後拋去，成為「過去心」的一部分。難道，這不就是事實的真相嗎？而這，便是佛教既深奧又淺顯的理論基礎。當然，洞口光亮之顯現，仍是此一刻我所最渴望的，202X年，我虛齡7X歲，玄光法師不是在多少年前已經告訴我了？但在我潛意識的深處，我仍執着那個原則：眼見為實。當然，這還是我們凡夫的知見，非覺（智）者的。

其實，所謂「再來人」，在我的認知裡，應該分為兩大類：一是遊戲人生的佛菩薩再來，他們來到這世間的目的只有一個，那便是以種種方便法度脫不同根性的有緣眾生。《法華經》中所謂的：世尊少病少惱，眾生易度不？意即於此。第二類是自個兒發願（包括了初果與二果的聲聞眾）要求來到這人世間還清前世宿債，以期來生之境界能更上一層樓的。而我自忖：我，或屬後者？——是耶非耶，出洞那刻，自見分曉。

但畢竟，正如我在前文中反復述及者，洞燭光亮仍是此一刻我之最熱切的期盼。我每早每夕都會在觀世音菩薩的塑像前跪禱：大慈大悲觀世音菩薩哪，可千萬別讓我在絕望中陷得太深太深了啊，我擔心我會退心，因為，我感覺自己快堅持不住了！

對於如此呼喊的顯感冥應是：光亮終於出現了！但不是在現實中，仍然是在夢境裡，凌晨時分，將醒未醒的夢境裡。而更weird的是：光亮的出現並不在前方，在我望眼欲穿的洞口的前方。恰如七十三年前的那一回：隧道的正上方突然於此時裂開了一道口子來，一束金燦燦的光線射入，遂驅散了隧道中全部的黑暗。這一回，並不見有一隻戴膠質手套的人類的手伸進來，將我揪住，一把提出去。而是有一股無形的吸力，將我給吸了出去。也沒有一盞弧形手術燈什麼的一閃而過，繼而讓我感覺到肌膚的一陣強烈刺痛，之後便喪失了全部的前世記憶。而是有一片無邊無垠的金色光海，讓我沐浴於其中！金輝明亮無比，卻毫不刺眼，因為並無一個固定的光源存在，光線是從四面八方將我圍裹了起來的，柔和、均勻、調順，我瞥見莊嚴慈祥的觀世音菩薩的紫磨金身就座落於光海之中。我感覺周身上下舒坦、溫暖、服貼、美妙極了，美妙得簡直無以言傳！然後，然後一下子，我便醒了。醒了，又重新回來了這個娑婆世界。

拂曉時分，從窗簾隙縫中透入來的天空光告訴我，時間約莫是在凌晨六時許。我雙手墊在了後腦勺，望着睡房灰白的天花板發呆，而讓自己的靈魂仍沉浸於那片金色的光海中。Now I am just wondering，這夢究竟意涵着什麼呢？人生的一前一後，一首一尾，同一個場景，卻導向去了不同的結局。我，一個無世劫以來流浪於六道間的孤兒啊，是多麼渴望能回去自己佛國的故鄉哪！

我掀開了被子，撐起身來。我扭亮了床頭櫃上的枱燈。在枱燈的光流裡攤開有一份枱曆。枱曆上的日期還停留在昨天：2021年5月19日，農曆四月初八。下面有一行粗紅的字體：佛誕日，公眾假期。

我的小說引子，至此，本該打住了。但我欲再加多一段不能說是有關，也不能說是完全無關的往事。

2015年一月，我接受了電影學會和騰訊視頻的聯合採訪。採訪者也是位作家，叫貝魯平。彼時，我的《東上海的前世今生》剛脫稿，正處於修改的階段，而書的出版機構仍未落實。貝兄問我，據說，您在寫一部「生命三部曲」，《東》卷只是其中的首部，是這樣嗎？我說，是。貝兄又問：哪您可否談一談您今後的創作計劃呢？我又說，可以。我說，我的第二部書的書名已經確定，叫《北港島的前世今生》。至於那第三部，也是該三部曲的末卷 —— 其實，還不僅僅是三部曲的末卷，它很可能成為替我整段從事大規模文學創作之生涯劃上句號的那部書 —— 它的名字叫……

但貝兄卻在此時打斷了我的話頭，道：「《北港島的前世今生》打算何時開筆呀？」

我頓了頓，不得不將他的話題接住：「那就要看緣分囉。現在，我仍回不了香港，但若要動筆，而後再成書的先決條件必須是：我能重新踏上香港的土地，並開始在那裡生活。唯其如此，我過往三十年香江歲月的種種儲存才可能被重新啟動，氣場接上，記憶的精靈們撲翅飛回，它們將你團團圍住，到時，恐怕你不想動筆也非動筆不可了呢！」當然，那一刻的我，一切仍處於不確定中。我不知道命運之謎將會給出何種答案？而答案給出的快慢與好壞，決定了我那部書完成的遲緩以及基調。

貝兄聽罷，點頭說道：「那倒也是！那倒也是！」

就那麼巧，在那回接受完採訪的第二年，即 2016 年中秋過後不久，it really happened. 我的兩個女兒突然從香港打來電話說，為我找到了一處由政府資助的優質的老年公寓，地點恰好位於北角的小半山上。其實，於此之前，女兒們為了能讓我回到香港去居住，也曾多次提出過不同的 offer，但均遭我一一拒絕。唯這次不然，我也不知咋地，就脫口而出地說了「好吧！」兩個字。女兒們隨即張羅，而我，也於 2017 年年初重啟港式生活。於是，恰如前料，便有了《北港島的前世今生》在 2019 年年中的竣工。

再回到 2015 年的那次採訪中去，就在聽完貝兄的那句「那倒也是，那倒也是」的笑語後，我仍心有不甘，我決定要把自己被人打斷了的話頭重新接上。我說：「我那第三卷書的書名叫《一個人的前世今生》——見題便知，此書的涵蓋範圍可要比前兩部的寬泛多了——」

「哪，該書又會在何時開工呢？」

「我想，那可能會是在另一個十年之後的事了吧？屆時，境遷物移，人事滄桑，一切都已塵埃落定。

耿耿於懷者也漸趨通達，而本來就通達了的，很多或已離去，離去而到了與這娑婆世界再無任何瓜葛的另一個世界。凡事一旦進入歷史，須隐去和粉飾的，也就變得愈發稀薄和有限了起來。於一部非虛構小說的創作者而言，此舉無疑是能有效地增加其落筆時的自由度和輕鬆感的，減少了許多前顧後慮的自縛——難道不是這個理嗎？」

於是貝兄再次點頭稱是，而我，則望着他，表情曖昧地笑了。待此刻再回想起當年的那一幕情景時，我問自己說：這會不會真就一語成讖了？

2021年7月20日

於香港 Tanner Hill 寓所

《生死隧道》後記

重閱此文是在其完稿一年後今天的事了。原因是：打開網站，這裡那裡到處都是有關鄭州 7.20 五號線隧道大洪水慘劇爆發一周年的報道與紀念文，且各各都將此慘案統稱為「死亡隧道」。儘管準確的死亡人數至今仍是個謎，但在洪水退卻後，從那五公里長的隧道間拖出來的殘車敗胎足足有千輛之多，便已多少透露出了事實的真相。藍白色的厚塑屏將現場圍了起來，屏內，是做清查功夫的有關人員；屏外，則堆放滿了黃白色的菊花、挽聯，以及呼天搶地的死者或失蹤者的親屬。場面震撼、慘烈、觸擊心魂！此情此景，即便是遠在千萬里之外，隔着手機螢幕的觀看者，也無不為之動容、心酸和掉淚的。

「死亡隧道」？我不也寫過一篇叫作「生死隧道」的短篇小說嗎？那應該是在約莫一年前的事了。

其實，此文之所以動筆，原是作為我那部生命三部曲之末卷《一個人的前世今生》引子篇的。如今，既然因疫情困在了香港這座孤島上，出期遙遙，每日除了固定的佛學功課：誦經、打坐、禮佛、拜佛外，無所事事，哪又何不趁時契機地把心目中的那最後一部長篇抓緊完成？也算是為自己整段的文學生涯圈上了個心安理得的句號了——況且我正準備抬腿邁進自己七十三歲的門檻呢？時不饒人也不等人哪！然而，就當「引子篇」完成，卻發現世事更加動盪，人心越趨混亂，人生觀劇速裂變，價值觀尖銳對立。而原有的，讓世界平穩發展了近八十年的全球秩序，正處於崩塌的邊緣，人類的生存前途籠罩在一片不確定的愁雲慘

生死隧道

霧中。總之一句話：Now when everything is swirling in the air, 你又何來可能在 all dusts settle down —— at least almost settle down —— 之前來寫好你的那部《一個人的前世今生》呢？既然採用了「前世今生」這四個字，說什麼也應讓小說的字裡行間 subtle 着某種恍如隔世的異樣感才對，才有滋味吧？念及此，遂決定按下暫停鍵，看看世界、中國與港台的情勢將如何演變再說。如此一拖，又過多了一年。

及此，便又回到了文章開頭的那句話：重閱此文，那是在一年後的事了。

應該說，我的這篇「生死隧道」與 7.20 慘案，本是兩樁 totally irrelevant 的事，但標題？標題又怎麼啦？標題竟只有一字之差：「生」，以及「死」。我感覺有些蹊蹺，更有些詭異，遂拉開抽屜，翻出了那篇舊稿來。我從頭至尾地讀了一遍，但我的目光卻凍結在那最後一行字上，無法挪開：2021 年 7 月 20 日識於香港 Tanner Hill 寓所。

想一想吧，那是什麼樣的一種百千芒刺紮背的驚悚感哪 —— 慘案的發生與我寫就此文竟然同日同題！假如說仍有什麼差別的話，就在「生」與「死」，那兩個關鍵的字眼上。我那隧道是條唯有通過死，才能得以進入另一種生之模式之道，而 7.20 的那條，則是深入去了死之未知與無底黑暗的不歸道，如此罷了。

足足有一分鐘，我的目光被死死地釘實在了那行字上：Accident? Coincidence? No, there is never such a kind of things as accident in this world —— 我自己對自己如是說，哪怕再小，諸如，喝一口水吃一

勺飯。所謂「一飲一啄，莫非前定」，我從來就是深明其中奧理的，怎會相信如此大事僅是個巧合呢？遂決定將此序文抽出，獨立成篇，借此「吳正中篇小說卷二」出版的機會，率其正文而先面世。順帶，也可以說上幾句有關生死的，希望不會是多餘的話。

其實，就人的靈性（魂）而言，根本就沒有生死那回事。所謂死即是生：往生、再生、重生乃至永生。有一首叫《死》的短詩如是說：靈魂住所遷居／必須經辦這麼一種／手續。就這麼簡單，如同遷戶口，從一種存在形態過渡去了另一種。至於說後一種將會比前一種更殊勝呢，還是更糟糕？那就完全端視閣下於此生中，行誼思識之優劣善惡，各佔幾成而作厘定了。此乃因果律，即天律，無可撼動，亦不容商榷。

《法華經》觀世音菩薩普門品有云：念彼觀音力，火坑變成池；念彼觀音力，波浪不能沒。又云，（稱其名號），設入大火，火不能燒；（稱其名號），大水所漂，即至淺處。再云，諸商人齎持重寶，經過險路，其中一人，作是唱言，南無觀世音菩薩，於此怨賊，當得解脫。在我一個佛弟子眼中，視件為理所當然，易如反掌之事，於洪水沒過車頂的那千鈞一髮之際，竟無一人記起，或者說，即是記起了，也無法能真正脫口而出那句功力無邊的聖號來。何以故？——如此困惑，如此疑問，如此納悶，也一樣地會從我心底升起，每每當我見到 9.11 和馬航 370 事件重播時。末法時期，眾生墮入在醉生夢死的幻境裡，德薄垢重，作以奈何？於是，一切便變為了一種命定，魔鬼非但攫取了人的肉體，還擄走了他們的靈魂，讓人扼腕，讓人惋惜，讓人唏噓！

生死隧道

然而，逝者已逝，生者仍存；信不信當然由你，但說不說則在於我。於我，是必須要將我個人的深切體念說出來，分享於諸位，以資共勉的。這是我的，一個佛弟子的職責。反正，一切隨緣就是了。

謹以此文作為一篇遲到了的悼辭，一場哪怕功德和功力再小再有限，也應該做一做的，變了相的超度：

願一切受難者早日擺脫迷惑，放下牽掛，消除嗔恚，往生善境。

2022 年 7 月 20 日—11 月 30 日

於香江寓所

風化案

FIDDLER

攤開　為了讓他人評看
攢緊　是為了讓自己掌握
命運

——作者

FIDDLER

觀花客（中篇小說）

一.

楊曉海第一次來到我們銀行應聘楊某部門一職是在三年前。我記得他穿一件POLO領恤衫，一條淺黃色的休閑褲，儒雅而斯文，他彷彿不失一種風雅。事實上，這樣的穿著反倒也顯了他作為一個藝術家的隨意。

是公司負責人事的一位同事接待的他。但說起一分鐘我馬上就開始注意到他了（想必在當時，他並不知道我是誰）。陳同事：他說一口帶濃重的臺山口音的廣東話。他沒帶簡歷，也不出示任何可供證明資歷學歷的文件；說話的語調隨隨便便，臉上的表情也相當中性，彷彿這份工作於他可有也可無。我心中覺得有點好奇，有點困惑，還有一絲冷笑的意思湧上了心來：楊先生擺了這麼大的架子，又何必多此應聘一舉呢？

我站起身，正欲離去，就聽到他說：先生，請問你們的銀行嗎？那位小姐答道，有點然。但……。"但"的意思很简单：你又不是前来报名学琴的学生，我们所聘用的是师资者，有关你的要求先学习一下将来的学习环境，由我们再作决定。你是来教琴，我们公司最后用不用你还未知呢，琴房又何又与你有何相干？

但我倒是正因听闻它的口音又转回了身来，我用上海话道："侬是上海人？"

就从这一句话开始起，我俩间的对话与交流——我指的不仅是语言上的，还有心灵上的——便从此开始了。同时开始的还有我俩间的友谊，这很可能是一种我相信会维持一辈子的价值所在、会传接着的友谊，但它被我们俩人所接受。

与其说因是上海人让我俩亲近起来，还不如说是有其他的因素。比方说，我俩都是艺术上的同行，又都喜爱音乐；两人基本上是同代人，而我们在上海的家也都住得离开不远等等。

我说，你是上音出来的吧？他说，是。我又问，你是上音哪一届的？他说，你是哪一届哪一级的，我还说了，他说他就是同我同届级的。

我又问，哪，你又是哪一年来的知道？他说，哪年哪年。我再问，哪你想来这[illegible]又是谁介绍的呢？还是……？他于是便笑了起来，说道，凡像我们这一行的上海人，有谁不知道有一间叫××的书斋啊，老板是个上海人，是个文学爱好的才子？这，还用问人，还用谁来介绍？——对了，老板是你，你就是老板吧？我向他说了谢，不置可否。我想，当时的我还有可能稍稍皱了皱眉头。我不喜欢"老板"的字，尤其不喜欢人家叫我作"老板"。连我自己也搞不清，我的这个"臭名"是几时开始远播的？世界上的事就是这个样子：千方百计要出名，要想做"老板"的，往往不能如愿以偿；不想的，却又被人强按个头衔下去，太自了，却又觉得根本不是那么回事。

我说，你[illegible]这常要来听了这是一句多余的话，而且还是反话——这不是件好搭话的事吗？[illegible]不[illegible]是我，这么"文学爱好"的才子问出来的话，但偏偏，就是我问了出来。他也不置可否地望望我。会意多那样，一笑

一

楊曉海第一次來到我們琴行應聘提琴教師一職是在三年前。我記得他穿一件POLO的T恤衫，一條淺米黃色的休閒褲，皺巴巴的，一付不修邊幅的樣子，但仍不失一種風雅。事實上，這樣的穿着反倒更加凸顯了他作為一個藝術家的隨意。

是公司負責人事的一位同事接待他的，但站在一旁的我馬上就開始注意到他了（想必在當時，他並不知道我是誰）。原因是他說一口帶濃重上海口音的廣東話。他沒帶琴來，也不出示任何可供證明資歷與學歷的文件；說話的語調隨隨便便，臉上的表情也相當中性，仿佛這份工作對他可有可無。我心中覺得有點好奇，有點困惑，還有一絲冷笑滋生出來：擺架子罷了，既然如此，又何必多此應聘一舉呢？

我轉過身，正欲離去，就聽到他說，能先看看你們的琴房嗎？那位小姐答道，當然能。但……「但」的意思很簡單：你又不是前來報名學琴的學生或者家長，他們是消費者，當然有權要求先參觀一下將來的學習環境，而後再作決定。你是來教琴，來賺錢的，我們公司錄不錄用你還未知呢，琴房如何又與你有何相干？

但我倒是正因聽聞此言又轉回了身來，我用上海話說道：「儂是上海人？」

就從這一句話起，我倆間的對話與交流——我指的不僅是語言上的還有心靈上的——便從此開始了。同時開始的還有我倆間的友誼，這很可能是一種香港社會的普世價值所無法接受、無法理解、甚至無法認同的友誼，但它被我們兩人所接受。

與其說同是上海人讓我倆馬上熟絡起來，還不如說更有些其他的因素。比方說，我倆都是藝術上的同行，又都酷愛音樂；兩人基本上是同代人，而我們在上海的家址也都住得離開不遠；等等。

我說，你是上音出來的吧？他說，是。我又問，你是上音哪一屆的？他說，是X屆X屆的，還說，他與誰誰誰是同班同級的同學。我又問，哪，你又是哪一年來香港的？他說，X年X年。我再問，哪你想來這裡教琴又是誰介紹的呢？還是……？他於是便笑了起來，說道，凡搞我們這一行的上海人，有誰不知道有一間叫XX的琴行啊，老板是上海人，是個文商兼備的才子？這，還用問人，還用誰來介紹嗎？——對了，老板是你，你就是老板吧？我向他望了望，不置可否。我想，當時的我很有可能還稍稍皺了皺眉頭。我不喜歡「老板」兩字，尤其不喜歡人家喚我作「老板」。連我自己也搞不清，我的這個「臭名」是幾時開始遠播的？世界上的事就是這個樣：千方百計要出名，要想當「老板」的，往往不能如願；不想的又被人強安個頭銜下去；安上了，卻又覺得很不是那麼回事。

我想轉個話題。於是說，你沒帶琴來嗎？這是一句多餘的話，而且近乎於荒唐——這不是件明擺着的事嗎？至少這不像是我，這麼個「文商兼備」的所謂「才子」應該問出來的話，但偏偏，就是我問了出來。他也不置可否地望望我，含義無非有二：一是他不屑作答；二是對於我對他先前的那個提問不予表態的一種及時報復。

我窘迫萬分，但就在我倆這一來一回地互望中，我們的心靈交流刻度又深入了一小格：他多了解了我些什麼；而我，也了解多了他點什麼。

負責人事的那位小姐見到如此情景，先是楞在了那兒，然後便合攏上宗卷，打算了結這場談話。她用眼睛望準了我，意思是說：怎麼樣？與許直到這一刻為止，曉海還沒完全能肯定我就是誰，但那位小姐毫無疑問是知道的。還不等我表示什麼，她便朝着應聘者轉過了臉去。那就這麼辦吧，下星期一來上班，她說。

楊曉海加盟我們公司攪起的是一場不大不小，然而卻又是無聲無息的人事波動。

琴行裡的好幾個年處妙齡的鋼琴女教師，突然都心血來潮地學起小提琴來了，而且都指定要讓曉海來擔任她們的導師。還有不少學生家長（多是些年輕的母親）帶孩子來上了兩堂課後，也都不約而同地表示要拜楊老師為師，還說要親自嚐一嚐李子的滋味。就像運動員訓練時有「陪跑」，留學生出國時有「陪讀」，她們都決意要為她們的孩子學琴來個「陪練」（孩子畢竟太小了，對音樂的理解能力有限，她們如是說），這也是香港兒童教育的特點之一。據說，為了達到望子成龍這一宏大目標，家長們的一切手段與能力都得用上。

琴行是商業機構，學生是越多越好，無論男女老幼，無論其動機是什麼，學音樂的天賦有沒有或有多少，對我們來說都一樣。提供良好的教育服務才是我們的份內事。搞公司管理的同事們都很高興，他們說，老板倒真是有眼力啊，找準了這麼個教師。唯那位管人事的小姐在暗地裡犯了嘀咕：哼，都着了什麼魔了！

說是「着魔」，倒真是有一點。別說那位小姐了，就連我也都有這種感覺。有一次，我在走廊裡遇見正好打琴房裡出來去上洗手間的曉海，我拍了拍他的肩膀，笑道：「嘿，老兄，豔福不淺哇！」話一出口，我便後悔了，我想起了第一次與他見面時的情形。但他倒沒什麼，用淺淺一笑回敬了我。欲言，而又止了。多少天後，在一個意想不到的場合，他也同樣地拍了拍我的肩膀，說：「聽說過女人禍水這一句話嚒？」我一怔，一怔之間，他已經走開了。

這裡至少有兩點問題耐人尋味，或者說須待澄清的。第一是，小提琴是一致公認的最難學的樂器之一。平時，我們琴行都是學鋼琴的學生遠遠超過學提琴的。但這回有點不一樣了，非但後者的數量大幅度地追趕了上來，而且還頗有要超越前者的意思了。這都是因為來了那位姓楊的提琴教師的緣故嗎？還有一點，也是最重要的一點：小提琴教學，導師與學生的肢體接觸機會最多。這是這門樂器的特殊性質所決定的。肩、臂、肘、腕乃至手指，無論是右手還是左手都極有講究。互相間的使力與配合稍有不協調，悅耳甜美的琴聲就永遠也甭想能奏出來。當然，每一塊肌肉的放鬆，每一處關節的連動，當老師的不是不可以通過言傳身教來作出示範，但怎麼說，都還是不夠的；有時，為了讓學生們能真正體會到個中的原理，導師親自動手去糾正一下學生的姿勢和動作，也屬是一件十分正常、合理和必要的事。

於是，問題便來了，便引發出多一層教學之外的深刻含義了。都說男女授受不親這套封建遺毒早該、事實上也早已被剷除了，尤其是在這現代化程度如此之高的香港社會。但畢竟，一男一女，又獨處一室，又衣着單薄（香港氣候一年四季都比較炎熱），又一擺一弄一觸一摸的，說沒點兒感覺，那是假的。我記得有一位中國女作家在與美國學者探討性這一主題時，說過這樣的一段話。她說，這麼多世紀下來，你們西方女性身上的每一寸肌膚都得到了最有效地開墾和利用；但我們是中國女人，我們不是你們。中國有九百六十萬平方公里的土地，但是可耕面積據統計只有百分之八。那些廣袤的處女地，那些貌似貧瘠的不毛之地並不是不可耕的，它們也都有敏感的神經末梢裸露在外。它們時時刻刻在等待，它們期盼着，焦急地期盼着，期盼着撫愛的手指哪一刻會在它們敏感的表層觸摸而過，於是，它們便會顫慄，便會痙攣，便會產生十倍於你們西方女人的更強烈的生理反應。

然而，女作家可能忽略了一點，那便是：在中國古代，並沒有小提琴這種樂器，這種樂器是在大半個世紀前剛從西洋傳入中國的。而如今，我們的小說主角，提琴教師楊曉海每日都要觸摸的，不就是那片未曾開墾的百分之九十二的土地嗎？

但後來，當我與曉海的關係發展到了一個已經是無話不說了的地步時，我才開始明白事情的真相也並非完全如此。他說，他的命中有桃花煞星，這不僅是他自己對自己命運的判斷，而且還得到了若干算命高手的確認。他們告訴他說，他就是這樣的一種男人，一種生來就會對女人產生出一種說不清道不明迷惑力的男人，他在這方面的孽根有二，一是他的眼神，二是他的手（琴）藝。算命人甚至還進一步預言，說他這一生，因為這類事的糾纏，大名會三次上報而成為一個路人皆知的新聞人物——當然這些說法，作為他朋友的我以及我小說的讀者們直到此一刻為止，還都只宜故妄聽之，不必太認真，這要看後續的故事究竟會如何發展而定。

但我倒是因為聽他這麼一說而心中產生出好奇來了。我開始認真研究起他的那二條所謂「孽根」來。關於第一條，無論我如何觀察和研究，總也弄不出個名堂來。眼神？他的眼神怎麼啦？不就是一般人的眼神嗎？既不流連顧盼也不風情萬種。但後來我想，大概因為我是個男人的緣故，所以無法讀出女人們能從其中讀出的意蘊來？至於第二條，我倒也是頗有同感的。那一次，恰好遇着空堂，曉海閑來無事，便在琴房裡兀自練琴，練了一會而就踱出步來，正巧遇上吉他導師也有空堂，呆在營業大堂裡，無所事事。他於是便邀他一塊來玩一曲合奏。

我記得這是個初秋的午後，金色的秋陽從琴行的落地玻璃窗中照射進來，鋪滿了全屋。室內開着空調，很安靜，有幾個等上堂的學生和家長坐在一旁的椅子上。曉海和吉他老師兩個就在大堂的中央架起譜架，玩奏了起來。是一首PAGANINI的提琴與吉他的兩重奏曲目。一般，很少有正規的作曲家會寫吉他與提琴的重奏，原因是吉他這種樂器從來就沒被正統的室內樂譜系認同過。但偏偏，PAGANINI這個音樂奇才就酷愛吉他，而且他將吉他與提琴玩得一樣好，一樣的出神入化。於是，在西洋作曲史上僅有的幾首提琴與吉他的重奏曲便都出自於他的手筆了。其實，這種別出心裁的樂器搭配反倒令樂韻格外別致，另有一功，讓人可以享受到一種意想不到的音樂野趣。他們兩個一拉一彈，搖頭晃腦，用腳打着節奏，一付如入無人之境的樣子。很簡單的道理是：來自於作曲家的靈感的神奇光環戴到了曉海的頭上去了。這是個不爭的事實，是一件他沒想這麼着也就這麼着了的事。當然，你可以說這是一種錯覺，但在這一刻，他成了PAGANINI 的化身，成了音樂的化身。

音樂就是這樣的一樣東西，應該說，是一種語言，一種心靈的語言。不用翻譯，也不需要解讀；樂聲奏起，每個人都有每個人不同的理解與感動。我一直記得那個秋午的那一幕情景：室外是一片陽光明亮的金秋世界，室內則是一片被朦朦朧朧的秋陽佔據了的領地。對於總是悶熱潮濕的香港氣候來說，這是一個難得的清朗爽利的日子。室內的每一寸空間都被 PAGANINI 充滿了，被十八世紀的典雅充滿了。而在場的每一個人平日裡被世俗塵垢所掩蓋了的靈性，也都在純潔的樂曲聲中被洗淨而又復活了。

後來，他倆結束了合奏。曉海抬起頭來，他發現全場的人都在注視着他。但他的目光躲閃着，儘量避開一切人，尤其是所有在場的女人的目光。而事實上，當時在這裡的，除了我與那位吉他教師之外，幾乎全部都是女性。一對母女就坐在他對面的座位上。小女孩十來歲，長得秀氣又文靜，文靜中還含着點靦腆；而母親則是一位打扮十分入時的性感少婦。小女孩抱着一架提琴，她是他的學生。而他急急地結束合奏，就是因為下一堂的上課時間已經到了。他向小女孩笑笑，招招手，說，來吧。你先進課室去，把琴和樂譜都取出來，我這就來。他上了一回洗手間，就匆匆回到琴室裡，隨手把琴室的門關上了。

就這麼一幕場景，呈斷面狀的，然而又是連細節都十分清晰地存留在了我的記憶中。

二

再把時間往前推移四十年，那時候的曉海還是個八九歲的小男孩：瘦弱、白皙、秀氣，玲瓏烏黑的大眼睛充盈着一股靈氣。

我當然沒有見到過童年時代的他（即使真見着他，我也未必可以分辨點什麼出來，因為在當時，我自己也是個大不了他幾歲的兒童），這是當我們成了好朋友後的有一次，他從皮夾的內摺裡，小心翼翼地掏出了一張已經全都發黃了的「咪咪照」給我看時，我才以一個成年人的眼光所獲得的一種印象。

「咪咪照」是一種只有半寸見方的黑白證件照，如今早已絕跡。小小的照片，四邊還讓花色軋邊機軋成了鋸齒形，以示藝術化。在我們的童年時代，全社會都生活在一種物質匱乏的環境中，一個孩子能單獨上照相館去拍上一張「咪咪照」，因而也都能算得上是件帶點奢侈的事情了。這種「咪咪照」，一般都會被整齊地剪貼在家庭照相簿的某一頁中，但曉海告訴我說，他家幾乎所有的照相簿，都在文革的抄家潮中被付之一炬了。他的那張「咪咪照」是被他自己從火堆之中搶救出來的，而且一直保存至今，故十分珍貴。

「咪咪照」的本身，就已將我和他同時帶回到了那個遙遠如夢的年代中去了。我想，我也照過幾張「咪咪照」的，只是如今早已不知了去蹤。我把照片擺在手掌中反復而又反復地撫弄了很久，仿佛是在鑒賞一件古董。我還找出了一架放大鏡來，有滋有味地辨別着照片上的每一個細節。我說，童年時代的你，真是個秀氣漂亮的孩子哪。但他說當年的他，最憎恨的恰恰就是自己的這付長相。為了這一點，令他喪失了不少童年生活的樂趣。在班上，他無緣無故地被人按上了個「娘娘X」、「嗲X」之類很難聽的綽號，並還常常遭人欺負。諸如給人「削薄蛋」（即用手掌在被欺負人的後腦勺兼拍帶打地飛快地掠過，以示輕蔑），「擺開勢」（即惡作劇者在被欺人不留神時，暗中伸出一條腿來，將對方跸個嘴啃泥）等等。他很羨慕那些粗野得連晚上都不用回家，白天可以不交功課的「皮大王」了，這都是些全班男同學們高山仰止的目標人物，他太想與他們接近了，哪怕就是當個可以跟隨其後聽人差遣的「馬仔」也好。但不行，他只能遠遠地望着他們胡天胡帝地玩個不亦樂乎。一旦當他怯生生地試圖向他們靠近時，他們都會不約而同地向他奮力地揮起手來，大聲地喊着：「去去去，娘娘X——阿拉不帶儂咯！」令他既懊惱羞愧又自艾自怨。

他說，他就讀的小學位於上海西北角的一條叫作「萬航渡路」的馬路上，而他家也住那附近。我說，萬航渡路我知道，一頭連接着中山公園，另一頭沿着蘇州河畔，彎彎曲曲地一直伸入市中心去。他說：正是。但他告訴我說，在他還沒出生前，也就是在上海的政權變色之前，萬航渡路是有個外國名字的，叫「極司菲爾」路，而中山公園則叫作「兆豐公園」，這些都是他的父親後來告訴他的。其實，在當年，極司菲爾路已經算是市區的邊沿地帶了。他還能朦朦朧朧地記起四十多年前的那一帶的景象：極司菲爾路的盡頭橫着一條鐵軌，鐵軌鋪墊在一塊間隔着一塊的巨大而又烏黑的枕木上。鐵軌綿長，沒有盡頭，兩端都隐沒在了灰藹藹的遠方。鐵軌上不常有火車通過，而那時候的上海也沒有什麼交通安全的管制措施，故人們都可以在鐵軌上自由行走或者跨越。而跨過了鐵軌的那一邊，就是一大片沒完沒了沒邊沒沿的郊田了。就是到了曉海讀小學的五十年代，那裡的情景也沒多大的改變。他讀書的那所小學位於鐵軌的這一邊，故還在市區之內。在遭人欺負後的那無數個黃昏，他也不回家，他就一個人坐在冰凉的鐵軌上，書包擱在一邊，望着田野盡頭橘紅色的夕陽，如何變成為一個巨大的鴨蛋黃，並漸漸地沉沒到地平線的下面去，心中充滿了悲凉和孤獨。

其實，就是從那時開始，他的家庭狀況也正在發生着翻天覆地的變化。家中日差一日年劣一年的經濟以及人倫環境，令到小曉海即使放了學也不願回家去。他寧願一個人坐在鐵軌上，呆呆地望着落日，忍受孤單。

曉海的父親是學無線電工程的（在上個世紀的三四十年代，無線電就如今天的電腦，是屬於一種高科技，因而也是一門令當時的許多年輕人，都趨之若鶩，願意為之貢獻畢生精力的學科），當父親從國外學成回到故鄉上海時，正值那個兵荒馬亂的時代。1948 年年底，他搭乘的那艘叫作「美利堅」的郵輪從三藩市出發，繞道香港，最後抵達上海。郵輪是在外灘法大馬路碼頭泊岸的，他站在甲板上，用他已經遠離了十年之後的目光將外灘，將碼頭的全景重新掃視了一遍。他迅速地獲得了他的第一印象。後來，他不止一次地向曉海提起過這事。他說，當時他的直覺就已經告訴他：他的選擇很可能是錯的。但錯了又怎麼呢？在三藩市的時候，是他自己向自己一遍又一遍地勸解着說要回來，一定要回來的，他明白自己是過不了這一關的。再說，現在說錯了，一切不都已經太晚了？他想起了杜甫《兵馬行》裡「車轔轔馬嘯嘯，行人弓箭各在腰」的那幾行名句。當然，二十世紀四十年代末的上海，是見不到古代戰爭的車馬和弓箭的，但詩句渲染的那種亂世的氣氛卻是一致的。

曉海的父親從郵輪的舷梯上走下來，走下來溶入到那片人群中去。這是個混亂不堪的世界，碼頭上你擠我推，大呼小叫：充斥着各式人等：潰軍、逃兵、傷患、腳伕、乞丐、流氓、扒手、妓女、白相人、拆白黨……然而，當曉海的父親一旦踏上了這片熟悉的土地，再抬頭望見上海頭頂上的那顆明晃晃的太陽時（這是1948年年底的陽光，當時它正溫暖地照射在他的臉上和身上），他就有點不顧一切的味道了。他在嘴裡熱切地唸叨着：家啊，家！這就是我的家啊，而我，終於到家了！就在這一刻，杜甫的「車轔轔馬嘯嘯」已完全被李白的「床前明月光，疑是地上霜」所替代了。他想，從此，他再也不需要在異鄉的月光中找尋故鄉的影子了。他將長久而安定地生活在那片「霜美」的世界中了。他感到一種舒坦極了的安慰和安逸感從心底升起來。

碼頭上除了下三流的人物外，還有那些滬上的富人與名流。他們一般都是由鋥亮烏黑的轎車送來碼頭的。他們咬着雪茄，從車裡鑽出來。他們挽着姨太太的雪白手臂，腦滿腸肥的從人群中從容通過。他們的身後跟着挑行李的腳夫；他們的前邊，幾個戴呢帽着長衫的跟班一路吆喝着為其開道。他們從曉海父親的身邊經過，再從那條他剛從那裡走下來的舷梯上登上船去，準備出逃香港。

就是那麼個冬日的午後，永遠地留在了曉海父親的腦海裡。從他回國後一直到他去世的幾十年的時間裡，他用另一類回憶的目光將這麼個瞬間撫摸了不知有多少遍，仿佛是在撫摸一個永遠也無法結疤的心靈創口。人生之途就是從這裡拉開了岔道。他一路向前走去，一路回望，回望碼頭，回望那艘在此一刻仍停泊在岸邊的「美利堅」郵輪以及郵輪的那四座高高聳起的黑色的煙囪。就這樣，父親將曉海一家的命運連同他自己的都一起裝在了皮箱裡，從三藩市帶回到了 1949 年後的中國。

所有這些情景，在今後漫長的歲月裡，父親曾不止一次向他的兒子描述過，從而，在曉海的印象中，一切都顯得那麼地栩栩如生，仿佛當年是他自己經歷的一般。又過了另一個幾十年，曉海也開始走出中年，步入準老年了。那一次在香港，在我們的琴行裡，他又向我轉述了那些細節；而我，則又將它們化作了一幅幅想像之中的場景，寫進了我的小說中去。

其實，當年父親回來上海，一定說是懷着某個救國效民的偉大理想，那也未免太誇張了。事實上，將如此公式套用於當年一切回國來的知識份子的身上，幾乎成了所有描寫那個時期的小說、傳記以及其他文學作品的統一主題和通用題材，好像非愛國是絕不會在那種時候回國來的。當然，話也不能說是全錯，但實際上的，也是最大的原動力乃是思鄉。尤其是上海這塊土地，對於她的一切游子，上海永遠是一片充滿着無窮誘惑力的故土，這點毋庸置疑。就像是一塊擁有極廣闊磁場的巨大的磁鐵，它讓一切游離在外的鐵屑，都恒處於一種蠢蠢欲動的回歸欲望中。半個多世紀過去了，如今中國也已經改革開放了，上海游子們的回國熱潮再度掀起，唯命運替這兩代知識份子安排的機遇截然相反。像曉海父親的那一代，選了那個時機回國的「海歸派」幾乎全軍覆沒，曉海的父親當然也沒能倖免。

曉海坐在鐵軌上望着夕陽落山的日子，正是厄運開始降臨他家之時。哪怕到了今天，曉海似乎都不太願意很系統化地重提那些往事。而我呢？當然也不便也不會主動地向他去打探些什麼。我先是了解到了他的家庭狀況的一個大致框架，後來才慢慢兒地往其中填充一些細節進去，由此而形成了一篇連貫的故事。

曉海的父親回國後不久，便找到了事幹：擔任上海的一家私營電錶電器大廠的總工程師。初期生活十分優裕和愜意，洋房、汽車、傭人、聽差，一應俱全。他還娶了一位當年上海灘當紅的評彈演員為妻。因此，家庭生活也算是美滿。但好景不常在，後來，父親因「匪特」嫌疑被捕，那是在 1957 年年底的事，反右運動剛結束不久。對於當時的記憶，曉海已經十分模糊了。他只記得這是個淫雨霏霏的寒夜。他在睡夢中被巨大的聲浪吵醒了。家中一片嘈雜、驚慌和凌亂。整幢樓的燈光全打開了，手電筒的光柱到處亂竄。最後，披着大衣的父親被兩個佩着武裝帶的警察帶出花園的前門，登上一輛吉普，開走了。

而曉海的記憶也到此中斷。即使到了四十多年後的今天，無論如何努力，他也無法再從那段已完全給

風化案

漂白了的記憶中，打撈出片鱗隻影的細節來。他只記得一年之後的有一天，當父親從拘留所裡釋放出來，到姑媽家來把他接回家去時的模樣：父親瘦成了個皮包骨，面色蒼白得像張紙；滿臉的黑鬚和蓬亂的長髮幾乎遮蓋了半邊面孔。小曉海驚恐地望着父親，他記起了他看過的小人書中海盜的形象。

父子倆回到家裡。家中空盪盪的，傢具東倒西歪，蒙蓋着厚厚的灰塵。而汽車傭人聽差全都不見了蹤影，花園裡的野草長得有半人高。母親也不在家，後來曉海才聽父親告訴他說，他的母親是在他家被抄的第二天便離家出走，從此就沒了音訊。父親用他那顫抖不已的手掌不停地撫摸着曉海的頭顱，說，別怕，孩子，爸爸回來了，爸爸沒事了——別怕，噢，別怕。但父親還是抱着曉海哭了，而曉海，也抱着父親，哭了。

母親出走後，父親沒有再婚。事實上，這對還算是過了幾年恩愛生活的夫妻，從此之後再也沒有見過面。倒是後來，曉海又見到了生母。面對着一位頭髮全都花白了的、皮怠肉盪的老婦人，曉海站在那裡有些發呆。要不是曉海的妻子一二三四點地指出他倆面部特徵上的某些相似之處，他簡直無法能將自己與眼前站着的這位陌生的老婦人，作出任何血緣關係上的聯想。

那是四十年後發生在香港的一幕情景了。那時，父親早已去世，而曉海一家也都從上海移民來香港定居了。母親二度守寡。她不知從哪裡打探到了曉海的地址，找上了門來。她說她打算要在她「香港的兒子家裡小住幾日」。當然，這些都是後話了。

要說曉海的那些坐在鐵軌枕木上望着夕陽落山的日子裡，還有什麼收穫的話，那便是他學會了拉小提琴。小提琴是他父親替他買的，而同時，父親也是他提琴的啟蒙老師。父親雖然是學工科的，但他酷愛音樂，提琴拉得也很棒。在加州柏克萊大學就讀時，他還是該大學的學生樂團的小提琴首席。應該說，是孤獨把曉海帶上了那條音樂之路的。在那些漫長的歲月裡（曉海常常說，乍一想，這些歲月是如此漫長，漫長得連他自己也不知道究竟哪裡是它的起點和終點了），除了學校，就是家裡；除了家裡，就是冰凉的鐵軌和落日；沒有母親，沒有兄妹，沒有玩伴，有的只是半個不完整的家。讀書，練琴，練琴，讀書——曉海無盡的苦楚和悲涼無人可以訴說，除了向着他的心愛的提琴之外，提琴成了他唯一可以放心傾吐的物件。而事實上，提琴不是什麼，提琴只是一件樂器，一種媒介：他只是從巴赫、莫札特、貝多芬、柴可夫斯基這些大師們的旋律中，找到了某種可令其心靈產生共振的情緒；而這種情緒的演繹，卻只能依靠提琴與他手指之間的那種精巧的配合。

這樣一說，或許就能解釋曉海的琴聲為什麼會如此迷人的部分奧秘了。其中包含了憂鬱、孤獨、苦楚、悲涼；還有那輪桔紅色的夕陽，當它在空無一人的田野的盡頭徐徐沉落下去的時候，那種空間感，那種悲涼感，也都不由自主地溶入了曉海的琴聲之中。

三

算命人和術師的話都沒說錯。對於曉海而言，所謂心靈之光的透露，其實是通過兩扇窗戶的。一扇是琴聲，另一扇則是眼神。這當然與曉海的身世有關，與他從小便失去母愛有關。一生中，他對所有的女性都懷有一種特殊的感覺，一種奇特的心理，一種欲拒還迎、欲迎還拒的心理。這是一種神秘的、渴求和恐懼兼有的感情混合體。它的發射與接受無非是通過兩個頻道：琴聲是顯性的，這是一種兩性都能共通的音樂語言；眼神則是隐性的——至少對於我這麼一個同性朋友來說是隐性的。只有異性的洞察力才能窺探到在它打開了的背後隐藏了些什麼。

或許就因了這層原因，當班上的男同學都拒絕與他為伍時，他發覺，班上的女同學群落在直接或間接地向他招手了。即使是站在今天的我，這麼個已過天命直逼耳順的中老年男人的立場上，我也未必就能很清晰地界定出小女孩們當時的那種心理情結的實質是什麼？有一位心理學專家曾經說過類似於這麼個意思的一段話。他認為：每個人一來到這人世間，便已經同時擁有了三重人格。一個女人的三重人格是：女兒、妻子和母親。而男人的則是：兒子、丈夫和父親。一個女孩，再幼小，這三重人格的胚胎隐藏一樣是完整的，並可能會在一定的心理水土和氣候的條件下被催化，從而產生出了某種假性的發育和成熟。這，於是就解釋了問題的一部分了：當男孩子們不屑他不理他不願意與他為伍時，另一個性別群體就會不由而然地伸出援手來；她們向他主動靠攏過來。這既是母性的，也是妻性的，她們只是想給予他某種關懷和慰藉；儘管稚嫩，但卻完整地包含了女性的一切人格基因。

少年時代的曉海就已經明顯地感受到了這一點（儘管完全缺乏理論依據，但他還是感受到了）；而且，他還感覺到，不僅是女同學，就連女教師也待他特別親切，甚至都有點過分關照的意思了。對於這種來自於異性陣營的關心與同情，他接受的心態是複雜的，心態的複雜是因為他的心理也是複雜的緣故。他感到恐懼，因為他害怕因此而招惹那些男孩們（更何況，這些男孩才是他心中的真正偶像與英雄），更大更激烈地嘲笑和捉弄，他受不了這些。但同時，他又渴求理解渴求關懷渴求愛，他與其他的孩子最大的不同是：他沒有母親。

這便是曉海坐在鏽冷的鐵軌上，望着殘陽落下時心中翻騰着的矛盾極了的思緒。四十年後，他很坦然地向我承認了這一點。因為從回觀的角度來看，他可能已不再將當年的那個坐在鐵軌上的小男孩看作是他自己了，他已把他當作為另一個個體，一個遙遠了時空的觀察物和研究物件了。他很有耐性地分析着當時自己的內心活動：曲折、豐富、多層次。他顯得饒有滋味，而且興致勃勃。那一個晚上，公司提早收工，我與他一同從琴行裡走出來，邊走邊聊。我們穿過維多利亞公園裡的那條長長的、路燈幽暗的林蔭大道，去到燈紅酒綠的銅鑼灣鬧市區的一家食肆晚餐。在這二十一世紀的繁華無比、燈光如燦星的香港晚上，我倆談着上個世紀五十年代的上海，談着少年時代的他和他的家庭，談着冰涼的鐵軌和曠野上的落日，這樣的談話很會讓人產生出許多幻覺來，一種強烈的隔世感，令我感覺到眼下存在的一切都有些不真實起來了。

那天，是我約定曉海的太太與他十多歲的兒子一同出來聚一次餐的。我說，認識了你這麼久，又聽你描述過你的兒子怎麼怎麼的不知有多少遍了，但到現在，我還沒見過他一眼呢。他笑了，他說，人家都說孩子是父母的命根子，說得哲學點：孩子是父母生命的延續。哪，我的兒子不就成了我的生命的延續了嗎？但不然，畢竟離開死，我還有相當的一段時日，我還不太習慣把他當作是我生命的延續，我更把他看作是我此一刻生命的本身啊！他說，連他自己都覺得有點過分有點不可理喻，只要兒子歡喜的，想要的，而又只要他力所能及的，他都會盡力地去滿足他。準確來說，不是為了滿足兒子，而是為了滿足他自己。滿足他自己心中的那個莫名其妙的永不能填滿的欲望淵壑。

我說，你如此做的原因不就是因為了你童年時代的一些失落了的記憶在作祟嗎？

他不語，他明顯地默認了這一點——事實上，我是明白他的意思的：他不想說出來，他就希望別人能代他說出這句話來。他只想聽，希望聽罷之後再將這個結論在他心中慢慢地咀嚼。

後來，我更了解到，他不僅全身心地愛他的兒子，他也同樣全身心地關心關懷和「愛」着與他兒子處於相似年齡段的所有男孩或者女孩。他會不由自主地望着他（她）們笑，笑得那麼親切，那麼投入，那麼情意綿綿，那麼地如入無人之境。他將自己渴望過的然而又是絕望了的童年感受，都一古腦兒地套用到他們的身上去了。然後，他便踏實了，他覺得他能夠理解所有這些孩子的內心世界了。

樂曲中常有二重奏、三重奏、四重奏、五重奏的作品。唯六重奏這種曲式似乎很少見，而曉海——我們小說的主人公——擁有的恰恰就是這種罕見的六重奏人格。男性的三重人格是先天的，與生俱來的；而女性的三重人格卻是虛幻的，是後天滲入進來的。刻劃如此一個複雜人格的小說人物，於我，無非是自己給自己出難題。以我寫小說的功力，我基本上是無此奢望可以很出色地完成此一任務的。唯，這樣的一個小說人物對我的吸引力實在太大了，大到我無法抗拒去對他的極富誘惑力的內心世界，進行一番探險。至於我能將他的形象寫到一個什麼樣的程度，那還要看本小說完成之際，我能「遠征」到一個什麼樣的位置而定。

更何況，我們的這位小說人物還有他的後續故事。這是一件曾經令整個香港的世俗以及道德社會，都產生過一次不大不小震動的事件。而事件的主角，竟然是我的這家小小琴行裡的一位普通的提琴教師。

當我們抵達餐館時，曉海的太太與兒子已先我們到達。曉海的太太並不出眾，也不算漂亮。她是一位十分母性化的、胖乎乎的中年婦人。她和顏悅色地站起身來同我們打招呼。但就在這時，我的全部注意力已經被坐在她一邊的曉海兒子吸引過去了：俊秀的臉龐，細嫩白皙的膚色，精靈閃亮的烏黑黑的大眼睛。我差點兒就驚叫了起來，我笑着向曉海道：這不是一個活脫脫的「咪咪照」上的你自己嗎？曉海笑道：是嗎？我幽默地說道，哪還用說？假如你早點帶他來讓我給瞧了，還用得着把你珍藏在皮夾內層裡的「咪咪照」掏出來多此一舉嗎？於是，大家也都笑開了。

一直就說得好好的，氣氛也都相當融洽。但後來，不知怎麼一來，形勢便驟然陰沉了。事緣他太太說到了他們的兒子，說到了曉海與兒子間的那種關係。她說，兒子不像是他的兒子，倒像是他的小情人。他倆經常在床上嘻嘻哈哈地扭作一團，而曉海吻起他兒子來的那股親熱勁啊，你真沒見着了，連我，都自愧不如了。她說罷便兀自「嘿嘿嘿」地笑了起來。最後，她還陡然加多了一句：假如兒子不是兒子，而是個女兒，哪才有意思咧！

曉海聞言，臉色驀然就漲紅了，而且還有了些慍怒的陰影。他的太太又獨自笑了一陣，就停止了。她不語，他不語，我也不語。而孩子，當然更不會有語。只有碗筷勺碟的「叮噹」作響，一頓飯的功夫，個個都吃得情緒沉重，各懷心思。自此之後，一直到那個非常時刻來到之前，我就再沒見到過曉海的那位胖太太。原因無非是：一，曉海不願；二，我也有點膽怯。

應該說，這件小事之中就已包含了某種原委，至少來說，也有些異樣的感覺了。但又怎麼呢？我真也說不出具體的什麼來；事實上，我也不想太認真地去探究點什麼，至少在小說的這個寫作階段上，即使是面對我的讀者，我也一樣抱着這一種態度。

曉海生平創造的第一次帶點轟動效應的事件，發生在他當年就讀的那間學校裡，在他初中畢業的前一年。當然是有關男女間的那種事。在幾十年前的中國的世俗社會裡，這類事件的群眾效應，之所以會特別強烈的直接原因是：那個年代的人們太缺乏娛樂了——哪怕是最起碼的，能宣洩一些最基本人性的娛樂。於是，事件便經人傳一人的加工後錯覺成了一部電影或者是小說的情節版本了，並以此來作為對於當時那個社會娛樂生活嚴重匱乏的一種坊間補償。

事件的主角除了曉海之外，就是他們學校的那位教音樂的女教師。他們被說成是「師生戀」，而且「女大男小」，而且還「搞上了」。那時候，曉海的琴藝已練得相當有點水準了，他經常夾着琴盒，捲着一份手抄譜往音樂老師的家中去，他需要找她來當他的鋼琴伴奏。在這件事上，少年曉海的心理究竟怎麼樣，我不好說；但我倒是相信音樂老師除了喜愛他的琴聲外，很可能還有些其他想法的。因為女性通常在這方面比男性要多個心眼；再說，音樂老師雖然未婚，但卻是個要比他大出七、八歲的女性。無論在生理、心理以及人生閱歷上，她都要比當年的曉海來得成熟得多。

但後來，據曉海告訴我說，這事其實根本就談不上有點什麼。完全子虛烏有不能說嗎，至少離開「搞上了」還差十萬八千里的路。他倆不就是在伴完鋼琴後走出家門來，在校園裡，後來又去到附近的公園裡散了幾回步嗎？接着，就被人瞧見了。於是，謠言開始四起，一說是他倆在公園的小樹林裡擁抱在一塊，接吻；二說是在學校放學後空無一人的課堂裡，兩人在課桌上扭成了一團。第三種說法更加離譜：說是在曉海的家中（那時，曉海家的房屋還沒遭緊縮，他與父親兩個人還佔用着一幢帶花園的小洋樓），被前來檢查衛生的居委會幹部，將一絲不掛的他倆在床上成雙個兒地逮個正着。

曉海說着就笑了起來。他說，你看，這不「三人成虎」了？其實，他連音樂老師的手都沒摸過一摸呢。

他說，他真正的第一次「搞上了」那是要在十年以後的事了。那會兒他已去了黑龍江的軍墾農場務農了。雖然階級成份不好，但他琴藝出眾，最終仍被吸收進了場部的「毛澤東思想文藝宣傳隊」，且還當上了樂隊的骨幹。「文宣隊」常年在外，四處演出，排演樣板戲片斷和「宣傳毛主席的革命路線」。那年月，別瞧名稱好聽，往舞台上一站，也都是正兒八經的，其實，「文宣隊」恰恰是個最烏七八糟的「三不管」單位。你想，都是壯男妙女，又都是搞文藝的，男女間的苟且之事能不多嗎？這類事在隊裡已成了家常便飯司空見慣的了。那一次，演出剛結束，是在後台的道具房裡。當時，隊員們都不是在前台忙碌着拆卸佈景，就是在化妝間裡嬉笑打鬧。道具房裡沒什麼人。與曉海「搞上了」的對方是文宣隊舞蹈團的一名演員，而且還是最漂亮的一個。也就是眼神間的幾個來回，她便向他走了過來。看來，她是個老手了，幹此等事至少也不下十回八回，而且物件也不止一個。她熟門熟路地走到他的跟前，將他輕輕按坐在道具箱上。她一邊與他親吻，一邊便扯下了他褲襠間的拉鍊，然後，便坐了上去。

只是那次山崩海嘯的快樂，來得也懵懵懂懂，去得也稀裡糊塗。他血脈賁奮，那顆心緊張得都快從喉嚨裡跳出來了。一切細節，他只是在事後，靠了回憶與幻想的雙重努力，才在一次又一次深夜的失眠裡將它們沖洗出來，重經那種極樂的享受。但在當時，他只感覺有一股濃濃的類似牛乳和野花混合着的女人體香，將他重重圍困。而他，從裡到外，從上到下，都感覺在脫胎換骨，在重新成為另一個人。也就是那麼十來分鐘的工夫，走廊裡便響起了隊員們的嬉笑聲和腳步聲。最先走進道具房來的那個隊員見到的那一幕是：

他們倆正並肩坐在道具箱上（當然，那時曉海褲襠裡的拉鍊已經拉上了，但他已根本記不起，這是他自己拉上的呢，還是她替他拉的？）。那傢伙便張大了嘴，吐了吐舌頭，說：「是你們倆哪，不是想成其好事而讓我給攪了吧？——行行行，我這就退出去！」說着，便做出一付嬉皮笑臉的模樣，佯作離去狀。只見那位舞蹈女演員不慌不忙地站起身來，走到他的面前，她「啪！」地在他的後腦勺打了一個巴掌，說道：「爛你的舌頭！」說完，便逕自出門，離去了。

這，才是曉海此生中真正的「第一次」。從此以後，自然便有了第二次，第三次，第四次，第五次，乃至連他自己都數不清有過多少次了。但他說，後來的多少次已經愈變愈無所謂了，他可以記住也可以記不住，可以張冠李戴，當然也可以推陳出新來個技術層面上的精益求精。但他永遠不能忘記的正是這第一次。因為，作為一個男人的人生，他是從這一刻真正開始的。

還有一點，就是有關他的那位「第一次」的性對手，在短短十來分鐘內的人生表演，他親眼目睹了這一幕人生話劇演出的全過程，這令他驚愕，也讓他聯想起了很多：比方說，自己的身世；比方說，父親的身世；又比方說，十年前學校裡的那次風波事件；等等。他覺得對於整個女性群體的一種獨特而又邊緣朦朧的印象雛型，開始在他的心中形成。對於愛以及性，他常愛說的一個立論是：女人是隻貓，是隻天生就懂得循腥而去的貓。她（它）一日還能留在你這個當主人的家中，是因為在相比之下，你仍比他人擁有了更多能令她滿足食物的緣故。

真是這樣嗎？聽着他發表類似言論的我，常常望着他疑疑惑惑地笑了。

再說回學校的那件事上去。後來，謠傳管謠傳，繪聲繪色管繪聲繪色，最後，仍然還是無疾而終了。但少年的曉海卻發現自己一下子長大了許多，尤其在男女問題上。其實，給人撞見了，也就給人撞見了。最多也就是不太地道罷了（這還是以當年的社會道德標準來衡量的結果），又哪至於搞得滿城風雨，最後還非要校方出面，正兒八經作出一番調查，寫成報告，定了結論，才算平息了事件？而令曉海困惑的是：這場風波的始作俑者以及之後的推波助瀾人，都是平時對他最顯露出關心和曖昧好感的女同學們。一旦出事，她們竟都不約而同地毅然轉過身去，來個反戈一擊。她們上竄下跳奔相走告，一付唯恐天下不亂的樣子；好像只有她們，才是在這件事上最具有發言資格，也是最能揭下曉海畫皮的人。當然，在她們的集體參與下，小說情節和電影鏡頭便也愈演愈逼真起來了。

倒是那些平時調皮搗蛋的男同學們，遠不像他擔心的那樣急風驟雨地來一通。他們變了，他們只是遠遠地站着，望着他，好像對此是有點事不關己不予置評的樣子。他們望着他的目光中包含着一些說不清的感覺，有懷疑，有困惑，但更有同情——至少，他們誰也沒有再在他的背上插多一刀。

但最令曉海意外的還是那位音樂教師本人對於事件的反應。她一直就回避着他，仿佛他倆之間真有過那麼回事似的。那次，據說她被叫到校長室去。她當着校長的面痛哭得涕淚俱下。涕淚還她了一個清白，當然也還了曉海的清白。後來又有一回，曉海在街上遇見她。見周圍沒什麼熟人，他便向她走了過去。他只想與她交流幾句。但她卻惡狠狠地丟下了一句話：「你害我害得還不夠嗎？！」說完，扭頭便走，讓曉海一個人呆如木雞地站在了原地。

再見回她那是在三十多年後的事了。那時，曉海已去到香港定居好多年了。那年春節，曉海回上海探親，有一天晚上，他不知去了哪裡，反正回來的時候他途徑音樂老師舊宅的門口，而恰好他的手中又拎着一把提琴。於是他便來了靈感。他試着敲了敲門，他完全不能肯定音樂老師是不是還住在原址？就是音樂老師本人來開的門，她已經是一位頭髮全都花白了的老婦人了。見到是他，音樂老師當然十分詫意。但她還是將他引進了屋去。他倆再度合作了一回，伴奏的就是當年曉海練習得最多的B小調學生協奏曲。伴完琴，兩人在客廳中相對無言地坐了好久，最後，她只說了一句：「這就是那麼個時代啊……」仿佛，時代是個什麼人，「他」將一切帶來了，現在又將一切都帶走了。

四

後來，當曉海的人生閱歷愈累積愈豐富時，他應該能明白到（當然，說不說出來，或願不願意說出來，那又是另一回事）：女人其實也不全都是這個樣的。問題在於：他遇見的偏偏都是這樣的女人。於是，他便對異性的某類共性產生了一種以偏蓋全的印象。

或者，是否能將問題換個位來理解呢？對於女人而言，臉皮是一件很重要的生命道具，臉皮與其內心世界互為表裡。有時一致，有時光毛之間恰好來一個反向。——這主要要看她們面對的對象是誰？能掛得住這麼一張總是採取主動進攻型臉皮的女人，一般來說絕不會是女人中的多數，為什麼偏偏都讓曉海給撞上了呢？在這個兩性相斥相吸的課題上，據說，每一個人（無論男女）都是擁有一種特定氣場的（心理學上稱之為「意識輻射」），這是一種能量，就像宇宙間有各式各樣的星球：恒星、行星、衛星、流星，而假如你是一隻黑洞，那麼，就連光也逃逸不出你的引力範圍。

曉海，是女人的黑洞嗎？

當接到那回意外的電話時，我正在上海。我正從成都路延安路交接口上的那一大塊被稱作為上海「城市綠肺」的中央草坪上穿行而過。這片巨大的綠化地很有意思，這是一種顛倒：海洋與陸地的顛倒，文明與原始的顛倒。綠地是一片大自然生態的孤島；而在它四周繁華的都市景觀，則聳立成了一片波濤洶湧的現代文明的汪洋大海，一望無際。

我拿着手機，邊走邊講。我從小松林裡撥枝而出，走上了一條青磚小徑，又從青磚小徑登上了一座小橋。小橋是原木型的，很有點原始情味。我趴在它帶樹皮的橋欄上，望着橋下溪流中的紅鯉群正魚頭擠擁，互相爭食。我突然就覺得那只從遙遠的一千多哩路之外的香港打來的長途，都有點時空錯位的感覺了。

近些年來，我老喜歡找時間和機會回上海來，為的就是要來尋找和體念那種朦朧而又飄忽的時空錯位感。如今，上海的城市面貌發生了巨變，她像紐約了，也像巴黎了；像東京了，也像香港了，但就是不像原來的她自己了。這令我既興奮又失落，既充實又虛無，總之，有點像是在做夢。而與此同時，回歸之後的香港的變化軌跡恰好逆向。以前，從來就是政治性冷感的香港人，不知怎麼的，自從回歸之後，政治的荷爾蒙陡然猛增。對政治的訴求，民主的訴求，人權的訴求熱情高漲，且經久不衰。當然，這與殖民主義的大石終於從港人頭上移開了有關，也與全球民主一體化的思潮有關，但是最有關的還是1997後的香港，經濟與民生形勢經歷了「飛瀑直下三千尺」的可怕的大滑坡。人們將之遷怒於新生的特區政府，遷怒於特首，遷怒於政府的無能和無效率的管治。社會急劇分化，矛盾日愈尖銳；互相指責，互相攻擊又互不容忍，都有點兒兩個「凡是」（即：凡是敵人反對的我們就擁護；凡是敵人擁護的我們就反對）的味道了。這種似曾相識，但又感覺很遙遠了的生存環境和氛圍，令我們這批曾經在大陸上經受了多次重大政治運動衝擊，最終避難到香港這塊自由土地上來的，患有政治驚恐症的移民群落感覺很奇特：既有不安，但更有的一種莫明狀的懷舊感：仿佛上海與香港這兩座城市正處於一種悄悄的換位中。

比如說，當那次電話打到我手機上來的那一刻，我的錯覺是：香港成了「階級鬥爭」的旋渦中心；而上海，倒成了一處資本主義的世外桃園了。我正躲避在此，緊張地收聽着發自於旋渦中心的「敵台」廣播一般。打電話來的就是那位負責公司人事安排的小姐，她在電話裡告訴我說，老板，公司出事了！出事了？出什麼事？這時，她才修正道，應該說是楊曉海他出事了，至於出什麼事嘛……她在電話線的那一頭吞吞吐吐了起來。

但，我馬上就明白是什麼回事了。

我說，事情嚴重到什麼程度？對公司的影響大嗎？她說，昨天下午，公司裡突然來了三個CID（便衣警員）和三個軍裝警員，一副氣勢洶洶如臨大敵的架勢。軍裝警員負責各路口的把持，CID則收集證據和盤問公司的其他同事。而楊老師他，則是在黃昏回家時，在家門口遭到了逮捕。

但我的回答是故作輕描淡寫。我說，「作秀」罷了，又不是什麼持槍劫案，犯得着這麼大陣仗嗎？——他們也不是不明白。

作秀？小姐顯然對我的回答很感意外。但，她說，今天一大早「蘋果」和「東方」日報都在頭版報道此事了呀。

怎麼會不報道呢？報紙每天都要有新聞，要有頭條，而這種事件最有賣點了。

但，老板……？她又一次地在電話中猶猶豫豫地停住了。但我明白她想說又沒有說出來的那句話是：「難道，你就不想知道這是怎麼回事嗎？」

我問，對方是誰？老師？學生？還是學生的家長？

電話之中一片無聲的靜默。我仿佛能遠視到那位女同事的一臉驚愕的表情。最後，她才對着話筒輕輕地說了一聲：是學生。是個十一歲的小女孩。

我說，我知道了。隨即，便下了幾點指示：第一，這是楊曉海個人行為，與公司無關。任何人都不能擔保任何人不幹壞事不犯法。第二，必須保持公司的人心與人事的穩定。在事件還沒有法定結論前，少傳謠，少談論，一切工作照常。第三，我會立即趕回來處理這事的。

那好吧，她說。不知道怎麼的，我分明能在電話裡聽出了她語氣中含有的一種冷笑的意味來。這種冷笑至少包含以下兩層意思：1、你們不愧是同鄉兼好友哪，心靈都能相通；2、這事可怨不得誰，是你老板親定的，尤其是：怨不了她。

案情的經過情況是在我回港之後才了解清楚的。受害者（姑且先借這個字眼來用一用）就是那個曉海在琴行大堂裡與吉他老師一起合奏PAGANINI的兩重奏之後，隨他進入琴房去上課的秀俏而又優雅的小女孩。而報案者正是小女孩的那位穿着入時的性感母親。

眾人都見到了小女孩上完課從琴房裡蹦蹦跳跳歡歡喜喜出來時的模樣。她告訴正在大堂裡等她下課的母親說，今天楊老師表揚我啦，說我拉得有進步。而且，她說老師還獎勵了她兩粒巧克力糖，她說着，就取出了兩顆用鉑金紙包裝的杏仁巧克力來，在母親面前炫耀地晃了兩晃。這時，曉海也從琴房裡跟隨了出來，他一臉笑容，摸着小女孩的頭：「回去根據老師的要求好好練習——啊？」他說。

一切都好好的，但到了晚上，那位母親便帶着她的女兒去差館報了案。

我當然不可能知道她娘倆報案的內容詳情。但這並不妨礙我回港後能在出事次日《蘋果日報》對此事報道之中探知一二。因為記者（尤其是跑社會新聞，更尤其是在香港跑社會新聞的記者）絕對是無孔不入的。他們的話雖不能全信，但其中之一部分還不至於太空穴來風。報道是這樣寫的：鹹濕（廣東白話，意即：下流，猥瑣）琴教師於琴室中一享童女滋味。標題就用得很有新聞技巧，一下子便將人心中那種潛藏着的犯罪感和是非感同時給啟動了。報道的標題雖大雖醒目，但報道的內容卻很簡單，說是，「鹹濕」琴師自個兒先坐在琴櫈上，然後又令女孩跨坐其大腿之上。而當警員進一步追問細節時，小女孩只說出了老師把他褲襠的拉鍊拉開了。那拉開了之後呢？小女孩說記不清了。記不清了？那你又見到了什麼或感覺到了什麼呢？小女孩的回答是：好像見到了什麼，又好象沒見到什麼；好像感到了什麼，又好像沒感到什麼。總之，她當時的記憶一片混亂，而被警員一追問，更令她驚駭得什麼都也說不清楚了。但被告人楊曉海對此卻全部否認；他明確地表示：這是誣告，他不會認罪的，他要上訴。

事實是怎麼樣的呢？事實只有他倆——曉海和那小女孩——自己知道。而事實也只有一個：要麼有事，要麼根本就沒事。

在這個問題上，不知怎麼地，我竟不由自主地站到了所有人——全公司的同事，我的家庭成員，乃至全社會的對立面上去了。別人都說，凡這種事啊，寧可信其有不可信其無。我的立場恰恰相反：寧可信其無不願信其有（有時想想，連我自己對自己的偏頗都有點害怕了起來）。所謂「寧可」的涵義是：凡事不都有個「萬一」嗎？既然如此，我為什麼就不可以信這「萬中之一」，而排斥那九千九百九十九種可能性呢？別人？別人當然不會認同。理由也是顯見不過的，而且，除了那些顯見的理由之外，至少還包括如下幾種因素：1、一般來說，港人的人權意識都較強，性侵犯未成年兒童，那還了得？哪還不構成一樁惹公憤犯眾怒的案子？2、港人又很盲信傳媒，凡報上說的都不會有錯。他們說服別人的理由往往是：你還不知道啊？都登報啦；或者，昨晚的電視新聞都說啦，諸如此類。3、再說，從政府到個人，這都不失為一次表現政府之政格、個人之人格的絕好機會。不下本錢，不冒風險，誰不想擠到那張已經現成搭好了的舞台上去義憤填膺地發表一通諸如「人渣」、「敗類」、「千刀萬剮」之類的人格宣言？而曉海，當然就成了這張舞台上的法定反角了。大家都稱此為一起「悲劇」，對悲劇一說，我倒還是有一部分認同感的，問題是「悲劇」的主角究竟是誰？誰是這命運悲劇的主角呢？是那位小女孩呢，還是曉海？

在這段期間裡，除了曉海本人之外，可以說，我是承受心理壓力最大的一個人（這還不是自己找來的？但我又無法使自己解脫）。原因就因了我在暗中，採取了與所有的人都相對立的立場。琴行裡的那些本來是主動要跟曉海學提琴的女教師們的旗幟最鮮明，姿態也最激烈。她們說：公司留用這樣的教師會嚴重影響琴行的學風和聲譽的，理應當即開除！而她們，在往後的日子裡，當然也不恥於與這等「人渣」為伍，云云。她們話中有話，雖然含蓄曖昧，但明白人一聽就能明白：正因為她們是他的學生，正因為在教琴與學琴這一來一回的過程之中的點點滴滴的感覺細節，她們因而便最具備了在此問題上發言的資格和身份。

這不禁讓我想起了曉海向我說起過的，他在中學裡讀書時的那樁捕風捉影的「風流案」前前後後的情形來。我似有所悟，但應該說，我是更困惑了：女人（包括女孩）是不是都一個樣？這是她們的人性基因嗎？

除了女教師外，還有就是那些學生的家長，尤其是學生的母親，更尤其是那些年輕的母親們。而那主管人事安排的小姐，更是風言風語含沙射影指桑罵槐，她常常借題大發一通議論，讓我不勝其煩。但最叫我頭痛的還有來自於家庭內部的壓力：這偏偏又是個女性佔多數的家庭。但我要說的是，雖然身為公司負責人我的輿論壓力不小，但我還是很技巧地擋住了。我的答覆是「四兩撥千斤」式的，這讓大家都無話可說。我說，香港是個健全的法制社會——不是嗎？因此，一切都應依法院的最終判詞為準。楊曉海是我們公司的員工，這點不假，但這並不表示：他有了什麼，我們公司也就一塊兒有了什麼；更不表示，在法院有了正式的結論前，我們公司就必須搶先幹點什麼。「萬一……？」我還想進一步將此立論發揮下去，突然就想起了匿藏於我心底的對於「萬一」這個提法的詮釋，便立即收住口，不再往下說了。

兩星期後，曉海從羈留所裡放出來，他臉色蒼白，人也瘦了許多。但他若無其事地回到公司裡來，仍舊是那件POLO的T恤衫和皺巴巴的休閒褲，態度不卑不亢。他向那位小姐說道：從明天起，你可以替我排課了，謝謝。好像他只是去了哪兒旅遊，度了幾天假似的。但最可笑的還是：幾乎所有在背地裡的態度激烈者當了他的面，都不約而同地扮起了同一張不太自然的笑臉來，打招呼說，楊老師，你好啊。或，你好啊，楊老師。還有一位更莫名其妙，來公司上班時突然見到他，竟然脫口而出地說道：「楊老師，你……你辛苦了，辛苦了！」

一言既出，不禁令所有在場者全都愣住了，而說話者當然更窘。曉海倒沒什麼，笑笑，眼望了別處去。

我將他拉到一邊，急急地向他打探情況。我說，這究竟是怎麼回事啊？他說，沒怎麼回事，我不認罪，等排期開庭再審。「哪……？」好像我的焦急都有點勝於他本人了，我感覺不妥，於是就將自己的態度放平靜了下來。但他看出了這一點，他說，謝謝你，老朋友。我說，哪倒沒什麼。而接下來，他便很簡略地說了一些他被關進羈留所後的情況。

警員找他談話，規勸他。說，其實，這也算不上是什麼大案，只要你肯認罪，簽個字，當即便能走人。最大的後遺症也只是留個案底，而假如今後你不再犯事，留不留案底其實也無所謂。這樣一來，你好做，我們也好做。但他說，他不幹。你不幹？要知道，對你案件的起訴人是律政司。你知道律政司吧，他們就是香港法律的制定者。但他說，大場面他見識多了，連大陸文革的四人幫時代他都經歷了，還怕什麼律政司？警員又說，你可知道與政府打官司要花費多少嗎？他說，即使破產，他也要打這場官司。他要還自己一個清白。全港七百萬人都可以不信我，我可不能不信我自己哪。於是，警員們便無話可說了。

望着他坦然的說話神態，我自己的臉上可能也顯露出了某種神情。而他，也注意到了這一點。

我說，哪，褲襠的拉鍊又是怎麼回事呢？他聞言，微微有點臉紅。他說，其間，他上過一回洗手間；你知道，從洗手間裡出來回課室忘了拉上拉鍊那是常有的事。小女孩注意到了，她未必是亂說。

我點點頭。

日子就這麼地流逝過去。香港每日都有大新聞：墜機、海嘯、9·11、禽流感、人民幣升值、滅門大慘案，等等等。楊曉海這個名字，馬上就在人們的記憶中淡化得幾乎沒有任何痕跡了。而他，也若無其事地生活在大家的中間，好像什麼也不曾發生過一般。公司的同事們起初還有些不自然，但漸漸地，也就沒那回事了。該學琴的又跟他學起琴來，他的課程表又密密麻麻地排滿了慕其藝名而來學生們的名字。直到有一天，有一天，他的名字再度在《蘋果日報》的頭版出現。

五

曉海的第二個女人，也是在黑龍江的歲月裡走進他生命的。後來，她出賣了他，但在千鈞一髮之際，她又保護了他。當一切成為過去後，他約她在河邊見面。他問她：這是為什麼？她的回答只有一句話：假如你也是個女人，你自然就明白了。

當然，曉海不是女人，我也不是。我們都是男人。但，這世上除了女人，不就是男人？存在主義大師沙特說：他人是地獄。這裡「地獄」一詞的意義，並不是指其存在的恐怖景像，而是指一個你永遠也無法能真正了解的領域。以人稱的意義而言，這世上除了「我」，統統都屬於「他人」。那麼，男人之於女人，或女人之於男人，又該是稱作什麼呢？如果沙特能在這一論題上進一步加以闡述的話，無疑將會有更多精闢的論斷問世，但可惜沒有。

曉海告訴我說，唯這個女人才是個真女人，是他一生之中遇到的一個最女人化了的女人。他說，他作為一個真男人（從靈魂到肉體）的一切性別對立面，都是因了她而真正樹立起來的。他所指的除了性愛觀（這點毫無疑問），還包括對於女人特殊的處世觀和價值觀的理解。或者可以這樣說，在她之前，曉海關於女人的一切印象都是漫散的，渾濁的，尚留在了盤古之前。在她之後，渾濁才開始澄清，拉開，形成了天地：形成了男人的天和女人的地，或者說女人的天和男人的地。一切本來都是漂浮着的塵埃向着一個中心凝聚了，女人在他面前變成了一幅有紋有路的圖畫，一具能看得到摸得着，有思想，有內涵，有體溫，有質感，有明確的意願在表達着的實體。他感謝這個黑龍江女人，儘管她陷害過他。但他說，這沒什麼，我這一生人，陷害過我的女人多了；但她們誰也不能像她那樣地在他的生命中佔有一個特殊的位置。每一次與她在一起，睡或者不睡，都是給他上的一堂深刻的生命之課。

那黑龍江女人姓邢，當年是縣文化館的館長兼支部書記，正好管着曉海工作的那個毛澤東思想宣傳小分隊。邢館長三十多歲，一付北方婦女的長相：高大、粗壯、豐乳肥臀，說話大嗓門。但曉海描述說，與她外表形成強烈反差的，是這個女人皮膚的質地和觸感：雖然不白，但很飽滿，細潔，極富彈性，光滑得像一疋綢緞，讓人聯想到：北方農村的那片一望無際，肥沃得來幾乎要流出油來黑土地。邢館長已婚，丈夫是某坦克兵部隊的一名連級幹部，長年在外，故，邢女是一位獨居的軍眷。

邢館長第一次見到曉海是他加入文宣隊之後不久。那一回邢館長來團裡觀摩舞劇《白毛女》片斷的演出彩排，樂隊方面的提琴首席當然是非曉海莫屬的，而獨奏部分也都由曉海來擔任。彩排結束後，館長就要大家留一留，說她有幾句話要向全團同志們講一講。她說道，這次排演的水準高了；水準高了，是因為樂隊好了；樂隊好了是因為小提琴拉好了，小提琴拉好了是因為獨奏的那一部分演奏得實在是太迷人了。她邊說邊用眼睛望準了曉海，窘得曉海的臉都漲得通紅了。完了，她走到曉海的跟前，兩個人面對面地站了一會兒。而如此兩個人，性別與形象恰好顛倒：一個粗壯高大結實，像個男人；另一個白皙秀氣靦腆，倒像個女人了。女館長說，是從上海來的吧？上海來的知青就是不一般。

之後，邢館長就經常藉故到文宣隊來走一走，問一問，看一看。而且，因為得益於領導的特別關心，文宣隊的伙食以及其他福利條件也都得到了空前的改善。領導說了，首先要讓那些搞文藝工作的同志吃飽穿好睡足了，才能把毛澤東思想宣傳好嘛。政策和策略是黨的生命，群眾怎麼才能了解黨的政策和策略呢？還不是靠了這些文藝工作者的宣傳嗎？所以，讓他們養足了精神去工作，這是革命形勢發展的需要。

在暗地裡，全隊的人當然都知道這是怎麼回事。隊裡管總務的也是個上海知青，他「拎得清」，在物質的分配上面，總是對曉海另眼相待，完全是「開小灶」式的特供。因為說到底，大伙兒能有今天這等生活條件，還不都是沾了曉海的光？不感謝他，感謝誰？但如此這般，倒弄得曉海有點如坐針氈不好意思起來了。有一次，全縣文藝大匯演，女館長提早就對那位知青總務打了招呼，說她打算單獨「犒勞犒勞」你們隊裡的那位拉提琴的小伙子，要他準備一桌飯菜，送她宿舍去。總務再次「拎清」，說他這就準備去。「噢，對了，再加多一瓶二鍋頭。」女館長已經走出門了，再回轉頭來，關照多了一句。

就是那一次的那個晚上，曉海說，他才算真正嚐到了做個真男人的滋味。

他是在演出結束之後去到邢館長宿舍的。館長宿舍與縣文化館在同一幢樓裡，女館長白天在東屋辦公，晚上便回到西屋去就寢。這是一間很典型的北方婦女的寢室：四邊的牆壁都被石灰水粉刷得煞白，一塵不染的樣子；幾條文革標語，幾張獎狀，幾幅宣傳畫。最豪華的還要算是那方鑲在仿紅木鏡框中的「光榮軍屬」的橫匾了。室內的傢具與陳設都極簡單，一頭熱炕，一床花棉被，兩隻枕頭，幾口箱櫃疊擺在了火炕的一邊。炕上按放着一張短腿的四方桌，方桌上擺着滿滿的一席酒菜。炕下有兩雙棉拖鞋，小一點的那雙應該是邢館長的，那雙大的呢？大的應該是她丈夫的。但是她的丈夫並不在家呀，曉海不明白為什麼會有一雙男人的拖鞋擺在了炕沿下的。

就這麼一副場景。從幾十年後的回觀中，縷縷細節竟都顯得如此清晰可辨，就像是在人生的舞台上，為了要幹那件事，特意佈置出來的一種話劇佈景一般。女館長很高興地將曉海引進門來，再用一把小掃帚把炕沿掃了掃，讓他先坐下來。女館長今晚表現得特別興奮，興奮得都有點手舞足蹈的意思了。她大着嗓門說道，怎麼才來啊，小青年（其實她自己又能比曉海大幾歲，有啥老可賣的？）——演出不結束好一會兒了？曉海說，演出結束後，他整理了一下琴譜，再跟大伙兒一起乘卡車回了宿舍，然後再從宿舍走到這兒來的。女館長說，噢，是這樣。但她並不再在這個問題上細問下去，她只是隨便提一提罷了。很明顯，那晚的她的眼中閃爍着的是某種異樣的光彩，但她還不忘要扮一付領導的面孔。然而，在那張面孔的背後，怎麼藏，也藏不住另一張面孔——一張擁有了女性的一切溫柔特徵的面孔。只是當時曉海的心情太緊張了，他已無法去顧及那些飄忽的、太細節化了的感覺了。還有的就是室內的那種特有的氣息：石灰水的，炕火的，木箱的，飯菜的，還混合了一絲女人的體味的，讓長期住慣了男子集體宿舍的他，感覺到了一種動人的家的溫馨。

他倆面對面地在小方桌前盤腿坐了下來。她給他倒酒。他說，不不不，我不會喝酒。但她說，今晚你非喝不可——我陪你喝。他於是只能喝了。

一切都是在喝酒後不久發生的。他感覺他頭暈得厲害還不說，更要命的是：全身躁熱難擋。尤其是下半身的某個部位，亢奮得好象全身的血液都往那兒湧了過去。有關這件事的真相，還是女館長在事後主動向他透露的。原來在那天晚上，她是事先作了準備的。她在他喝的「二鍋頭」中放了一匙馬騾交配期使用的催情素，她也只不過想試試，哪知道效果竟會如此強烈。這令她，也令他，都明白到：原來牲口的春藥對人也是一樣有功效的。於是她便說，從這種意義上來講，人，其實不就是一頭十足的動物嗎？他說，是的。

他記得，喝着喝着他就不支而趴倒在了桌子上。暈暈糊糊之間，他感覺到女館長先是在忙碌些什麼；

後來，她替他除下了所有的衣褲，讓他在熱炕上躺了下來，她再為他蓋上了那床花棉被。但曉海的感覺是愈來愈受不了了，他從內到外地都快要炸開來了。這種感覺將他折磨得全身酥灘如泥，唯那該死的一點豎挺着，一副說什麼也不肯低下頭來的樣子。他感覺到了它的堅硬與蠻不講理，像半截斷裂了的鋼纜，直立在了那裡。他嘴裡哼哼呀呀地想說點什麼，但始終沒說出來也沒能說得清。女館長俯下臉來，她用她的臉蛋在他的臉頰上摩挲着，她將舌頭伸進了他的口中，又在他的耳畔輕聲地說道：「我知道你想要幹什麼。」

在後來的回憶中，曉海曾不無感慨地多次向我表示說，這就是北方婦女的性格。北方的婦女與江南的婦女就是不同；前者喜歡採取主動，後者希望被動；前者注重行為，後者善於心機。在幹這樁事上也沒有什麼兩樣。

那一回的經歷令他，而且他相信也令她，都一塊兒陷入了一種顛狂的、如入無人之境的境地中去了。他醉眼惺忪地望着一絲不掛的女領導，如何騎在他的身上作出各種各樣扭擺的動作。他說，咱倆一塊兒私奔吧。她也跟着說，咱倆一塊兒去私奔吧。她說，咱倆一塊兒去死吧。他也跟着說，咱倆一塊兒去死吧。

在這之後的一年多時間裡，他倆之間的這種苟且事發生過不下幾十回。每次都是邢館長用給他或給他文宣隊領導打電話的方式，或直接去到他們那兒找到他，並用領導向下屬佈置工作的口吻命令他這就到她的宿舍裡來。

有好多次，他還主動向邢館長討了騾馬的發情藥來吃。因為不吃，他就會神經緊張，就會精神不集中。

而吃了，他才會喪失理智，才會變得瘋狂，變得不顧一切後果地去追求快活。但女館長卻說，那不好吧，畢竟是給牲口吃的，對人體會有影響的。他說，那就半匙吧。但她還是猶豫；他再說，那就四分之一匙吧。最後他還是如願以償了。

他與邢館長的那種關係，其實在他們的文宣隊，在農場，乃至在縣文化館裡都已成了一項人人在傳、個個皆知的公開秘密了。只是別人都不會冒着得罪領導的風險當面來說穿罷了。但後來，終於還是出事了。那天，曉海正在排練，就來了兩個揹「三八」大蓋的民兵，不問青紅皂白，將他五花大綁地給押走了。之後，曉海才知道這是邢館長的那位坦克連連長發的難。他不知道從哪裡風聞此事，便氣急敗壞地趕了回來。他沒回家，而是直奔縣人武部和公安機關去了。這麼一來，便有了上述用三八槍押走人的那一幕了。

畢竟，這是件大事啊。破壞軍婚，這還了得？再加上他的出身，加上那個極左的時代。曉海雖然年輕，但哪會不懂？曉海想：這下，他可全完了。綜合各種因素，不判個無期，也少不了十年二十年的徒刑。而以他羸弱的南方體質，他能熬得過北方地區的勞改犯的生活嗎？這與當場就將他拉出去崩了也沒啥兩樣。就像是兩頭牛，一頭直接送往屠宰場，另一頭還要揹上二十年的苦役，然後才勞累而死。曉海想，假如他能選擇的話，他寧願選擇第一種。他在一間小黑屋裡貓足了一個月，有一天，他突然被釋放了。當他走出小黑屋，頭暈眼花地望見明晃晃的太陽又在他頭頂上照耀時，他有了一種仿佛已隔一世人生，而今又重新回到人世間來的錯覺了。

這個離奇的經歷始終是個謎。直到那位當總務主任的上海知青（他倆是好友）有一日來探望他，他才知道了事件的經過。當他被關押後，邢館長開始是認錯的，並還在縣委擴大會議上作了「深刻檢查」。當然，她將責任都一股腦兒地推在了曉海的身上。但後來，也不知是怎麼一來，事情便峰迴路轉了——當然，在此之前，她必須做通的是她的那位坦克連連長丈夫的工作。最後，也就是現案的結論成了：曉海確實曾千方百計地引誘過她，但她堅拒腐化，頂住了。不錯，她也對他有些好感；但她是革命幹部，是軍屬哇，她不能讓這種家庭出身的人給拖下水去，她頭腦裡的那根階級鬥爭的弦線，是從來沒有一刻鬆懈過的。因此，其實一切也都沒有真正發生過。至於楊曉海這個人嚒，思想和作風確都有嚴重的問題，資產階級腐朽的人生觀也很根深蒂固，但這還不至於構成敵我矛盾。他需要去艱苦的基層改造世界觀，不宜再留在文藝隊伍中，其他也就沒什麼了。

再之後，便到了曉海與邢女在河堤壩上見面的那一幕了。這回，是他主動約她的。三一番五一次地，最後，她終於決定來了。而他的全部用意，則是希望能從她那兒知道個究竟，如此而已。那是個大雪天，兩個裹着軍大衣的人影在雪中的河堤上迎面走來，互相走近。她除了對曉海說了在本章節開始時我寫下的那句話之外，她還說了一句：「你看我粗，但我畢竟是個女人；看你長得細細膩膩的，你畢竟是個男人。」這句話，也令曉海終生難忘。

沒說上幾句話，她便說道，好了，咱們分手吧。然而，就當曉海剛準備轉身離去時，她又叫住了他。

她告訴他，她已替他安排好了，先去基層農村落戶，回避一段時間，以後再說。「是一戶忠厚可靠的農家，兩夫妻和一個十五歲的閨女……。」再後來，他真的又調了上來，恢復了文宣隊的職務（應該說，文宣隊也少不了他那麼個人才），一切正如那館長替他安排的那樣。

就像演一場戲，一切情節都成為了過去。唯那個陰霾的大雪天就像木刻畫一般地永存在了他的記憶中；並還通過他的敘述，轉化成了我自己腦螢幕上的一幅電影場景，而且還彷佛是用俯瞰的視角拍攝下去的：河堤的雪地上踩出了一長串深陷下去的連綿不斷的腳印，一半是女人的腳印，向東；另一半是男人的腳印，向西。從此分道揚鑣，再無見面。

六

位處上海西北角上的那條極司菲爾路，是一條華洋共處、貧富雜居的馬路。那條馬路的路名自從1953年改名為萬航渡路後，就再也沒人提起它過去的那個洋名了。而一代又一代的新上海人，大家都只知道在靜安寺一帶有一條叫萬航渡路的馬路，其他就不再知道多點什麼了。直到八十年代末，改革開放了，上海重新打開門戶，不少從前居住於此的海外華洋人士及其後裔，再度尋根尋了回來。他們說是要找一條叫做「極司菲爾」路的馬路，上海人這才知道了萬航渡路的前身。這種感覺很奇特，有點像是一個生活在今生今世的人，突然有一日經高人指點而明白了原來自己的前世是誰是幹什麼的時候，感覺相類似。不但唏噓不已，而且還恍恍惚惚地產生了一種強烈的好奇，一種希望能將其中的細節來個刨根究底追尋一番的衝動。

假如以上海人的區域概念來劃分，萬航渡路屬於「上隻角」，那兒座落着不少很有建築和地域特色的花園洋房。其實，在那一條馬路的大牆後面同樣也存在着大片大片的棚戶區，其破爛、醜陋和窮困程度，決不亞於楊樹浦和閘北的同類地區。但人們往往就忽略了它們，而將關注的目光都投向了那些翠瓦紅磚綠樹赭牆的洋房群落。這是人的潛意識中的某類扭曲的心理因素在起作用，尤其是在這物質主宰一切的塵世間，人們似乎都有一個共同的愛好，那就是義務地將某個訊息誇大其事地傳來傳去，說，誰誰誰現在發跡了，誰誰誰現在平步青雲了，而誰誰誰又是一人做官連雞犬都升天了，云云。好像這麼說一說，連傳言者本身也都能擠入「雞犬」的行列，分到了一杯羹似的。

曾經，曉海家就是人們傳言中的那類令人羨慕和嚮往的家庭。而他家的住房，更是上海人最喜歡投以關注目光的，帶有客飯廳前後花園多間臥室和盥洗間的所謂「花園小洋房」。那段好光景說長不長，說短也不能算短，大概也有十年左右的時間吧，曉海至今還保留着幼年時代生活的某些記憶殘片。他尤其記得他的年輕時髦母親每個星期都有好幾晚，要挽着父親的胳膊外出去參加各種社交宴會與派對。還有母親的一家——她的一父二母（曉海的外公娶了一妻一妾）和那些曉海叫他們作舅舅阿姨的好大一堆人常來他們家，一吃一玩就是一整天。而有時，乾脆就在他家住下不走了（反正空房間多得是），一住就是十天半月的。那一天中午，曉海與我一同在太古城的一家茶樓飲茶，茶樓臨海，從茶樓落地巨大的玻璃幕牆望出去，是波光鱗閃寬闊的海面，與對岸的九龍半島隔海相望。曉海呷了一口烏龍茶，又將一塊蝦糕塞進了嘴裡，他抬起頭來，笑道：「現在回想起當年的情景，我母親的一家人倒真是有點兒『雞犬升天』的味道了。」

而我則告訴他說，他家當年居住的那幢花園洋房至今都保存完好，並沒有在上世紀九十年代中期城市的大拆遷運動中遭受被毀之厄運。這是一幢位於萬航渡路武定西路口的洋房，在這一地區，花園連接花園，存在有一大片同級別的洋房群落。於是洋房們都互相沾了光，它們共同形成了一片市政府所謂的「特色建築群」的受保護區域。房子也像人，一旦受到了明文保護，其珍貴性得到了官方認可後，便不同凡響起來，非但不拆，而且還整修一新，又煥發出了它們昔日的青春光彩。我很高興地將此情形形容給曉海聽，我知道，因為忙於生計，他已十多年沒回上海了，而我相信，他是很希望能知道所有這一切的。聽我說罷，曉海想了一想。他說，每次提到舊居，都是一件最易觸動他心底痛處的事。事實上，舊居遙遠的模樣，他的記憶已有些模糊了；他對它最清晰的印象反而是在它最頹廢的那些年中。

舊居最遭殃的歲月是在文革裡。一幢二百來平方米的屋子竟然住進了二十多戶人家。從前，滬式滑稽戲裡有所謂「七十二家房客」之一說，這是形容舊上海社會眾生相的一句常用語，形象而傳神。曉海說，說是「七十二家房客」，可能是一種戲曲表演上的誇張手法，但他家住進了相當於三分之一個七十二家房客倒是一件千真萬確的事。

這也是他見到的舊宅最殘缺不全的一幕景象了。那時，他已去了黑龍江，父親病危，打電報讓他趕回來。他見到從前的五十來平方米和三十多平米的客飯廳都被打通了，再由房管所用膠合板分割出兩排約莫七、八家人家的住房來。中間留出一條走道，而家家戶戶的門口都擺着一具煤氣灶頭，油鹽醬醋之類的瓶瓶罐罐高高低低的佈滿視野。長年累月，這些煤氣灶頭上煎煮食物的油煙，已將從前雪白的雕花房頂熏得烏黑烏黑。他從寬把手的柚木扶梯登上樓去，他發現扶梯光滑的把手上釘滿了鐵釘，掃帚、拖把、醃肉、臘腸、鹹雞、板鴨，無所不有。它們都被勾掛在釘子上。而電線像蛛網，從此端跨越到那端，縱橫交錯。二十多家住戶就產生了二十多盞走廊燈頭，各自為政，互不借光。花園裡的情形更慘，樹木花草都被砍割一清，光禿禿的泥地上又搭建了幾間磚房，加上原來的汽車間和傭人屋，花園裡也住上了三、四戶人家，他們將衣褲、被單、嬰兒的尿布晾曬在花園的竹棚架上，一片狼藉。新住客中的不少人曉海都認識，有的是他小學，還有的是他中學裡的同學：從前，他們就住在了離開他家一條橫巷之外的蘇州河岸邊的棚戶房裡。

應該說，這是他家境遇的最低谷期了。以前老喜歡對他家的家境與住房投以羨慕與關注的目光，現在都轉向了和消失了。在這最灰暗的日子裡，人們好像已經徹底將他們給忘了。人們不知道，也再沒興趣去知道，他家在幹些什麼？他家的那些日子是怎麼熬過來的？這與他們無關。當人們興致勃勃的注意力，又開始轉向那個時代的那些靠造反和奪權起家的新貴們時，他們父子兩人照樣在那個瘋狂人海的一隅，過着應該是他們那種人過的日子。

曉海上到二樓，推門走了進去。這是二樓的那間朝南的主臥房（至少在這點上，政府還是寬容的，他們將他家的住房都沒收和重新分配與了他人，但還是將這間二樓的主房留給了它的原主人）。曉海從小就生活起居於此，應該說這兒對他是十分熟悉的。然而，此一刻的房間對他卻顯得異常陌生。三番五次的抄家之後，能搬能毀的傢具都搬了毀了，搬不了搬不動的都被貼上了封條，推移到了房間的一角。房間因而顯得特別地大，大得都有些可怕了。在房間的另一個角落裡，擱着一張單人的折疊床，之中，躺着他的氣息奄奄的父親。

父親罹患了晚期肝癌。事實上，他是被造反派從醫院裡趕出來，趕回家中來等死的。因為一所無產階級的醫院，是絕不允許留治這麼個資產階級份子的，再說，他還是個烙有「匪特」嫌疑的階級敵人。曉海放下背囊，向父親走過去。他來到了他的折床的邊上。他望着父親望着他的眼睛，這是一雙無神而又混濁不堪的眼睛，但它們卻對兒子的來到充滿了熱切的期盼。他回想起童年時代的那個驚恐的夜晚，以及後來父親從拘留所裡放出來帶着他回家去的那一幕幕的情景，他蹲下身來，將嘴巴貼在了父親的耳邊，他說道：

「爸，我回來了。」

七

站在今天的年齡立點來回觀，曉海感覺，老宅十年的黃金歲月對於父親和他們的家庭來講，就像是觸立在一片黑色怒海裡的一座長滿了奇樹異卉的安全島，父親生命的航船從海裡駛來，登上岸，在享受了短暫的陽光與美景的時光後，又重新下海，向着風浪洶湧的大海的深處駛去。而從此，他便再沒能回來，他就這樣被怒海吞沒了，無聲無息。

然而對於曉海來講，直到那個手電筒與斥罵聲的夜晚突然降臨之前，他的生活一直是童話式的，王子式的。所以他不理解——他當然無法理解——這些原都不是必然的，這是一種暫短和虛幻的假像，漫漫的黑浪洶湧的歲月正在前方猙獰地等待着，等待着童年的曉海。

那個年紀上的曉海幾乎受到他身邊每一個人的包圍，領受着他們的笑臉和奉承。因為對他的奉承就意味着對這家男女主人的間接的奉承和尊重。人們爭先恐後地表達着這麼一種情緒，無論是虛假還是真實（虛假演出多了也變成了真實），無非都是想從這點入手，能為自己爭到那個「雞犬升天」利益中的一口羹。

曉海至今還清晰地記得他家裡的那些男女傭人們的名字和樣貌：阿根和阿鍾，他倆是專事花草樹木的修剪和負責全幢房子的水電檢修以及重物之搬運的。阿金是粗腳娘姨，阿秀是細腳娘姨。廚子是個叫老范的鎮江人，高大肥胖，臉色紅潤，說一口刮辣鬆脆的蘇北話。還有一個綽號叫「長腳」的阿羅，他是父親的司機。但因為父親老喜歡自己開車，故阿羅一般都很空閒。除了母親要單獨用車外出時，他會忙碌一陣外，餘下的時間，他老喜歡在劈柴房裡「吱呀吱呀」地拉他的胡琴。他與做細腳的阿秀「姘上了」（這是小曉海有一回聽到母親告訴父親的話），他倆老躲在那間劈柴房裡鬼混。而天一擦黑，只要先生太太不在家，阿羅就會迫不及耐地往阿秀的工人房中鑽。有時候，還會把小曉海引過來當個掩護什麼的。而有時，阿秀鄉下的丈夫來上海看望老婆，在上海住多了兩天，阿羅就會焦躁的像頭蠻牛，在花園裡直打轉。反過來也一樣，阿羅回鄉探親，回來遲了點，阿秀也會嘟起個嘴，一蹶屁股回房去，幾天都不理睬阿羅，要阿羅好勸歹勸，說盡好話，才又重新言歸於好。

最令幼年的曉海記憶深刻的，是父親在他們家的花園裡舉行的一個又一個的雞尾酒會——父親很喜歡這種洋派的社交玩意兒。每逢這種場合，他家的花園裡便會掛燈結彩喜色洋洋，亮麗極了。而父親所邀之人無外乎是一些社會上的賈富、名流以及文藝和文化圈中的人士。那時候的父親還很年輕，精力勃勃。他梳一個烏油光亮的中分式髮型，雪白的襯衣、花領結，吊肩式的揹帶西褲。他手握一杯櫻桃酒，屋裡屋外的四處走，並站在那兒，與一堆又一堆的客人寒暄、交談。母親則穿着夜禮服、高跟鞋，滿臉光彩地周旋於賓客之間。小小的曉海也來來回回地穿梭在人腿中間，好奇地東張西望。而幾乎所有的人，都會將這個經過自己身邊俊秀的小男孩抱起來，親一親，說上幾句讚美之辭。

遇上這種時候，傭人們就都擠到了工人小樓裡去了。他們從視窗探出頭來，指指點點。說，這人是誰，那人又是誰。又七嘴八舌地評論着這個比那個、還是那個比這個更漂亮，更有「賣相」，「噱頭」更好，如此這般。

當然，不能排除的一點是：其中的不少內容可能是在我寫小說時，當想像開始奔騰後添加進去的某種場景細節。但我想，這也無妨。當虛構與真實充分混合時，虛構也一樣可以成為真實。

那些年，這一屋子的人們，儘管也時不時的會有搞些矛盾和鬧些誤會之類的生活插曲，但大家還都生活得像個融洽多彩的大家庭一般。當然，那是要有一根頂樑柱的，而曉海的父親就是這麼根頂樑柱。後來，頂樑柱倒了，倒了也就樹倒猢猻散了。剎時間，所有的人——甚至包括曉海的母親以及母親面上的，常常來他家白吃白喝白住的那一家子人——全都不見了蹤影。再後來，曉海去黑龍江務農，常見到當地人用獵槍打鳥的情形：槍聲一響，就一隻鳥掉了下來，而其餘的滿林子的鳥都一哄而起四處飛散了去。他想，當年，他家的情形不就是如此嘛？

往往，命運之蛇都是在你毫無察覺，甚至還是洋洋得意之時，向你無聲地游近過來的。有關部門對曉海父親的「特殊關注」其實從鎮反期間已經開始，緣起還是他所學的專業。那個歷史時期的人們的反特意識一般都很強，而「無線電」這三個不祥的字眼又很容易叫人聯想非非。諸如：收發報機不也屬於無線電的一種嗎？還有，就是那個戴着雙筒耳機，藏身在閣樓上「嘟嘟嘟」發諜報的狗特務形象，也已被宣傳得深入了人心，更何況還是無線電「專家」？而且，早不來晚不來，為什麼就在那麼個節骨眼上回國來呢？聯想，本應是屬於從事虛構創作的作家們一種特殊的天份和才能，但在那時代，這種天份的擁有者比例極高，也相當地普遍，很多所謂「重大敵情」往往都是依靠了廣大革命群眾的某種大膽的假設、推斷以及聯想，才得以偵破的。

在之後的一段很長的時期內，童年的曉海，都一直無法讓自己從1957年年底的那個寒冬之夜的那場、始終也沒能讓他做完的夢中醒過來。他不知道，這世界到底發生了什麼？後來，他終於醒過來了，終於相信了這便是他要面對的現實時，他發現滿林子的鳥全都飛得個精光，只剩下了他與他那可憐的父親孤守着這座大宅，過着一種不像是個家的淒涼家庭生活。其間，只有阿鍾和阿金還來上海探望過他們爺倆幾回，並且還給他們捎來了一些鄉下的土產，讓他們感到了這人世間還有溫情。

其實，一直到文革爆發的這麼多年間，父親也不是沒有過相對寬鬆一點的日子。那是在1960至1963年間，劉少奇路線主政期。他被指派到科委的資料室搞技術翻譯工作；有時，還會借調到大學裡去講幾堂課。這令曉海家的政治與經濟待遇都得到了空前的改善。然而，恰恰就在這段期間，曉海一個人坐在鐵軌上望落日的孤僻性格變得愈發固執，愈發不可收拾了。他不想回家也不敢回家，一個個深濃的少年情結在曉海的心中漸漸形成。

曉海的第一次（是不是唯一的一次）真誠而純正的愛情來到，同樣也發生在他的黑龍江歲月裡，是在他被放逐到了一個偏遠的農村之後。其實，這還得謝謝那位女館長，真的，要謝謝她。

一個十五歲的女孩，情竇初開，又生活在一個遠離城市的北方農村裡。她第一眼見到曉海時，臉就騰地漲紅了，這是一張像是一隻毫無瑕疵的紅蘋果一樣樸質、光滑、健康女孩的臉。她迅速地扭轉頭過去，人也奔到灶頭後面躲藏了起來。四十年後，當曉海又回憶起這一幕情景時，他說，可能又是他那對可惡的眼神造的孽。

女孩的父母——一對忠厚、淳樸、老實巴交的農民——早已接到了上頭的通知，說有一位上海的知青要來他們家落戶，接受再教育。但他們並沒有「再教育」他，而是讓他接受了貴賓式的接待。他們一家都曾在公社裡看過他的演出，能迎來這麼個大音樂家，不是他們家的無上光榮還是什麼。他們不讓他下田，叫他留在家中，讓他們的女兒來照顧他吃喝。他們說，那些粗重的農活哪是你幹的？你要保護好你那些靈巧的手指才是啊。他們如此待曉海並無所求，除了在晚上，他們一家三口能坐在熱騰騰的炕上，聽他拉一曲京劇《紅燈記》裡的「臨行喝媽一碗酒」或者《林海雪原》裡的「打虎上山」就心滿意足了。

就這樣，曉海在一個意想不到的時間和地點，過上了半年意想不到美妙無比的生活。本來極可能是一場人生悲劇的劇情突然峰迴路轉，演出了一個喜劇式的結尾。但世事就是如此奇特，一個人喜劇的構成往往是以他人的悲劇為代價的。半年前那館長之與他，恰如半年後他之與那個十五歲的東北女孩。

那一天，當曉海的上調令通過公社、大隊部、生產小隊長一直下達到那個村裡的那家農戶時，大家還着實地替他高興了好大一陣子。當天晚上，一家三口加上曉海暢飲飽食了一餐，算是替他踐行。第二天一清早，穿着軍棉大衣、揹着提琴的曉海便由那對農民夫婦送到了村口的井邊，他們的閨女沒來，她將自己反鎖在了房裡。她痛哭了一夜，說她不願她的「海哥」離開她家。

其實，那倆口子又何嚐捨得曉海離開。但，他們又真誠地盼望他的「問題」能早日搞清和得以解決（他們從來就相信曉海是清白的，是無辜的，是革命的「好苗苗」。因為，對党和毛主席沒有深厚的感情的人，不可能將革命樣板戲演奏得如此美妙動聽）。他們在村口依依不捨，互相揮淚作別，還千叮萬囑曉海「一定不要忘了再回來看望他們」。而曉海呢，已經走出老遠了，還忍不住地回頭，不停地向他們揮手。但這一對老實巴交的農民夫妻哪裡知道，一塊屬於曉海的骨肉，已經植進了他們閨女的腹中，並正以每秒鐘多少幾何級數的速度在裂變，形成了一條新的生命。

其實在當時，曉海對此也一無所知。他還年輕，他根本不知道（或者說，他根本就沒想過）男女之愛，除了快活，原來還會帶來其他後果的。

他很快便將這戶在他生命最艱難的時候，為他帶來溫暖、希望和慰藉的農家給忘記了。有太多的事情要他去分心了：工作、練琴、男女糾葛、加薪、提級，等等。再後來，形勢又變了，林彪墜機了，偉大領袖去世了，「四人幫」成了反黨集團了，黨的十一屆三中全會召開了。社論又一次宣傳着「春風吹拂着古老的大地」，說中國從此「進入了一個全新的歷史時期」。

時期新不新，人們可能因為聽得太多。所以未免都有些麻木了。但「毛選」不用再學了，「批林批孔」不用再批了，會也少開了很多，「備戰備荒為人民」也不提了，這些都是事實。現在，曉海以及廣大知青所關心的事情，成了上調、回城、高考、升學。當然也有一些沒什麼出息的人，他們關心的問題是婚戀、成家、打傢具、做沙發，還要向農場方面爭取配給一間半室來做新婚之夜的容身之所，等等。總之，每人都有每人為之忙碌為之奮鬥的人生計劃。只是比起他們來，曉海的打算與想法要來得複雜、深遠，難度也要大得多。他毫無疑問要回上海去，他還想進音樂學院深造。當年，父親去世，他回到黑龍江農場的時候，他的想法是，這輩子他可能再也回不了上海了。所以，他什麼也沒留，而且什麼也沒帶，除了父親留下的那把 1870 年製作的捷克提琴，以及一本他自己的童年和青少年時代的照相集之外。但才過了幾年，如今，他又要回去了。

首先，他必須去房管所辦交涉；他要討回個公道不說，至少，也要為自己在上海找個棲身處。還有一點，也是最重要的一點，他一定得去辦一件事。儘管，這件事在當時看來，似乎毫無可能，但他是在父親臨終的窗前承諾過的，他必須做到。

後來，所有這些事情還果真讓他一件件地給做成了。但這耗費了他許多時間、精力以及青春的年華。他哪還會有什麼思想空間來容納下對於黑龍江歲月裡的那些記憶呢？連那具曾經陪伴他度過無數了個失眠之夜做性幻想的女館長形象，也開始變得遙遠、蒼白和不再有吸引力，更何況是那一對農民夫婦和他們的閨女？

待他再想起當年那戶曾在他患難和絕望歲月裡拯救過他的農戶時，時光已經流逝過去整整十二年了。

他先是拜託那幾個還留在場裡，已在那裡成家落戶了的舊同事代他找一找。但結果說是：找不到。怎麼會找不到呢？有公社有大隊有地址，怎麼會找不到？他覺得有點納悶。看來，他不得不親自走一趟了。他從上海帶了很多新奇新鮮的工商業產品給他們；他想像着他們見到這些玩意兒時的興奮的神情。還有當年的那個小閨女，她也該嫁人了，該做母親了吧？這一層意思他倒是在火車上才想到的，他後悔自己怎麼就沒有買一點小孩需要的用品，來讓他們一家有個更意外的驚喜呢？

但事實上，連他自己也找不到他們。

那個他只住過半年的北方農村，如同夢境一般地再現在了他的生命裡。他走過曾似相識又好像是完全陌生的泥地和田埂，他又穿過了一片小小的椴木林，繞過草垛，來到了那扇熟悉的門前。但現在，他發現在他面前只是一派頹牆敗垣，屋頂已經陷下去；大門雖然上了鎖，但由於門框腐爛的緣故，有半扇門完全倒了下去。他從倒下去了的半扇門中走進屋裡去，灶頭還在，但已塌下，有一隻野狗聽見有動靜從灶肚裡竄了出來。火炕也在，但長滿了野草。當年的情景再現在了他的眼前：他們一家三口正坐在炕沿上聽他拉《紅燈記》中的曲調。還有那個小閨女，在見到他的那一刻，倏然一閃，就躲到了灶頭後面去了。這些場面就像是電影裡人物的回憶鏡頭：正片是彩色的，但當回憶的片段切入時，變成了黑白色，而且還是那種帶點兒泛黃的黑白色。他想，現在他的一切境遇都已改善，而他們，他們卻不見了蹤影，他的眼淚不竟奪眶而出了。

他重新走出屋來，屋外秋陽燦爛。一位老人正在打麥場上用木耙翻乾草。他感覺這位老人有點眼熟，而老人看他也有點兒眼熟。老人停下了手中的活兒，困困惑惑地打量着這位不速的來訪者。他走上前去，問：老大爺，能否請問一下，這家人去哪兒了？搬走了。搬走了？哪……哪那位女孩呢？他說了他們閨女的名字，她也一同搬走了嗎？她死了——死了都已經有好多年了。應該說，曉海立即便已經意識到些什麼了。他覺得自己連站都站不住了，他向前踉蹌出了好幾步。明晃晃的秋陽在他的頭頂上突然變得旋暈起來，遠遠的群山都在向他這邊奔騰過來，它們發出了千軍萬馬將至的嘶喊聲。那喊聲是如此宏亮，如此震聾發聵，當它們撞擊在了他的耳膜上時，一律變成了一片「嗡嗡」的耳鳴聲。

老漢應該還說過些什麼——照推理也應該有。但在當時，曉海什麼也沒能聽清楚；也許那片所謂的「嗡嗡」聲就是老漢的話音演變而來的一種幻聽？反正，當他混亂的思想開始塵埃落定時，他發覺自己正坐在一家縣級招待所房間裡的一張方桌前。桌上擱着幾隻白光的玻璃杯，以及一個有高頭大馬的圖案、設計與色彩都十分香氣的馬口鐵暖水壺。他從暖水壺中倒出了一杯滾燙的白開水來，他凝視着從玻璃杯中升騰起來的白色水霧，他想——他認為——他覺得——他也這樣相信：老漢對事情敘述的大致意思應該如下：

很久以前——大概有十多年了吧，曾經有個從上海來的知青到他們家中寄居過一段不太長的時間。村裡人都不太曉得那個知青的全名，只知道他叫「海哥」。海哥把那家閨女的肚子睡大了，而從此就一去不復返了。於是，那家的閨女便瘋了，成天「海哥」「海哥」地唸叨個不停。她還常常一個人站在村口的水井邊，望着那條入村來的道路，一站便是一整天。後來，她將孩子生了下來，病卻更重了。她相信，她的「海哥」

已把她給忘了，他不會再回來了。而她，也不想留在這世上了。一個月黑之夜，她喝下了一瓶劇毒的農藥，第二天，當太陽再次升起時，她的父母發現她早已氣絕了。

哪……那個生下來的孩子呢？即使在再混亂思緒的衝激之下，曉海都不忘追問了那麼一句話。

老倆口帶走啦——嗨，這個可憐的沒爹沒娘的孩子啊。

這些情形曉海非但相信，而且也很合乎邏輯（畢竟，現在的他已經比當年的自己長多有十二個年頭了）。雖然解放這麼些年了，但在他們的那個閉塞的北方農村，女不從二的習俗仍然相當頑固。不僅僅是女孩本人這麼想，就連她的父母與舍坊鄰居也都會如此認為。玻璃杯中，那白色的霧氣還在一縷一縷地上升，然後散開去，曉海相信，這是她的靈魂正在向他昭示些什麼。

就在那天的下午近晚時分，曉海獨自一個人離開了旅社，他揹着一架琴上路了。

他翻過了一個小土崗，循着老人告訴他的方位找到了那座墓塋。這是一座孤零零的墓塋，四周圍是一片一望無際的北方原野。原野上開滿了各種各樣不知名的小朵的野花，在夕陽的光照裡，顯得五彩繽紛，美麗得來都帶點童話的意味了。

曉海不是不熟悉這一片地方，十二年前，他與她常到這裡來。曉海的思路又一次地倏然閃回，唯這一次的記憶幻覺不再是黑白的了，它也是彩色的，而且還比真實中的色彩更加鮮豔更加亮麗。也是這同一種野花盛開的季節，他和她倆人躺在野花叢中。他抱住了她，吻她。而她，則緊緊地摟住了他的脖子，哥呀哥地喚個不停。於是，他們便幹了那件事。那時候，曉海已在女館長的調教下有點兒駕輕就熟的味道了。但女孩卻哭了，她說，海哥，你可千萬不能不要了咱呀。他便隨口應道，那咋會呢，妹子！

現在，野花又開了，在野花叢中兀立着的卻是這座孤墳。曉海打開琴盒，取出琴來。他對着墳堆拉奏了一曲，這回，他拉的是托賽裡的《小夜曲》。奏完之後，他便對着墳堆說起了話來。他說，妹子，這曲好聽，這曲可比《紅燈記》要好聽多了。又說他這一世永遠真愛的人只有她一個，真的，永遠。但現在，他接着說道，海哥要走了，真正地走了。這一次，海哥可不是回上海去，而是要去一個叫香港的好地方，那裡很繁華也很自由；那裡的繁華與自由不是你，非但不是你，就連海哥我也無法想像的。

就這樣，他走了。揹挎着一架琴，在夕陽的餘暉裡走了。周圍沒有一個人影，只有風聲，只有夕陽，只有野花和孤墳。還有那座矮矮的小土崗，一直望着他，直到他消失在了地平線的那一端。這是他最後一次回到那片黑土地。從此之後，他再沒去過。就是那片土地，他曾在那兒播種下了青春的種子，又在那兒收割過苦澀和甜蜜的果實。那一片土地喲，那一片土地！

曉海很投入地向我敘述了這些細節。當時，我倆正面對面地坐在九龍尖沙咀的一處傍海的露天咖啡座裡。這是一個盛夏的晌午，猛烈的陽光照射下來，整個世界都躺在一片明亮得令人幾乎都有點眩暈的光海中。我倆置身在一把巨大的遮陽傘下，凝望着湛藍的海面出神。他講完了他的故事，我們倆誰也不望誰一眼，誰也不說一句話。過了好長一會兒，他才又說道，在他的有生之年，他至少還要回那裡一次——他一定要去的。哪怕是老了，哪怕拄着拐杖，他也要回去。他要再去探望一回那座孤墳，他甚至希望有一日還會有奇跡出現，他能尋回那一半遺失在那片土地上的屬於他的染色體。

八

那件最令少年時代的曉海感到困惑、迷惘，甚至帶點驚恐的事情就是父親的私生活。父親沒有再婚，曉海的母親離家出走後，他甚至連她的名字也沒再提起過，似乎在他的生活中壓根就沒出現過這麼個女人似的。父親沒再婚，這是指後來他再未正式娶過親；事實上，經常進出他們那幢花園住宅的各種女人非但有，而且還有不少。尤其在那段他家經濟條件相對寬鬆的期間。有時，曉海也會遇見她們，他很緊張，也很過敏。他不知道如何稱呼她們，他一律叫她們「阿姨」。

一般來說，她們從不在他家過夜，她們總是在曉海上學之後和放學回家之前這段時間到他家來。父親在這一點上還是很注意影響的，尤其是注意對孩子可能造成的心理影響。然而，這種事是絕對不可能瞞得住的。對於一個正處在成長中的孩子來說，其中的每一個細節的存在和每一點氣息的改變，其實都能被他的第六覺敏感出來，更何況曉海還是個天生就聰慧過人的孩子呢。

還有一點。因為對曉海而言，他總覺得自己是有一個母親的；而她們，全不是他的母親。是某種做兒子的本能，使他為他的那個已經拋棄了他的母親在鳴不平。這是一種情結，一種對一個孩子來說，很難克服得了的情結。這種情結折磨着他，令他困惑，令他痛苦，令他產生了某種程度連他自己都未必能察覺出來的心理扭曲。

他正處在一個特定的生理階段，對這類事情的猜測、想像和推論，令他的頭腦中淤塞着多種好奇而又緊張的念頭。而另一面，他又怎麼都無法在他的想像中，排除其中的一個人，就是他父親，這一樁事實。

他覺得他很難承受這種生理以及心理的壓力。

與父親所有有來往的女人之中，他記得最清楚的是一個高大肥胖的白皮膚女人，她看上去比瘦小的父親差不多要高出半個頭來。到他家來的時候，她老騎一輛高身的蘭翎牌女式車，往花園的草地上那麼啪地一打上撐腳，就堂而皇之地進屋來了，儼然是這家的女主人一般。他對她的印象深刻是因為來他家的女人中，數她最肆無忌憚，經常會當着他人的面，與父親做出某種越軌的親昵動作。她的舉止常常會叫父親尷尬，卻又避之不及。但看得出，出於某種曖昧的原因，父親還是很遷就她和很喜歡她的，這從父親待她的許多細節上曉海都能觀察出來。

上世紀六十年代初，仲春的一個近晚時分，曉海在那一天突然放棄了坐鐵軌看落日的習慣，提早回家。

一進花園，他就見到了那輛停在草坪上的蘭翎車。他躡手躡腳地推門進屋去（他自己也不知道為什麼要這樣做），心臟怦怦地亂跳。他甚至沒在客飯廳中停留就逕自上樓去了。離二樓還有兩三步梯級時他就不由自主地趴下身來，因為他見到父親的身影了。他從梯級上小心翼翼地探出半個腦袋，朝着二樓的主臥房裡張望。他望見他的父親跪在地上，他不知道他在幹嗎。他見不到那女人，卻見到她的一條肥白的大腿從床沿的邊上垂落了下來。這一回，他看清楚了，原來父親正跪在地上吮吸她的腳趾呢。她的五個腳趾都張開着，肥白的腳掌幾乎遮沒了父親的半個面孔。而父親幹這事似乎幹的很投入，連兒子上樓來的腳步聲都沒能察覺。曉海聽到那個女人的嬉笑聲從半開着的房門裡傳出來：「儂老壞咯喔……喔喲，喔喲，儂……儂老壞咯……」

似乎，她被父親的那個動作給整癢癢了。

後來，事隔多年的，當曉海在與他的女友做愛前，他也曾經嚐試着模仿過父親的那個古怪的舉動，但他感覺不到有任何樂趣。他覺得那腳趾含在嘴裡的味道是鹹鹹的，還有一股怪味。而讓他給吮吸姆趾的女人也毫無興奮和性快感可言，她有點莫名其妙，這讓曉海感覺悻悻然。這究竟是怎麼回事，嚴格來說，他至今還未弄清。事實上，他也不需要去弄清。這世間這人生有太多的事情是永遠也弄不清，解不明的。尤其在性取態這個人性的最複雜的課題上，儘管他們是兩父子，也不會一樣。

這種弄不清就有點兒像他對他自己。都到了這種年齡段了，他都沒能弄明白為什麼自己老會對十來歲的男孩和女孩特別喜愛，對他們的行為與表情反應也特別敏感，特別能激起他的一種情感與心理衝動的？

這是一種溺愛與自憐的感情混合體，含有對某個遙遠記憶情結的補償性質。而令他弄不明白的更是：有時，這種感覺會氾濫，會失控，會從純喜愛的層面稀裡糊塗地就走進了另類的心理境界中去。他問他自己：你有這種情形嗎？答案似乎是肯定的。他又進而問自己：這是為什麼？但他答不上來。他聽見自己在對自己說：不，我也不清楚這是怎麼回事。

另一次被他窺見的父親苟且事也是與那女人在一起幹的。

他從小便有那種天份，一旦他想做想看什麼，他總能找到這麼個機會，找到一個他能看見對方，而對方絕不可能發覺他的角度的。這一次他見到的情景是：那個高頭大馬的胖婦人叉開了雙腿騎在了父親的身上。從側後方向望過去，她那兩半肥而白的屁股一顛一顛的，兩隻奶子也上下亂晃。她似乎很享受，閉着眼睛仰着頭，嘴裡還哼哼呀呀的。而骨瘦如柴的父親則被墊在了她的身子底下，顯得格外可憐。他也緊閉着雙眼，緊抿着嘴唇，一付難以忍受的樣子。當然在後來，自從曉海與女館長幹過了那事後，他已完全能體會到父親那一刻的感受了。但在當時，他真怕父親會被那胖女人壓散了骨架。他恨死那女人了，他恨不得能宰了她。一層理由是為他父親——她怎麼老想方設法地尋找一些殘酷的方法來折磨他呢？而另一層原因是為了他那個只有童年記憶影子的母親。他總覺得那女人這麼做也同樣在傷害他的母親。具體是些什麼，他又說不上來。

但這女人卻能煮很好吃的羅宋湯和西餐。而且那些食料佐料甚至午餐肉罐頭都由她親自帶來。每次，只要她在這裡的那個晚上，他們爺倆便能享受到一頓正宗「紅房子」式的美餐。從這點上來說，曉海又產生了一種希望她能常到他家來的祈盼。在一段相當長的時期裡，這種矛盾的心態經常折磨着他。四十年後，曉海因犯事被拘押進「差館」，就是算命人所謂的他的名字第一次見諸報端的那一次，當然也是我在成都路延安路口的那片綠化帶收到那回意外電話的那次，他居然見到那女人了——當然不是原來的那一個，而是一個極像那女人的另一個女人。

別以為警員抓捕人的時候是那副劍出鞘弩滿張的架勢，一旦人進了差館，一切便頓時鬆弛了下來，恢復原態了。警員們解領帶的解領帶，除外套的除外套，倒茶來喝的倒茶來喝，嘻嘻哈哈說笑的嘻嘻哈哈說笑，根本就不再把他們花了九牛二虎之力抓來的對象當回事了。而那些物件呢，也都被驅趕到一間巨大的房間中，等候處理和發落。

那段時期正值香港警方規模性的掃黃期。原因是持雙程證和自由行簽證來港的大陸流鶯，在九龍旺角一帶嚴重氾濫。她們以超低價位拉客，又打一槍換一個地方。如此一來，非但搶了本地同類從業人員的飯碗，破壞了當地的行規，而且還令那一帶的治安也出現了嚴重問題。社會輿論對此反應強烈，於是，警方便不得不有所舉措了。另外，這段期間從大陸輸入的流鶯「外勞」還有一個特色，那便是四十多乃至近五十歲的老妓佔了一個相當大的比例。據《蘋果日報》有關專欄剖析：四五十歲的老女人富有性經驗富有滄桑感，故她們更能比十多二十幾歲的妙齡少女對年屆花甲的「阿伯」們，構成某種特殊的帶懷舊感的誘惑力。旺角的「阿伯」們雖然錢不多，但因已到了退休的年齡，子女也都自立，負擔相對減輕；他們有此時間，有此閒情，也不乏一定的經濟能力（用不着太多，每次交易也就兩三百港元而已），來一嚐他們中青年時代由於繁重的生活壓力而無法品嚐到的那種滋味。無形中，他們更形成了此類行當中最具發掘潛質的一族人群了。消息傳出，這種年齡段的「性工作者」們（台灣報紙用語）便蜂擁而至了。三百六十行，行行出狀元，每一個行當都有其發財的秘訣。這與搞金融買股票炒房地產也差不多，關鍵在於對資訊的了解，對時機的把控，對出貨還是進貨信號的正確理解以及判斷。

我可能扯開了去，還得回到我們小說的主線上來。差館的大房裡嘈嘈雜雜，不像警局倒像個麻雀館了。這令那些犯事人剛給抓進來時的那種戰戰兢兢的情緒迅速得到了平撫。就像是被診斷患了癌症的病人，起初可能很害怕，但當他去到腫瘤醫院，見到周圍盡是這種人的時候，自然也就覺得無所謂了。生命，不也就是那麼回事嗎？世界本來就是如此的嘛！房間裡人滿為患，品流複雜：小偷，嫖客，盜竊犯，搶劫犯，露宿者（根據英倫留下來的殖民地法律，露宿街頭也算是犯法），遊盪者（英國法律的又一則奇文是，無故在外遊盪而又無法提供適當理由者也是觸犯法律的），還有什麼「阻差辦公」的，「携械而又企圖不明」的，各式人等。還有就是那一茬一茬衣着暴露的流鶯們也夾雜於其中，讓那些男人們的眼光都望直了去。就在這時候，曉海見到了那個女人。

女人約莫四十上下，曉海想，她應該就是屬於《蘋果日報》專欄剖析的那種人物。而她也立即注意到他了。她向他拋來了一個媚眼：這應該是她的職業敏感和習慣所使然。事關當年曉海遇見她時，他還是個少年；時至今日，當他再見到了這個極像她的她時，他自己也都成了個十足的「阿伯」級的人物了。那女人打開手提袋，取出了一張碎紙和一枝原子筆來。她將紙片墊在手提袋上寫了些什麼，然後瞅瞅四周亂糟糟的也沒人注意她，便偷偷地移遊了過來，她坐到了曉海的身邊。她將一張紙片塞過來，她胖乎乎白嫩嫩的手指酷似當年父親那個女人的。她輕聲說道（她說一口帶東北口音的普通話，這點，在黑龍江生活過十年的曉海一聽便能辨別出來）：這是我在香港和國內的地址以及電話號碼，你拿着。我很快便能自簽擔保外出了；你如也出來，而又有需要的話，可打這個手機找我……從前的人都說，男怕入錯行，女怕嫁錯郎。如今時代變了，男女平等了，女怕的不再是什麼「嫁錯郎」，而也是怕「入錯行」了。像這樣的人才，這樣的膽魄和辦事風格，假如從事金融業或進入了政界去發展的話，不又整出個舉世聞名的女強人來，才怪。

在他故事的敘述中，曉海陡然插入了這麼的一段情節，讓我也說不上他的用意和心態究竟何在？我無法知道的事情還包括：他出來後是否真的去找過她？還是沒有？以及，他去找她又是為了什麼目的？僅僅是為了去幹一回那事，還是要用這一種特殊的方式去重溫一次他的那個童年和少年之夢呢？

沒人能說清，我說不清，曉海本人說不清，心理學的專家們也未必就能說清。

九

但到了1971年，當曉海從黑龍江回上海來探望病危的老父之際，這一切的人與事都像煙雲一般地消散了。這個所謂消散，不但是指上世紀五十年代的那個家那些人和那種生活；同時還包括了六十年代初期常到他們家來的那些女人們和她們帶來的那種神秘而又刺激的生活場景，還有「藍翎」車，還有羅宋湯和午餐肉罐頭。

現在，這間空盪盪的大房間裡只剩下了他們父子兩人。曉海將房門關上了，重新回到父親的病榻邊上坐下來。他感覺這個家就像是一座孤島，而外面的世界，從街上一直到這幢大屋的花園，它的客飯廳，它的扶梯，它的走廊，它的其他房間，它的浴室，它的陽台露台和曬台，都是屬於那片狂怒的大海的一部分，而一旦當門關上，曉海就把那驚濤駭浪的世界全都擋在門外了。他凝望着父親的那張似乎是剛從蠟像模具裡剝離出來的面孔：瘦削、蠟黃，每一塊肌肉都已經失去或正在失去它們昔日表情的表達功能。還有就是父親的那一雙眼睛，似乎變得異乎尋常地大——至少比他小時候的記憶中要大多了；它們深陷在高高凸起的眉骨中間，就像是在山壁的窟窿裡安裝的兩隻燈泡，正散發出一種昏黃而又迷糊的光芒。然而，此一刻的父親卻顯得十分的安詳，他一動也不動地躺在被窩裡，平靜地回望着他的兒子。初冬的陽光從木窗寬闊的窗櫺間照射進來，溫暖而又明亮。這裡就是他熟悉的所謂「家」嘛？艱難、恐怖與溫馨的歲月他都曾在這裡度過。一切虛幻得像是一場夢境：他明白，這一場夢的最終結局，是父親將在這間房間裡耗盡他生命的最後一秒鐘。他的悲情一下子潮湧了上來，他撲倒在了父親的裹在了被窩裡的身體上，哭了。

但父親並沒顯出任何悲傷的樣子來，他只是伸出一隻顫抖的手來撫摸着他兒子的頭顱，一遍又一遍。他用無言代替了說話。

一直到他死，父親從來就沒曾知道原來曉海已窺探到了他的某些最隐秘的生活細節了。他對兒子的教育，仍然是採用了最正規最刻板最嚴謹的那一種模式。其中既包含了中國儒教式的傳統，同時又帶上了強烈的西方文化色彩。那些年，曉海在學校裡所接受的，絕大數都是一些革命化的和口號式的教育，但一回到家裡，父親便給他開「小灶」了。他教他英語和數學，又讓他背誦唐詩宋詞和「論語」中的一些片段。他給曉海講解莎士比亞、孟德斯鳩、黑格爾、康得、叔本華、尼采和孔子。所講的內容雖然都不太深，但文化的涉及面極廣。在大學裡，父親是讀過「材料學」的，他希望他的兒子能成功為一塊他心目之中的社會材料。父親教小提琴尤其教得一絲不苟。他常說，小提琴這門樂器，如果初學時的基礎打不扎實的話，必將受累終生。他還承諾兒子說，假如有一天，曉海的琴藝能達到了他理想之中的那個標準的話，他將把自己的那把 1870 年製作的捷克琴送給他用。於是，這便成為了曉海的少年之夢了。他經常做這樣的夢。在夢中他正在拉琴，拉着拉着就發覺說怎麼琴聲會如此美妙如此仙樂飄飄了呢？他仔細地端詳了一番自己手中握着的那把琴，才發現，原來他的金鐘練習琴早已換成了那把捷克古琴了。

但父親在教誨兒子時的一臉道學家和教育家的正兒八經以及道貌岸然，給曉海留下的印象並不全是正面的。兒子感到的還有一種隱匿了痛苦和猜疑。他望着父親的那一截藏在寬大中山裝裡的瘦削身體，他想起了當它一旦裸露時的樣子。他弄不明白在當時它為什麼是那樣，而現在，為什麼又變成了這樣了呢？他強烈地思索着，以他那心智還未完全發育成熟的少年的頭腦思索着。他想起這是叔本華還是康得還是另外的一位哲學家說過的一句話（這不也是父親教他的？），說「人格」原是由很多不同的切面所組成的一塊立方體。那父親的人格呢？組成它的切面又有多少個呢？他始終沒有能想通這個問題，直到此一刻。

此一刻，他其實已經是一個十足的成年人了，性與情的經驗也不會在當年的他的父親之下了。但是，這個少年時代遺留下來的困結仍然在纏繞着他，這是因為他的思索對象不是別人，而是自己的父親。而此一刻的父親的身軀已不再是遮蓋在袖口寬大的中山裝裡的身軀了，它被掩埋在一條厚厚的棉被之下；曉海知道，在這軀體的內部，象徵着死亡的黑色癌細胞正在瘋狂地擴散，它們貪婪地吞噬着蠶食着已經所剩無幾了的代表生命的鮮紅之色。

父親說話了。你回來了，就好。他說。是的，爸爸。現在您可以放心了，我會一直陪在您的身邊，直到您的病情好轉為止。父親搖搖頭，他沒說什麼。因為父子兩人誰的心中都明白：這是一句說了等於沒說，但還是不得不說一說的假話。

父親說，到了此一刻，有一句話，我一定得說。曉海抬起頭來，望着父親，他很少聽到父親會用這樣的語氣來說話。出去，父親突然說道，今後你一定要出去！離開這個城市，離開這個國家，離開這片土地！你要去得愈遠愈好。他希望他的兒子最好能重新回到他的老父當年出發而後再來到了這片災難之地的那個地方去。

曉海呆呆地望着他的父親。他知道，這才是那句最關鍵、最重要、在父親的心中埋藏了長久長久想要說出來的話。在那個年代，曉海根本就不知道如何來做到這一點，但他還是點了頭。他只記得，這時候房間裡和窗戶外的陽光都很燦爛，這是上海的一個難得一見的暖和冬日，碧藍的天空上沒有一絲雲。從窗口望出去，能見到七叉八丫深褐色的樹枝像帶鈎的鐵絲網，割裂這片蔚藍的天空。

父親繼續說下去。他說，這是他一生人圈上句號的時刻了，但兒子是父親生命的延續。當年他的一念之差，他盼望他的兒子能替他彌補回來。他說，他有冤，他也有仇；他希望他的兒子能替他伸冤能替他報仇。但，這是什麼冤？這是什麼仇？什麼人是他的冤家？什麼人是他的仇人？他知道，這是個空泛龐大得摸不着邊際的概念。誰也不會對此負責，誰也不能對此負責。但只要有一天曉海走了——而假如曉海成家了，就帶着家眷和孩子一同走——離開這裡了，離開這裡的一切了，而且從此永遠也不再回來了，他就算是了結了他老父的遺願了，也就算是替他老父報了仇和伸了冤了。

父親說這些話的時候，出現了難以相信的亢奮和激動，他蠟黃的臉頰上都有些泛紅暈的意思了。他仿佛又看到了希望，看到了加利福尼亞州，看到了派克萊大學的校園，看到了加州的陽光與海灘。在那個最陰暗的年代裡，他彷彿見到了這一切的一切。

但曉海知道，這是一種迴光返照。第二天清晨時分，父親便咽氣了。

現在，這世界上只剩下曉海一個人了。在一間空盪盪的房間裡，他依舊坐在冬日的陽光裡。父親的後事已經料理完畢，但，哪裡才是他的家——他的家究竟在哪裡呢？或許那個遠在幾千里之外的黑龍江軍墾農場，那個「文宣隊」，那排男生寢室就是他的家。他想到了他的母親，想到過要去找他的那個只有童年記憶的母親，但，他去哪兒找她呢？

曉海當然是無法找到她的。中國這麼大，人海茫茫，沒有方向，也沒有目標地，他去那兒找？再說，母親早已不在上海了，她搬去了北京。後來，當曉海再次講到他當時心情的時候，他所下的結論是，即使當年真讓他找到了他的生母，以她的個性而言，母親也未必會接納他。所以與其兩次感情受創，還不如當年沒能找到她好。因為就當曉海渴望着能找到母親重拾天倫溫暖之時，他並不知道，那年代他母親自己的日子其實也不好過。她正以黑五類家屬的身份，每天早晚都要將胡同從頭到尾掃上兩遍。

當年離家後的母親又找了個高幹把自己嫁了出去。高幹高就北京，她也跟了過去。在之後的那些年中，她又為曉海添了同母異父的一弟一妹——而這些，都是當曉海在香港見到了她之後才了解的事。

然而，即使是地位再高的高幹，到了「文革」，也一樣劫數難逃。高幹被關進了秦城監獄。待到撥雲見日的時代來臨時，高幹已在監獄中死去了。母親將他的骨灰盒從監獄中領了回來。這一回，不是她拋棄了誰，而是命運拋棄了她。這不得不令她有所思考，有所幡悟。儘管後來形勢的變化是令人鼓舞的，但不可改變的事實是，人已經死了，再也活不過來了。像所有在「文革」中枉死的高幹一樣，組織上替她的後夫高調地平了反，而且還舉行了隆重的追悼會，又奏哀樂，又有新的國家領導人前來行三鞠躬禮，然後再與家屬握手以示慰問，最後還享受了骨灰盒以黨旗覆蓋，送往八寶山公墓國葬的待遇。

當然還有，還有遺孀理應獲得善後照顧。組織上為她在上海作了安置，並分配了一套位於康平路地段的四居室的住房給她（這已是市級幹部的待遇了）。但是這一回她的表態，不僅令從前常來曉海家白吃白喝的那些舅舅和小姨們想不通，就連替她家解決善後問題的有關方面，也都感到了某種程度的驚訝。她拒絕了所有這些優厚的待遇，而提出了一條很簡單的交換條件，讓她的一子一女都出國留學。組織上經過考慮，同意了她的請求。而她找的大學就是她前夫當年就讀的那所派克萊大學。她找到了前夫的一位仍留在該校當教授的同窗兼好友。她說，她是某某人的太太，而某某人已在文革的歲月中被迫害致死了。現在，她想把她的子女送出來讀書，他是否願意代為照看照看？當然，她如願以償了。而且，出於同情以及懷念，從經濟擔保到學費生活費的首期支付，以及後來的獎學金申請等等都由對方一併給包辦了。

這是上個世紀七十年代末八十年代初的事情了。當時，政府改革開放的南風窗還只洞開了一線縫隙，當人們還都在忙於找人脈搞平反或準備高考試題，或設法能搞一套四喇叭音響大蹦迪士高之際，她就想到了明天，想到了後天。她在這方面從來就有着毋庸置疑的天份，總能不失時機地先行於時代一步到二步。

四十年後，當她皮肉鬆怠眼袋下垂地出現在曉海的面前時，其實曉海的心中已經消失了希望能找尋到生母的一切衝動了。而她，偏偏就在這個時候來了，讓曉海意外得來都有點兒失落感了。但她在她為前夫所生的兒子的家中沒住足一個月就回去了。她將原因都歸咎於香港的氣候。她說，這鬼天氣，又潮濕又悶熱，簡直就讓人無法忍受。不像上海那樣，要麼冷要麼熱，冷也冷得乾脆熱也熱得過癮；她住不慣這裡，她還是回去。當然，自從那回之後，兩母子又恢復了一定限度的往來，也就是每月一至兩次用長途電話互問安好互道平安罷了。事實上，如此一對母子，也只有如此了。

然而，正是因為有了這種稀疏的聯繫，才讓曉海了解到：她後來也去到她在美國的兒子和女兒處各住過一段時間。但最後，也都一樣說是「住不慣」而打道歸府，回到上海去了。老年了的母親寧願一個人住在上海的一套公寓裡（後來，組織上還是分了一套住房給她，只是面積小了點，地段也不在康平路了），她與一個安徽小保姆為伴，孤單地打發着日子。半個世紀前，她的前夫從三藩市回上海來的一幕，半個世紀後，又由她親自登場來演出了一回。差別除了時代背景已經完全改變了以外，還有交通工具。一個搭乘的是「美利堅」郵輪，要在海上漂流個把月；另一個乘坐的則是波音 747 飛機，花不了十多個小時便可以到家了。

十

故事七拉八扯地講到了這個份上，我想，現在應該是到了要對曉海一生中所遇到的各種女性，作出一個比較系統化清理的時候了。一為我自己的創作思路，二也為讀者的理解思路。

但一旦當自己面對這麼個任務時，我又頓感彷徨和束手無策了起來。女人？曉海一生中所遇見的，又能在他的記憶裡留下刻痕的女人，我不已在前文的敘述中都一一提及和交代過了嗎？音樂老師、舞蹈演員、女館長、小閨女，還有，就是他的那位胖老婆。當然還有，還有他的母親，他父親的情人，那位酷似他父親情人的老妓女，那個至今為止，我相信包括法官在內的誰都無法能真正弄清楚她與曉海之間究竟發生了些什麼的十一歲小女孩，以及她那位穿着入時的性感母親，等等、等等。

正如術師們所說的那樣：一是他的眼神（？）二是他的琴（手）藝，令女性都會懷着一種複雜的心情向他靠攏，始終猶豫不決卻又始終無法抗拒。然而，就當她們的心理氣場受到某種電波干擾的同時，他自己的正常男性的心理波段，也同樣承受着來自於不同女性人格干擾波的衝激。他或者已經心理失衡了，或者還沒有。那個銅鑼灣餐廳吃飯的晚上，他打發他的胖太太和孩子先走一步之後，他還與我在一起喝多了兩個小時的啤酒。後來，大家都喝得暈乎乎了，覺得世界都已飄了起來。就在這時，他說道，結果呢？結果不是她們中的任何一個人，註定要陪伴我過一世的是你老兄剛才見到的那位胖夫人。他說，他倆之間根本就不存在什麼共同的話題，當然也談不上什麼深刻的愛情之類（「彼此太深愛對方又有什麼益處？」我聽見他輕輕地咕噥了一句，但又不能算是一句他的正式說出口來的話，故我只能用括弧來示之）；至於性嚒，他說，深不深刻從何談起？男女之間的慾火一旦被點燃，總也差不了是那回事。他之所以要娶她，而她，之所以也會嫁他，這都是因為有一種叫做潛意識的東西在起作用。物化了的潛意識告訴他說，她更適合做他的妻子；而同時又告訴她說，他更適合做她的丈夫。於是心化了的潛意識便只能靠邊站，無從發言了，而一切便也水到渠成。這，就是緣份。輪着你與她了，就是你與她；只有因果，沒有緣故。但我與你老兄就不同，他醉眼迷茫地舉起了大口的啤酒杯來望着我，說道，我們是同性的朋友，我們可以選擇。這個立場是任何異性都無法替代的。有些話，我能告訴你，如實地、不折不扣地告訴你；但，我能告訴我的太太嗎？我能告訴她們中的任何一個人嗎？不能。他兀自冷笑了一陣，把大半杯啤酒湊近嘴邊，咕咚咕咚地一口氣喝了下去。

他的這個論點我倒是頗為認同的。由此可見，我對他那樁事件的獨特取態也不是沒有理論依據的。我與他的關係是同性、同代兼同鄉，我對他的了解（從某一方面來說）可能已經太多。性是人類生存活動中的一個重要課題；而性別，則是小說創作中的一個重要課題。同一個社會命題的不同結論往往是荷爾蒙代你下的。克林頓當了八年美國總統，女性選民對他的青睞與支持是一塊重要基石；後來，白宮見習生耐溫斯基介入，遂令這塊基石動搖，克先生黯然下台，懷着對荷爾蒙這一種生命物質的深深喜愛與恐懼。生物學和心理學的內在聯繫就是靠了這種神奇的物質，我相信現代科學和未來科學都可能在不久的將來，對此作

風化案

出令人恍然大悟的結論。

我又將題目扯遠了去，其實我想要說的是：還有一個曾經出現在曉海生命中的女性，我也不能漏提。就是那個他吮她的姆趾，她毫無感覺，從而令他悻悻然的女人。那女人姓龔，他與龔女做過好多次愛，聽曉海的口吻，自從女館長替他開了竅之後，這種事他已老馬識途駕輕就熟了（即使是在當時的那麼個清教徒時代，他也總能找到最安全最合適的地點、時間與機會來幹好這件事；我一早說了，他在這方面有天份）。這些都還在其次，重要的問題在於：他相信，龔女是他生命中的唯一一位能與他產生心靈共振的女人。在這一點上，誰也不能像她那樣在曉海與異性的交往經驗中佔一席特殊的地位。就像是演繹一首兩重奏作品；一問一答亦步亦趨的樂式是一種演繹方式，互為主題以及背景之交替的是另一種。然而，最深奧最富內涵也是最不易為的演繹方式是：兩把樂器各自按照各自的音樂邏輯與聲部通道各說各話各走各路；有時重疊，有時分野；有時融合，有時衝突。單獨聽來，自成其趣；合成之後，則又演變為了完全另一種風格和內涵一首新樂曲。新樂曲非但音樂效果別致，而且在創意手法上也往往出人意表。曉海相信他與她的心靈溝通就屬於那第三種。

自然，這是站在曉海純個人立點上的一種解說。他認為，男女之好分為三種：一種是純肉體的，比如他與那位女館長；第二種是純愛情的，比如他和那個小閨女；第三種是純心靈的，比如他與龔女。而且，他還繼續將此立論推演出了一個更哲理更精闢的結論性東西來。他說，即使你的一生中只愛過一個女人，其實，你與這個女人的關係之中也同樣和同時存在着上述三種感情狀態，它們互相獨立互相制約也互相影響。然而，就算在哪一天，其中的一種已不復存在，其他的兩種還會繼續存在，繼續運作，繼續發揮相互間的影響力。即使到了其中的兩項都不再存在時，留下的那一項仍然還會單獨而又頑固地存在下去，而且還可能長久長久仍至永遠地存在下去，從而使你與她成為了一對另類意義上的夫妻（或同居者，或情人或只是個知己知彼的異性朋友而已）。而他，楊曉海，只不過是同時擁有了三個獨立的異性個體，來為他共同構築了其兩性關係上的一個多切面體。而這，恰恰能讓他更有機會與可能來辨認清某個問題的實質。他的「理論」把我說得一楞一楞的，但我還得承認：他說得不是沒有點道理。哪，那位舞蹈演員呢？我忽然就記起了那個曾與青年時代的曉海坐在道具箱上幹過那麼一回雲雨之好的女人。我說，她，又屬於你那三種兩性關係中的哪一種呢？

他不置可否。我付忖：就算是一位再資深的性與性別問題的專家，有時也未必就做得到能將所有的兩性交往個案都逐一歸檔。他回避了我的問題，但他卻很簡扼地向我講述了他與那位舞蹈演員的一段關係後文。（原來他倆的交往還有後文！）

他說，自從那回道具箱事件後，他倒真有些夢牽魂繞上她了。他很想與她發展一種純感情的關係，（也許，他所指的就是他那三種分類關係中的第二種？）但她卻總是回避着他，他無法了解她的真實想法。後來，回城大潮來臨的前夕，她突然與一位齊齊哈爾市的知青閃電式地結了婚。原因是後來才傳出來的：

那位男青年的父親是該市結合進領導班子去的一位老幹部。老幹部及時向真理投降，向毛主席的革命路線靠攏，趕上了那最後一班車。他一上任，就立馬為他的兒子在齊市的一家機修廠找了個當技工的差使而將他上調了（當年的所謂「開後門」，最大的門縫也就如此了）。農轉工？吃戶籍糧？那還了得！這在當時，對於一輩子都可能要生活在一紙農村戶口陰影下的知青們來說，可謂是一件足以改變其命運的大事了。單憑了這個優勢，男青年就有條件帶着一位漂亮、風流而且又是搞文藝的上海女孩回城定居去了。

但又有誰能料到呢？後來的社會與經濟的發展形態都出現了大逆轉，而以如此理由作為結合基礎的婚姻註定是不可能持久的。再過了幾年，曉海已經回滬並考入了上音攻讀提琴演奏專業了。有一天，那位舞蹈演員突然出現在了曉海寢室的門前，臉上還帶着幾分東北水土滋養出來的那種國光蘋果式紅撲撲的色彩，衣着也具備了北方城鎮婦女們的那種香裡香氣的豔麗和莫明其妙性感的一切特徵。她告訴曉海說，她已與那齊齊哈爾人離異了，她想與他一同生活（同居還是結婚她沒說清楚）。這叫曉海着着實實地嚇了一跳，他連忙將她拉到一旁，以避開上音同學們向他倆投來的異樣的目光。他問清了她的情況後告訴她說，他倆之間再也沒有這種可能了。（這一回，他指的是不是他的那套兩性關係中的第三類別？）於是，她只能悻悻而去。後來，當她回憶起她當時的心情時說，她的確有點失望，但她想：她不還是原來的她麼？這是件預料之中的事。就像是下一筆不需要押上本錢的賭博，成功了當然好；不成，也沒啥損失——除了倒貼了一回女人的臉面和自尊外。而這一點，其實也只是一件純個人情緒上的問題。記住，可能記它一輩子；忘掉，也就是個把時辰，不就將之都棄置於腦後了？

二十年後，他又見到了她。

她是利用到香港來旅遊的機會找到他的。那時候的她已完全換了個人。國光蘋果式的紅撲撲的臉色，已完全被資生堂化妝品的粉底和青紫色的眼暈膏所代替；還有閃閃發亮的甲油，點在十隻指尖和趾尖上，總共二十處的人肢端點，都有銀色的光芒放射出來。當年見到她的那種北方婦女的土氣和豔俗自然都一掃而光了。她穿一件BURBERRY的米色風衣，手挽一隻最新款的LV手袋。她告訴他，自從那次他倆在上海見面之後不久，她便利用學生簽證去了日本。她當然不會到日本去留什麼學讀什麼書，她找了個男人，又跳了個男人，然後又換了另一個男人。如此幾個來回，她便像蛇蛻皮似的一次又一次地長大長粗而且脫胎換骨了。如今，她的身份是東京某株式會社的老板夫人。在物質上，她說，她什麼也不缺，她只是感到空虛，她想……而曉海便明白她的來意了。

他找了個機會，安排他那胖妻和十歲的兒子去別處呆了半天，而他與她又扎扎實實地幹了一回。（此次，他在向我暗示的是否就是他那套所謂「三類性關係理論」中的第一類呢？）這一次，他成熟了，而她，則更成熟。說到底，性愛也是一門藝術，就像從事其他藝術的鑽研一樣，是學無止境的。他倆幹得時而如魚得水時而地動山搖，他們在各自修煉了三十年後又比試了一回武功，他們既重溫了一次舊夢又做多了一回新夢。臨走，她說，她還會來找他的。但始終也沒再來。一則可能是雙方在武功的修煉上還都沒能達到一個再度比試的新境界；二則，根據曉海的「貓理論」，至少證明對方在吃穿住用的問題上直到現在也還都不錯才對。

不要再說別人了，讓故事再回到龔女的那條情節線上去。

龔女在當年已經是上音附中的學生了。鋼琴與提琴的基礎訓練都十分扎實。當曉海第一次帶着父親留給他的那把捷克古琴，出現在她的位於華山路枕流公寓的家中時，她一下子便覺察出了這位與她同齡的業餘拉琴者與眾不同的音樂天賦。她對他另眼相看，並萌生了一種朦朧的愛慕之意。

當時全國的學校都處於一種停課鬧革命的癱瘓狀態，流連在社會上的青年學子們無所事事，但又精力過剩，無處發洩。他們自動地分聚成若干部族：搞打砸搶的，逍遙在家的，打傢具玩電視機和落地音響的，集郵買賣古玩古董的，拆卸裝配自行車的，什麼都有。但也有那麼一小批人，他們酷愛藝術酷愛文學酷愛音樂，總之，他們酷愛學習酷愛汲取知識，他們認為，沒有學習與長進的生活不是生活。他們將一本本掃四舊漏網的十八十九世紀的西洋名著，在暗地裡互傳互閱又互訴心得體會讀後感。他們又抄譜又曬譜，又聚合在一塊搞室內樂的演奏與欣賞，互相切磋琴藝畫藝和詩藝。這批人之中的不少個在文革剛結束，人才的斷層期脫穎而出，成了一個方面軍的頂樑柱和領袖人物，從此便步入了人生的輝煌期。當然，打傢具和裝自行車的也都各有出路，他們可以去廠裡幹活。只是適逢政策轉型期，又到了規定的年齡，故而紛紛下崗，提前進入了清苦的老年生活階段。至於搞打砸搶的，文革結束後多數都成了所謂的「三種人」了，有的甚至還被選中，為成「四人幫」的殉葬品，被關進了大獄。待到可以重見天日，非但眉毛鬍鬚都已花白，世界也全變了樣。流放到社會上來與蹲在大獄裡，對他們來說其實也沒啥兩樣（呆在大牢裡還能混頓免費的飯吃，然而當今社會，流行的一句告誡語是：天底下從來就沒有免費的午餐）。由此可見，再怎麼樣的時代，再怎麼樣的生存環境，上帝還是會將人生道路一部份的選擇權交還給你自己來掌控，因為如此一來，好讓你一旦等到人生有了某個結論時，也不至於太去責怪你的造物主不公平了。

曉海用他 55 歲的皺紋與笑容，圈攏了他那最後一句結束語的句號。我說，當年，我倆不都屬於那一小批人之中的一份子嗎？只是當時大家互不認識，命運非要安排我們在過了天命年後的異鄉見面，結為知己。於是，他感慨地笑了，我也感慨地笑了。我又說道，你還沒有說下去呢，你的那位龔姓的女友後來怎麼啦？我很想知道這一對所謂「純心靈」之愛的情人的最終結局，我想，不僅是我，我的讀者們也一樣想知道。他說，你還記得 1971 年吧？你對 1971 年的上海還有印象嗎？

於是 1971 年，那個遙遠年代的一個模模糊糊的印象輪廓便在我的腦海裡再現了。那一年林彪出逃，墜機身亡。事件令到長達十年的文革惡夢，有過一次半夜時分偶而醒來的機會。但中國社會在一個巨大的翻身動作之後，在夢與醒之旋渦裡打了個轉，便再一次昏昏沉沉地睡去了，她繼續去做她的那一場漫無邊際的歷史的惡夢。

我說，是的，我還有點印象。

風化案

1971年一個雪冬的深夜。枕流公寓大門口的那盞鑄鐵的六角形門廊燈還在，它並沒隨着其他象徵資產階級腐朽生活方式的殘渣餘孽和四舊物件，一起被無產階級革命的鐵掃帚從這地球上清除出去。近半個世紀了，寒冬酷暑，每一個夜晚它都堅守在那裡，以它那幽淡的燈光照亮那一方屬於它的小小的領地。與此同時，它也從它的角度見證着上海當代史的演進過程。那個深夜，它見到一位少女與一位揹着提琴的少男從公寓的大門口走了出來。他們倆在它的下方站定了，他們各自緊了緊棉大衣的裹扣，又將長絨圍巾往內裡塞了塞，他們將大衣的領子都翻豎了起來。有雪花順着風勢飄進門廊裡來，街上的路燈稀少而昏暗。在路燈幽黃的燈光裡，他們見到幾個人影正在凜冽的北風裡作業。他們先將貼在公寓對面花園圍牆上的已經不合時宜的口號與標語撕下來，再換上了新的「批林批孔」的大標語。

這次是曉海離開上海三年後再度踏足故鄉的土地，而今晚又是他在這裡度過的最後一個夜晚。他已將父親的後事了理完畢，並把家中所剩無幾的幾件傢具與物件都分送給了親友，剩下的二樓的那間正房，他也去房管所辦了上繳的手續。他只為自己留了一口樟木箱，內裝一些衣衫物件，幾本相簿，再有就是父親遺留下來的一些有紀念價值、能令他睹物思人的物品。這些東西未必值什麼錢，但他卻捨不得將它們一併處理掉，再重，他也要將父親精神的一部份的象徵物帶在身邊。當然，最重要的就是那把捷克琴和一大疊的曲譜，這是他賴以生存的精神食糧。他買好了一張第二天傍晚去三棵樹的火車票，而這天晚上，他便揹着那架琴來到了枕流公寓，他想同她講點什麼。

其實，龔女遠不是個漂亮的女孩。她的長相很一般——還不說一般，簡直是有點兒難看了。至少說，也是個缺乏十八九歲青春少女的那種誘人光彩的女孩。她身材瘦小，有點發育不良的樣子；皮膚則略顯病態的焦黃。與當年唇紅面白的美少年曉海兩個處在一塊，反差很大。然而，曉海對她卻是十分敬重和器重的，並由器重而滑入了一往情深的那張愛之網中去了。另外，曉海還有一種感覺，那就是：只有她，才與他是門當戶對的一對。龔女的父親是教授，母親是醫生，而她自幼便受到良好的教育和藝術薰陶，她是當年那些同齡女孩中的一個異數。而在曉海的一生中，這也是他在愛情問題上的唯一的一次帶上了理性色彩的選擇。

哪他之於她呢？她自然會被他的外貌所吸引，（是不是還有他的眼神？）他當年的那點琴藝於她是算不上什麼的，但她能感覺到他心靈深處儲存着的藝術潛能。這是天生的，並不是每個從事專業藝術工作的人一定會具備的質素。於是，他倆的情愛關係便自然而然地朝着叢林的深處走去了。他倆有了男女之間的一切可能會有的行為和動作，之後，便有了那第一回。在這方面，他堪稱是老手了，他讓她享受到了一個女人應該享受到的一切快樂與瘋狂；同時，他也讓他自己享受了一個男人等值的瘋狂與快樂。那個寒冬的雪夜，當他揹着一架提琴去到她家時，他倆間的男歡與女愛，就某個層面而言，已經達到了那種如膠似漆、難分難捨的地步了。

他在她家裡呆了約莫有個把時辰。他用提琴而她用鋼琴，他們一遍又一遍地合奏的是柴可夫斯基的那首「憂鬱小夜曲」。樂曲是降D大調的，因此曲調中滲透着的是一股濃濃的纏綿而又傷感的情緒。這令他倆都很動情，也很合乎他們兩人那一刻的心情。後來他們一同走出公寓來，走進了刺骨的寒風裡。迎面打來的雪花掉在了他們年青的臉膛上，隨即便溶化了。夜已很深，路上不見有一個行人，只有他倆的毛靴鞋底踩在雪地上的沙沙聲，追隨着他們一路而去。誰也不說一句話，但誰都清楚誰的心中在想些什麼。遠遠的，他們看見了新樂路東湖路交界口上的那座東正教堂的圓拱型的穹頂了，往日呈湖綠色的拱頂此刻都披上了一層厚絨絨的雪裝，但雪，還在一個勁兒地下，昏黃的路燈下，它們飄落的姿態顯得是那麼地柔弱、無助而又迷惘。他站住了，他覺的這裡應該是他與她分手的地方了。他說，這回我一去，可就歸無期啦。她望着他，無言。他再說道，上海已不再有我的家了：親人，房子，什麼都沒了。如今，在這世界上，真正只剩下我一個人了。黑龍江再遙遠，農場的生活再艱苦，文宣隊裡的人事關係再複雜，再險惡，但我覺得那裡才是我的家。他說這些話的時候的語氣是無奈的，心酸的，但一字一句，他的吐音特別清楚；尤其在這寂靜的雪夜裡，那聲波一圈一圈地散開去，似乎產生出了一種無限度擴張的效果。

他只是想傳達某個意思。

他看見她望着他的眼睛終於垂了下去，它們望在了雪地上。鬆軟的雪地上延伸着一排長長雙人行的腳印，腳印一直從華山路枕流公寓的大門口通過來，到這裡才停頓了下來。

她說話了，但文不對題。她說，噢，是嗎？而他，便立即明白了一切。

十一

這是曉海與龔女的最後一次見面。在那個寒冬的雪夜裡，在1971年，這是他倆的最後一次見面。不像他與其他女友的交往，儘管事隔多年，他們的故事各自還都會有一個下文和結局。而他與龔女的故事不一樣，就像是一條人生的情節伏筆，自從那個雪夜裡潛入了地下後，便再沒有露面。他願它就一直隐伏到他倆都老了，都在這世界上消失了，而它仍未重新暴露出來，還沒有一個結論性的東西出現。不知怎麼的，我感覺到這是一種曉海精心營造的心情規劃。心靈之愛，告訴你的往往是另一隻人生故事。

其實，他是很容易可以再次找到她的。她仍住在枕流公寓。而且，有關他倆分手後她的人生下文，他也一直都保持着一種比較清晰的了解：學校復課鬧革命後，她被編入了《海港》劇組，四處登台演出。她於1975年年底結婚，嫁了一個當年在交響樂團負責政工和人事的頭頭。頭頭的權力很大，是個人人見了都得點頭哈腰，面帶三分笑，說一番恭維之話的那一類人。故，當年龔女的婚禮也辦得十分風光。夫妻倆還在交響樂團所屬的湖南街道，分配到了一套二居室帶一過道小廳的公寓樓。這是上海西區的鑽石地段，這一切都令生活在那個時代的人們羡慕不已。

但到了第二年十月之後，形勢便恰好來了個顛倒：以前吃香的現在突然臭了；而以前臭的現在又逐漸開始吃香起來。而且，其因果關係仔細說來還真有點離奇和荒唐：現在為什麼「香」了呢？沒什麼特別原因，只是因為以前他是「臭」的；而為什麼現在又「臭」了呢？因為他以前曾經「香」過。香與臭，大家輪着挨挨嚒。這就是中國。但有人說，中國幾千年的歷史從來就是如此寫成的。這很正常，覺得反常的人反而是缺乏歷史常識，是少見多怪。

自然，政工頭頭也不能例外。

虧得此人在文革期間並沒幹什麼壞事，故審查之後也沒受牢獄之苦，只是被剝奪了權力，撤職為民（那當然），退回原廠去當他的工人罷了。再之後便是待業、下崗、國企解體潮的澎湃而至，不學無術的丈夫只能自謀出路，他找的出路是轉行去開計程車。

於是，曉海的「貓理論」又派上用場了。根據此一理論。龔女棄他而去便又成了個遲早的問題。離了婚的龔女又嫁了個文藝界的三、四流的人物。唯人物是個「花心大少」，名氣不大，賺錢也不多，但沾花惹草之事卻不少。而且，還不諳掩飾之術，常常東窗事發，倆口子吵得不可開交，還流傳成了坊間笑談。龔女忍受不了這一切，遂又以分手告終。但這一回，「貓」老了，再說，貓在年青時已無姿色可言，更何況還是老了呢？龔女仍搬回了枕流公寓去與其老父老母同住，整天以音樂自娛，消磨時光。在吃穿都不愁的前提下，其實，這倒也不失為是一種游離於當今物質社會之外、悠然自得的生活方式——當然，這要看是相對於誰而言了。

凡故事，都有兩種講法：一種是簡單的，一種是複雜的。一個可能需要一部長篇才能講得完的故事，一個極短篇也同樣可以將其包羅無遺。我問曉海說：故事講完了？他說，完了。他「完了」，我也只能「完了」。但，他倒是對故事之外的聾女作過一番評述和描繪的，既然他說了，我自然也不能將它「私藏」了。

他說，其實最叫聾女惱火的，就是她的那付並不出眾的容貌。從這種意義上來說，她說，音樂、琴藝對她又有何用？她說她寧願用她一手好鋼琴好提琴，去換一張女人的漂亮誘人的臉蛋回來。她的話當然令曉海十分吃驚，因為，曉海的願望恰恰相反。如果有可能，他是絕對願意將他的那張帥小伙子的臉，去換一手優佳的琴藝回來的——哪怕只換一半，也值。當時他想，這大概是因為性別的關係？後來他又想，或者事情也可以反過來理解：一個女人，正因其平庸的外貌才使她發奮，使她不易分心，從而才有可能將她畢生的精力與才華（是不是還有怨恨？），都燃燒在了事業和對藝術追求的火把上？這是另一種補償，另一種與眾不同，另一種引人注目，另一種對於虛榮的追求方式？他記起了有一次她向他表達過的一段意思。她說，凡女人，沒有一個是不愛虛榮不愛美不愛被人讚賞被人仰慕被人寵愛着的。沒有這種感覺和祈願的女人不是女人。而再醜再蠢再無能再出生低賤的女人也一樣。她又說，每次登台，當舞台聚光燈亮起的時刻才是她生命中最輝煌的時刻。她是萬目聚焦的中心，她要成為這樣的中心，她渴望成為這樣的中心。但一等到落幕卸妝，觀眾星散而去時，無盡的空虛——甚至那種比登台之前更大的空虛——又重新回到了她的心中。她平庸的相貌讓她淹沒在人海之中，再不會有人向她投來留意的一瞥。而她，最忍受不了的就是這種遭人忽視的生存狀態。當然，還有一點至今都令曉海百思不得其解：既然是如此，那麼，現在的這種獨自呆在枕流公寓，終日與鋼琴提琴和琴譜為伴的日子她又是如何來打發的呢？

還有一次，她在他的面前突然就失了態。本來，她是在好好地彈奏一首蕭邦練習曲的。彈着彈着，就停了下來。她攢起拳頭來，竭盡全力向鋼琴的鍵盤捶了下去，讓鋼琴發出了一連串痛苦的巨響。接着，她似乎還不解恨，她舉起了擱在鋼琴蓋上那架名貴的「瓜那尼」提琴，連琴帶盒地一起摔在了地板上。這時候，她才大聲地哭了出來。她哭着叫着喊着，她說：我吃了這麼多苦來練習這些沒有用的東西，這是幹嘛，這是幹嘛噢！……剎那之間，曉海被她的舉動給整懵了。他站在那兒呆呆地望着她，他想跑上前去安慰她；但他更心疼的還是那把被摔在了地上的小提琴。也不知怎麼的，他蹦跑過去的方向不是朝着她，而是朝着那把小提琴。他打開了琴盒，檢視提琴有沒有被摔壞了？幸虧還好，只是琴頭與琴頸的接縫處脫了點膠。他心疼極了，他反復地撫摸着那個脫膠的部位，仿佛是在撫摸自己的一條受傷的臂膀。

曉海的對這件事的敘述，倒讓我記起了他自己的那一次。那一次，他神情帶點兒興奮地從外面走進公司裡來，他將我拉到一邊，臉色神秘。他說他找到了一個新的情人，一個真正可以令他癡迷一世的情人。他問我：你信嗎？我說，我不信。不信？為什麼？我說，道理很簡單，因為你不是那種人。那種人？那種什麼樣的人？你不是那種直話直說的人——尤其在這個問題上。他想了想我說的話，神態曖昧地笑了。果然，他的那位所謂「情人」不是指人，而是一把 1795 年製作的「瓜那尼」提琴。他說，在他見到這把琴的第一刻，他所想到的人便是她。但，他繼續說道，他的這把琴是絕對不會比她當年擁有的那把「瓜那尼」差的。

瞧那琴背上的虎皮紋和那琴面板上的絲縷——清晰無比的縱條紋，還有那金紅色的漆質，含蓄而有深度。他傾其辭彙將那把琴的美麗的外表及其音色的內涵形容了一通。「高貴如戴安娜王妃。」他使用了這麼個比喻來作為他全篇形容的結束語。

但我卻脫口而出地說了一句話。我說，擁有像戴安娜這麼個女人是要付出代價的。而且有時，代價還會很大，大到可能是生命的代價。他又想了想，說，即使是如此，他也願意。因為他實在太愛她了，太愛這把琴了。

這是一句咒語呢還是預言？一個月後，他的那件轟動全港的風化案便首度曝光了。曉海的大名二度上報是在半年之後：提琴教師楊XX猥褻女童案開庭再審。下面一行小字：涉嫌人仍拒不認罪。

這一回，我人在香港，並不是在成都路延安路的綠化帶溜躂。因此，我便可以在第一時間就將當天的《蘋果日報》從頭至尾細細地閱讀上好多遍。似乎，我總想證明點什麼，不是向任何人，而是向我自己。這個你引以為知己的朋友到底是個什麼樣的人？是我錯了呢，還是全香港的人都一齊錯了？不是說有時真理（還是「真相」？）是掌握在少數人的手裡的嗎？但這世上的很多事是永遠不能用「真理」兩字來定義的，這事可能便是其中之一。然而，單憑《蘋果日報》這麼寥寥幾筆的字裡行間，我又能琢磨到些什麼出來呢？曉海的事，於不知不覺中已變成了插在我心頭的一根刺了。

但我注意到了《蘋果日報》這回的報道中增加了一些新的內容。這是關乎於受害人的證詞上的變化以及前後矛盾之處的。我想這應該是曉海的那五十萬律師費起的作用。在辯方律師的反復盤詰下，女孩小小的年紀如何能招架得住？她一會兒說是她自個兒坐在琴櫈上的，老師只是彎下身去，讓她撩開了自己的校裙給他窺探了些什麼；一會兒又說，其實老師什麼也沒做，他只是叫她平躺在琴櫈上，之後，又讓她將一條腿從櫈沿邊上擱下來，垂盪在那兒；而老師則跪在一旁望着她。就這些了？就這些了。沒有什麼別的要補充了？沒有了。但，如果真是這樣，這又能說明什麼呢？他連觸摸都沒有觸摸過她一下啊。而根據香港的法律，任何不曾觸及對方身體部位的行為和舉止都構不成非禮罪。正待律師要進一步詢問小女孩時，代表受害人利益的律政司人員便前來擋駕了。他們以女孩太幼小，其身心都無法接受正常成人被盤問時的精神壓力為由而將其帶走了。於是，案件便從區域裁判司署交由高等法院來審理了。

我決定追蹤高院審理此案的全部經過。

我不知道《蘋果日報》上說的是不是事實，但有一點，我是知道的。不僅我知道，就連公司的其他同事也都知道。曉海與其他教師的最大不同，就是他對待學生的寬鬆和耐性，以及他那出了名的好脾氣。小提琴這門樂器難學，對於初學者尤其如此。左右手的姿勢要配合正確，又要兼顧音準、節奏、視譜。假如沒點兒天份，而回家練習時間又不足夠的話，（香港學校的功課壓力都很沉重，學生們連應付學校的功課都已力不從心，又哪來太多的練琴時間？）下一堂回課時搞得驢唇不對馬嘴錯誤百出的事情多的是。老師糾正了這一頭，那一頭又走了樣；而顧了那一頭，這一頭又立馬變了形。一堂課下來，不僅老師筋疲力盡惱火不已，連學生自己也會感覺很沮喪。但曉海教琴從不這樣。他的脾氣好極了，態度也十分和藹。他從不責罵學生也不強迫他們。你不拉，哪我來拉；你拉不好，沒興趣學了，不要緊，就讓你聽一聽我拉出來的聲音好不好聽。人們經常聽到琴房裡傳出來的門德而松的輝煌樂段，這都是曉海自己在奏琴。他先讓他的學生聽得入了迷，聽得目瞪口呆，然後便嘎然而至。他會摸着他們的頭（就像當年他的父親摸着他的那般）說，好聽嗎？好聽。你也能拉得這麼好聽的，只要你肯跟我學。當年老師不也是跟老師的老師這麼學出來的嗎？咱們現在就開始上課了，好嗎？好。由於這些緣故，所以他的學生，尤其是十來歲的男孩女孩都特別地喜歡他，而他，也特別地喜歡他們。不論琴拉得好還是不好，他都一樣喜歡。他說，音樂的天份不是每個人都有的。而對音樂的興趣卻是每個人都可以培養的。這話說得很中肯也很通情達理，但後來不知怎麼一來，就發生了那個小女孩事件，這就是個誰都說不清的問題了。

不過，還有一樁我親眼目睹的細節，我想，我也應該在這裡交待一下。我交待此細節，因為我感覺我目前面對的對象是我的讀者，而不是那些控辯雙方的律師。我希望那些律師是不喜歡讀小說的，至少，他們永遠也不要成為我的小說讀者。

那是在一年多之前的有一次。我在辦公室裡邊讀譜邊聆聽一位鋼琴大師彈奏的CD片。我突然被大師對某一樂句別致的演繹手法所感動了。我很想找個人談談感受，而第一個想到的人自然就是曉海。我也不管他是不是正在上課，就拿着那份樂譜，扭開門把手進入到了琴室中去，連門也沒敲一敲。

我見曉海在琴房的另一端，背朝門站着。他正趴在鋼琴蓋上，在一份學生的樂譜上注寫點什麼。他的學生是個十四、五歲的少女，此刻正緊貼他的背後站着，她也背朝門口。她一隻手握着提琴的琴頸，另一隻手臂張開了去。她來來回回地搓動着身體，兩隻發育良好的乳房在曉海的肩胛處磨蹭。一瞬間，我發覺曉海的書寫動作以及側面的表情都有些僵硬，但他卻沒回過臉來。幾秒鐘的功夫，他似乎反應過來了，他將左手騰了出來，繞過腋下伸出去。他把左手的手掌墊在了他自己的身體與少女的乳房之間，而少女的磨蹭動作仍然在繼續。

我一下子怔住了，想立即挪腿離去不行，想上前去招呼更覺得不妥。就在這時，他倆一起轉過了臉來。我則匆匆將目光避開了去，裝出要到琴房裡來找一件什麼東西似的，東一撥西一撂地翻尋了起來。

事後，他走到了我面前。見周圍沒有人，他用眼睛望着我，輕聲說道：「這類情形經常發生——真的，經常。這次還虧得你老兄及時出現，才將我從困境中解救了出來。」我則說：「曉海老弟，我可什麼也沒有看見。」——當然，這句話的本身已在向他傳達了某種意思了。

高院開庭是在一個星期六的上午。那天，香港天氣晴朗，陽光普照。我一早就去了位於港島金鐘正義道一號的高院大門口等候。本來以為，一宗高院審理案一定會很有點氣勢，也會驚動不少社會人士。但我失望了。就在這同一個上午，開庭審理的盜竊案、強姦案、貪污案、商業犯罪案的涉案人數龐大；各方人士，駕車的、徒步的、搭乘巴士或的士的，當然也有在保鏢護送下，御用大律師陪同下的顯赫人物，都從香港各處彙集到這裡來。我見不到曉海，只好獨自一個人走進大廈裡去，然後再一間審判庭一間審判庭地找去。我見到幾個挎着相機的記者也在那兒徘徊，他們正鶴起頭，在審判庭門前的柚木標牌中，辨認着今天上午該庭審理的案件的編號與人名，然後再在本子上記錄點什麼。我終於發現了曉海的名字，便推門走了進去。

時間還沒到，高高的法官席和與其面對面的書記官的座位都還空缺着。旁聽席間也沒什麼人，最前排三三兩兩地坐着兩撥人，想來應該是控辯雙方的法律人員了。此刻正各自翻閱着各自的宗卷。那模樣有點與學校考試前，考生們趁監考官還未來到，考卷也還沒派發下來之際，抓緊時間再背多一遍複習提綱的情形相類似。

曉海的太太來了，她坐在最後一排的一個角落裡；同一排的另一角落裡坐着的，是兩個拿相機的報館記者。我走到她的邊上，坐下。她抬起頭來望了望我，眼神有點兒渙散。自從上次火鍋店相遇之後我倆還未見過面；想不到的是，竟然會在這樣的場合下再遇。她說，你好。我也說，你好。

離開開庭還有一些時間，我倆開始說話了。我說，孩子呢？她說，上學去了。其實，這兩句話都是多餘的，是明知故問的。我總得問點什麼，但又不知道從何問起；她也覺得總該說點什麼，但也不知道該從何說起。後來，她終於說話了。她說，她是相信曉海的，相信他的清白相信他的無辜。我說，我也一樣。

她又說，曉海他錯就錯在當差人（警員）找到他的第一時間，他沒有保持沉默。他應該找一位相熟的律師將自己先保釋出來，餘下的事慢慢兒再說。但，有誰經歷過這種事呢？人的第一保護反應當然是先為自己辯解——就像有異物在你眼前驟然飛過時，你會忍不住眨眼一樣。然而，恰恰因為了這一點，在對方看來這是個新手無疑了。於是，事件便馬上立案，進而上交到了律政司。而一旦到了律政司這一層面，一切便幾乎沒有什麼挽回的餘地了。所以說，他們第一次告訴曉海的話是對的：與政府打官司（律政司代表政府），你有多大能耐？但他是初生牛犢不怕虎哪，他說，他相信法律的公正，尤其是西方法律的公正。他說了許許多多藐視律政司的話，現在想來，他錯就錯在這裡；而我們錯，也就錯在這裡。你想，哪有法官和法庭會去和律政司——這個法律的制定部門，唱對台戲的？這種情形全世界都一樣。而這些情況，她說，都是後來他們找的那位大律師告訴他們的。大律師說，這也怪不得你們，你們沒經驗。下一次，你們便知道啦。但，哪還會有下一次呢？誰還能經歷多一回這種事情呢？我說，不知道今天判決的結果會如何？她搖搖頭，說，不知道。我見到她的眼圈紅了。

九點正，戴着假髮的法官和夾着宗卷的書記官魚貫而入，坐定。與此同時，曉海也從另一扇門中進入了法庭的被告欄中。他神色漠然。我見他穿的那件T恤衫和米黃的休閒褲，恰恰就是他第一天來我們公司應聘時穿的那一套。他欲在其中暗示點什麼隱含點什麼還是預示點什麼？我弄不清。

審案正式開始。而辯控雙方冗長的陳述也隨之展開，陳述完全用英語進行，其中又充滿了許多拗讀的法律辭彙。並沒有電影電視上常見的那種激辯的場面出現，雙方都在例行公事，你一段我一段，照本宣讀。似乎結論是一早已經預設好了的，這只是個程式問題，一個走過場的問題，並不礙大局。

我見到那兩個記者提早離了場。後來，當我再次在高院的大門口見到他們時，我才知道，他們才是這類案件的採訪老手了：提早等在該等的地方，那兒不僅空氣新鮮，順便還能吸上幾口煙（法庭內嚴禁吸煙）。過了不一會兒，我發覺我自己也都有點兒昏昏欲睡起來，唯曉海的太太自始至終都瞪大着一對驚惶的眼睛，輪流地凝視着控辯雙方的律師在發言時的姿態與說話的模樣，似乎她正努力地想要從那些她絲毫都不諳其義的英語陳述詞中，捕捉出什麼蛛絲馬跡來。

宣判的時刻到了。判決是：罪名成立，即時入獄六個月。二個法警走上前來，給站立在被告席上的曉海戴上了手銬，由邊門將他帶出了法庭。而我們也隨即站起身來，跟了出去。我見到控辯雙方的律師開始整理起桌面上的檔和卷宗來，他們神態輕鬆，開始互相寒暄、交談；仿佛是聽見了下課鈴響起的小學生一般。

在高院的大門口，我與曉海的胖太太站一排。而夾着公事包的律師們不久也都從門廊裡走出來，他們有說有笑，見到楊太太便與她點個頭打個招呼——好歹她也是他們的客戶。然後他們便互相揮手作別，各自回車庫取車去了。又過了一會兒，曉海在左右各一法警的陪同下從另一扇門中走出來，他們向停在高院廣場上的那潭噴水池邊的一輛灰白色的囚車走去。我見到曉海的太太遠遠地望着她的丈夫，不停地抽泣；而那幾個提前守候於門外的記者則提起相機來「哢嚓哢嚓」了一番，也都準備收工走人了。一切都沒有什麼特別，高院門口照常人來人往車停車開陽光普照。有若干行人駐足，觀摩着恰好在他們身邊上演的那一幕犯人被押上囚車去的真實場景。但沒人了解，也沒人打算要去了解，那人犯的是什麼事。他們只是看看而已。

就在曉海要被推進囚車去的前一刻，突然，他站住了。他身後的兩個警員也同時站住，他們不知道他想幹嘛？

他不想幹嘛，戴着手銬的他只想轉過頭來望一望。他的目光在人群中搜索着尋找着。它們越過了在場的記者以及旁觀者，望到了他的那位站在了台階上的正在抹淚的胖太太。但那目光只停留了一瞬間，便轉向了站在她一邊的我的臉上。它們望準了我。這時候，我見到他笑了笑，面色蒼白。他將去面對一百八十天的鐵窗生涯；這是一個誰——當然也包括曉海在內——都無法預知的可怕的世界。但他仍是懷着一種別樣的信心和勇氣去面對的。這是因為他自有他的精神支柱：他的那位美麗高貴如戴安娜的情人，正靜靜地躺在琴盒裡在家中等待着他歸來呢。只要一想到她，再一切的一切，於他，都變得可以忍受了。當然還有那筆枉付了的五十萬元的律師費和堂費，這可是他用一分鐘一分鐘努力教學生的辛勞換來的。他會覺得可惜、覺得被騙、覺得枉然嗎？我想他不會。至少，他已經心甘情願地用那筆寶貴的五十萬來證明了點什麼，證明了「罪名成立」之外的另些什麼。這便是他蒼白一笑的全部涵意。隔着遠遠的一段距離，他無法再向我說點什麼，但我仿佛能聽到他在向我說：你才是個明白一切的人。不是嗎？那就好，在這世界上，只要還有一個人能明白我，就好。

十二

香港的管治形勢和管治班底，是在曉海入獄一個月後發生巨變的。白髮的董特首因「健康理由」下台，而戴花領結的曾特首則意氣風發，粉墨登場。說起曾特首，他有一個外號，叫「波呔曾」。事緣他從不戴領帶，而老喜歡繫一條花領結（波呔）在公共場合亮相。日長年久，他便為自己製造了一種別具一格的公眾形象，讓人們的記憶突出而又鮮明。

從前，「波呔曾」和「陳四萬」是一對頗為默契、投合的政治拍檔。「陳四萬」是一位女性；陳是她丈夫的姓氏，她本人則姓方。故，對她的標準稱謂應該是「陳方女士」。但為什麼又「四萬」了呢？原來，在港式粵語中，「萬」字是作量詞使用的：數量的量，品質的量；而「四」則為定向詞，表示「四面八方」之意。就像波呔曾老愛打領結，陳方女士露面於公眾的形象就是她那招牌式的笑容：燦爛，動人，而且明媚如春日的陽光。那種笑容始終掛在她的臉上，無論是在台上、街上、餐廳、劇院，她都堅守這同一種笑姿，且頻頻向四周圍的市民點頭示意。於是，「陳四萬」的稱呼便自然而然地流傳了開來。由此，港人對於公眾人物起渾名的市井幽默也可見一斑。

港英政府時代，除了象徵性的港督之位由英人「肥彭」出任外，日常的具體事務都由「陳四萬」和「波呔曾」配合來處理。他倆一個任政務司，一個任財務司，撐起了港府的幾乎大半壁江山。進入特區時代了，根據中央關於香港事務也要堅決貫徹「穩定壓倒一切」的既定方針，這種行政主導的管治模式仍然保存和延續了下來。唯一不同的是：象徵人物由「肥彭」換成了「白頭董」。那年，九七回歸大典的情形人們仍然記憶猶新。港府的公務員隊伍就是由「陳四萬」帶領，「波呔曾」緊隨其後而登上台去的。他們一行人在眾目睽睽和千百隻電視攝像鏡頭的對準下，用生硬的粵式國語逐字逐句地唸完了全篇的效忠辭。之後，「陳四萬」仍做她的政務司，而「波呔曾」則做他的財政司，一切也都相安無事。

然而，假如你以為「陳四萬」老是掛着這麼一張笑臉，她便是個一團和氣、專門摻和稀泥的老好人的話，你便大錯特錯了。別瞧她是個女流之輩，但自幼便接受正統英式教育的她，骨子裡是個格性堅強、作風硬朗、觀念以及理念都堅定得幾乎不可能被同化的政治人物。她是個頗有點英國首相柴契爾夫人式的「鐵娘子」辦事風格的女性。

這便註定了當年能與「肥彭」合作無隙的她，不可能不與「白頭董」在特區管治的理念上產生分歧。她因而提出了請辭。這是發生在2001年年底的事。但「波呔曾」的處世風格不同，他耐得住，他是個識時務的俊傑。他波呔照打，英式管治理念儘管堅持，但也收斂了不少。他韜光養晦，他留了下來，且一肩雙挑，擔當起了「陳四萬」和他自己的兩付重任。他的忍耐終於有了回報，2005年年初，當中央的領導班子也剛完成了第三代向第四代過渡的程式之後，他也媳婦熬成婆了。他當上了特首，且被新的中央領導人明確告知說，你完全可以放手去幹，可以按照你的管治理念來治理香港，中央信任你，也毫無保留地支持你。其實，一直到那關鍵的一刻來到之前，他都刻意保持姿態低調，政治中立。而在這之前，不少西方傳媒都將「陳四萬」比喻作「香港的良心」。如今「波呔曾」上台了，幽默的西方雜誌刊登了這樣的一幅漫畫在它的封面上：畫的中央放着一張餐桌，桌子上擺着一盤「香港良心」。而於其一左一右的桌之兩端各坐着「陳四萬」和「波呔曾」的一幅剪貼相，他倆手執刀叉，望着盤中餐，眼光碌碌，垂涎三尺，時刻準備進食。

說說，我似乎又有些說跑題了。但這一次，我想，我沒有。在重新進入我們小說的正題前，對於香港的社會背景及其變遷細節的某種交代，我想，還是有其必要的。

再繼續往下說。一旦大權在握，「波呔曾」果斷的處事作風便立即顯山露水了。特區政府與特首的個人民望評分迅猛上升，這是香港回歸後的首次。他重新任命政務司，行政會議成員，提升行政會議與區議會的參政功能，並以此來削減「白頭董」時代問責官員的實權。如此操作平穩而且水到渠成，令反對派與贊同派都說不了什麼。又過了幾個星期，突然就傳出了律政司也因「健康理由」打算請辭的風聲。風聲還說，新的律政司長的人選其實曾特首的心中一早就有腹稿：這是一位來自於草根階層的某大法官，某大法官長期留學歐美，具有很強的現代資本社會的律政意識云云。雖然此事在我結束這部小說的寫作前，好像仍沒見有一個塵埃落定的結果，但坊間傳言似乎已將其弄了個甚囂塵上、言之鑿鑿的樣子。於是，這段香港政壇的風風雲雲，便接上我這篇小說人物的主線了。那一天，我正坐在公司的屬於我個人天地的小小辦公室裡納悶和犯愁呢，就聽得公司的營業大堂裡好像有些異樣的動靜傳來。其實，我的納悶發愁已有一段不短的時日了。自從曉海罪成入獄，「蓋棺」且又有了定論後，我的精神壓力就日重一日起來。這壓力不僅來自於公司的女性同事，也來自於我的家庭和妻女。將這麼個有性心理變態的人繼續留在公司為人師表，這無論從哪個方面來講，都有點說不過去。再說，你不是自己也表過態嗎？說當時是因為事件還懸而未決，誰也不能肯定誰一定幹過了些什麼或沒幹過什麼；又說，等到事情有了個結論後再作處理也為時不晚。哪現在呢？現在應該是時候了吧？尤其是那位管人事的小姐，望着我的目光非但古怪，還常常帶着一種芒刺感，（不知道是不是我太過敏了？）仿佛那件不光彩的事件我也是其中的一個合謀者似的。

我在我小小的辦公室裡來來回回地踱步，外間營業廳裡的異動聲變得愈來愈明顯了。但我懶得去理它，我連自己還煩不過來呢。我終於下了決心了，我準備找那位管人事的小姐先談一談，看看還有沒有轉圜的餘地？假如實在不行了，也就是怎麼來的怎麼去。而假如被人說成對朋友「落井下石」怎麼辦？那，那我也只能認了。

我推開了辦公室的門走出去，走出去來到了琴行的營業大堂裡。我見到曉海就站在那兒。他穿的那件 POLO 的 T 恤衫和米黃色的休閒褲，就是他第一次來我們公司應聘時，也是他站在法庭的被告欄中穿的那同一套。唯一不同的是：他的肩上背着一架琴。他的神態有點憔悴，臉色清白也消瘦了許多。但他笑眯眯的，一朵笑容開放得十分燦爛。我一下子呆住了，我揉了揉自己的眼睛，再看；不錯，是曉海。他當然明白我見到他時的驚訝，事實上，在場的所有人：同事、家長、學生，當然還有那位管人事的小姐，都用一種驚訝不已的目光望着他。他向我這邊走過來，並卸下了挎在肩膀上的提琴琴盒。他將它擺在了三角鋼琴的琴蓋上。他說他現在已經沒事了，已經一切恢復原狀了。因此，他又可以來琴行教琴了。他一邊說，還一邊將琴盒的盒蓋打了開來。我的那位戴安娜王妃，他笑而說道，你還沒有見到過她呢。所以，我專門把她也一塊兒帶了來。

琴盒深藍色天鵝絨的內襯躺着一把提琴，琴的通身都發出了一種暗紅色的光澤，給人以一種光而不耀的古典神秘感。我更加驚訝了，我伸出雙手來握住了他的雙手，我說，這些都是真的嗎？他說，當然是真的啦。於是，他笑了，我笑了，而周圍的人，有人略顯尷尬，而有人也說不上尷不尷尬地，也都跟着一塊兒笑了起來。

尾聲

導致曉海這次事件發生戲劇性變化的內裡乾坤，我是在之後的一段時間內才逐漸了解清楚的。

新律政司的籌備班子在對各類案件進行司法復合時，注意到了這樁案子（這是不是還應該感謝《蘋果日報》？其新聞價值觀帶來的不僅是報紙的頭條，而且還將曉海這麼個普通的小人物塑造成了一個全社會都關注的新聞人物）。新班子認為此案證據不足，予以否定。結論是在曉海白坐了一個多月監獄後的某一天突然通知他的，並讓他立即收拾衣什物件，回家去。從此，當然就沒事了。再沒人來找他了，沒有警員沒有原告也沒有記者。倒是那位當時沒為他打贏官司的律師又找上門來了。他先是恭喜他，然後便告訴他說，這下，你真正的機會來到啦！什麼機會？律師便隨後解釋說，事情既然已經到了這個地步，你便可以借機殺他個回馬槍。你可以反告政府，要求她作出相應的賠償。經濟、時間、家庭關係、社會影響，以及白坐了一個多月監對於你的精神、健康和心理所造成的損害等等，而所有這些，都理應得到合理的賠償。律師還說，這一回，他是很有把握能打贏這場官司的了；而假如能做到，非但你那枉化了的五十萬可以拿回來，而且還可以獲得一筆數目不菲的賠償金——要知道，那可是一筆如果靠教琴你一世也甭想累積起來的大數目哇。至於律師費麼，他表示他可以不先收受任何預繳款，等到官司打完了再說。如果勝了，他完全可以用獲益之總額拆賬或分成的方式來處理這事。如此一來，客戶方面不是就完全不存在任何錢財上的風險了嗎？但曉海並沒按照律師教他的辦法去做。他婉言謝拒了對方的一片誠意和好意。理由他沒說清楚，但私下裡，他向我表示說：這不是一筆他該得的錢。他在這個問題上的曖昧表態又讓我開始想入非非了起來。但我努力地自控着，不讓自己想得太遠，太離譜。同時，他還表達了一個意願，這令我更加吃驚。他說，那位小女孩還是挺可愛的，他很喜歡她，真的，很喜歡。過去的也就過去了，如果她還是願意來跟他學琴的話，他還願意教，當然，那位小女孩和她的那位性感母親是肯定不會再在我們的琴行裡露面了。唯當我將曉海的意思轉達給那位人事小姐時，我見到她神情驚訝得連話都快說不出來了。

還有一條細節，我想，我也應該提一提。那是有關算命人預言的。曉海的大名還硬是三次見了報的。不過，那最後一次的聲勢明顯不能與前兩次相提並論。這是《蘋果日報》第八版，本港社會新聞版上的一條版尾消息。上曰：提琴教師楊 XX 猥褻女童一案因證據不足，被告獲無罪釋放。唯當事人拒絕上訴向政府索償，原因不詳，云云。

2005 年 12 月 31 日

於上海西康公寓寓所

姊妹

SISTERS

因為相欠，所以相見

——俗語

姊妹

一

海民第一次見到翠珍其實是五十多年前的事了，在那條叫「梅白克路」的街上。那時候，上海大多數的馬路還沿用解放以前，甚至還有租界時代遺留下來的舊路名；梅白克路如今叫鳳陽路，是毗鄰南京西路的一條後街。不過那時的南京西路也不叫南京西路，而是叫靜安寺路。靜安寺路是當年上海的一條高尚的商住馬路，有優雅的公寓，連片的歐式洋房，其間，有品有味地點綴着佈置洋化格調高雅的各式名店。然而，與它僅是一街之隔的梅白克路就完全不同了。雖然也有幾幢高頭大馬的公館式的府第鶴立於雞群之中，但沿街兩側的大多數建築都是些東歪西倒木結構的陋屋，高矮錯落，鱗次櫛比。路的沿街面開闢着一開間或半開間門面的各色小店鋪，有雜貨鋪、煙紙店、五金批發行，還有就是汽車、摩托車和腳踏車的修理行。事實上，這條街在上海還算略有薄名，就與車輛修理行業能在那兒成行成市分不開的。那時代，住在靜安寺路一帶的高等人家一般都擁有自備車，大人開汽車，小孩玩腳踏車，故此，梅白克路上的生意是不愁做的。

海民那次去梅白克路，就是因為他的那輛 1947 年流線型的「雪佛蘭」車的油缸出了點毛病，他才把車駕了來，停在了梅白克路 141 號的門前。這是一爿叫「華福記」的車行，老板是位粗黑的壯漢。說是說老板，但幹活兒基本都由他親自操刀。他的修車技術極棒，他只僱傭幾個年青的下手兼學徒，幫他端這遞那的做些下手活，便已能綽綽有餘地應付日常業務了。別瞧老板那付粗人樣，老板娘倒是個活脫脫的美人胚子，非但膚質白皙細嫩，而且五官也長得十分標緻。她整天就坐在店堂裡，雖然不會幹什麼活兒，但她招呼客人的本事一流。華福記長年都能保持一班有錢有身價的捧場客，生意因而也算火紅。海民想：這是老板的修車術和老板娘的容貌、及其交際手腕相結合的成果，缺一不可。

海民至今還能清楚地記得那一天。不是1949年便是1950年冬天的事。反正，那時的上海剛解放不久，市面也在開始恢復生氣，但仍顯得有些蕭條。隆冬時節的街上空盪盪的，僅見到不多幾個衣着臃腫的路人，沿着高牆的牆根頂風而行。而街牆的牆身上還留着不少迎接上海解放的大紅標語殘片，在這強勁的寒風裡瑟瑟地飄動。海民鑽出車來，驀地進入到這片滴水成冰的嚴寒氣候中（那年代上海的冬天一般都很冷，很少有「暖冬」一說），他見到漂亮的老板娘馬上迎了上來。她邊走邊說道：「常遠勿見了喔，李先生，最近又在哪裡發財啊？」她的身後跟隨着滿臉堆笑的華老板，他在自己帆布的圍腰兜上不停地搓擦着油污的雙手。

其實，說李海民在哪裡發什麼財，倒也談不上。他二十剛出頭，正是當齡的年紀。兩年前他從聖約翰大學的經濟系畢業，先是在一家美商的石油公司找了份事來做。後來解放了，政治氣候驟變。石油公司的業務雖然還在照常運作，但當局說石油是戰略物資，因而派了個軍代表進駐，就連公司的大門口也都增添了兩名持搶站崗的衛兵。海民是個機警人，再說膽子也很小。他隐隐約約地感覺到：往昔洋人們（尤其是美國人）在上海的風光日子很可能從此便告結束了，他犯不着擠這末班車，去跟他們攪和在一塊兒。於是，他便辭職出來，又在一家華資的銀行裡找了一份信貸部門主管的差使來幹。其實，他做不做事本也無所謂，

姊妹

那點兒薪水於他算不上什麼，僅可供他零花用用。他算是個富家子弟（但還不至於「紈絝」），父親是湖州的絲織商人，發跡後在上海的英租界置了業，又娶了一房二妾，在上世紀初的上海社交場上，也算是個有點兒名氣的人物。海民是庶出，家庭地位本來不怎麼樣，但因是獨子又是個老厶，深受父寵，故也就矜貴了起來。他有兩個姐姐，都嫁了不錯的人家。其中，他的二姐夫還與榮家有點親姻上的關連。後來解放了，二姐夫舉家遷移去了香港，在靜安寺路留下的那幢花園住宅以及若干店鋪產業，都委託給了他的妻弟來負責照看和打理出租、收租業務。平時的海民老是一身名店西裝，金歐米茄腕表，閃閃發亮的瑪瑙襯袖扣，中分頭路的髮型，油水十足。他整天就開着一輛「雪佛蘭」的香檳車，女朋友換了一茬又一打，而上海灘上的舞廳、餐室、咖啡館、影戲院、夜總會，哪裡都不乏他的身影。

此回他聽得華老板娘如此說，便笑了笑，回敬道：

「發財？發財當然想啦，但最想的事情還是能找個漂亮的女朋友——嘻嘻！」

「啊喲喂！儂李小開講笑啦，以儂的條件還怕找不到女朋友？上海灘上的美女任君挑——儂就勿要來戲弄我老娘家了。」

她稱自己為「老娘家」。其實，她比李海民也長不了幾歲。那時代幹粗活的人家一般都早婚，祈求個「早生貴子」「多子多福」什麼的。女人剛踏進三十的門檻，就已膝下子女成群了。而華太太之所以以「老娘家」自稱，一半有自謙之意，另一半也有風騷之嫌。

「是嗎？是這樣嗎？哪我只好謝謝老板娘的恭維之言了——我可老實不客氣，真把它當作是補藥來吃了啊？」海民笑了，笑得連眼睛都眯成了一道縫。而眯眼而笑，正是李海民的表情特色之一。「就是不知道你華老板娘能不能代我物色一個像你一樣漂亮的女朋友呢？」

海民將豆腐又吃了回去。在這一來一回之間，兩人便眉目傳意地都笑開了，而且連帶着跟在老板娘身後那位粗壯黝黑的老板也一同笑了起來。

華老板娘約莫三十上下，但她沒像那時代的很多女人一樣，生養眾多。她沒養成兒子（這是件她一生都以其為憾之事），倒生了三千金。不過，在那個海民駕車去到華福記門口的冬日的上午，她與華老板兩個還只生育有一個女兒，這便是他倆的大女兒翠珍。至於她的兩個妹妹翠華與翠媚，那時還沒來到這人世間。她們分別出生在上世紀五十年代初期和中期。

說是車行的老板，但在那年代，這類手工業者兼自僱人士的生活水準，也不見得就比普通市民高出多少。他們自然三餐不憂，除此之外，假如還能積攢些餘錢來完成一些「基礎工程項目」投資的話，例如翻新個房子，添補幾件像模像樣的出客行頭，撐若干件貴重的、能具有傳宗傳代價值的「家當」：手錶、洋機、枱鐘、紅木大櫥之類，也就算是一件很心滿意足的事了。

海民在這冬天的寒風裡站着，他摸出了一隻扁扁的馬口鐵的香煙盒，從中抽出了一枝煙來，還沒來得及等他將煙捲叼上嘴唇，燙了長波浪髮型的老板娘已婷婷婀婀地走了過來。她擦亮了一根火柴，然後再用一隻白嫩嫩的手掌作遮風狀，替海民把煙給點上了。

「怎麼樣，生意還不差吧？」

「唉——」老板娘嘆了口氣出來，「倒是清淡了不少。你想，這麼多大亨和有銅錢的人家都搬走了，我們的生意能好嗎？如今共產黨來了，他們開的軍車和幹部用車是不會到我們這種車行裡來修的。」

「這倒也是……」

海民聽着聽着老板娘的話就走了神，他開始注意起他的那輛「雪佛蘭」來。此刻，「雪佛蘭」已被高高地托起在了一台叫作「千斤鼎」（也稱「千斤頂」）的檢測機器上，穿着厚厚工作棉服的華老板半蹲半立在巨大的車盤底下，他正仰着頭檢查和撥弄些什麼；時而又伸出手來，讓他的學徒們給他遞送些檢測工具進去。

「華福記」車行的那台「千斤鼎」，是華老板最引以為傲的一樣「吃飯家生（伙）」了。只要一講到它，華老板就會興奮得滿臉放紅光。他說它是件正宗的德國貨，是他從一家德國洋行親手買下的二手貨。他說，此「鼎」的好處就在於它的伸縮功能是雙向的：既能將車托起，也可以讓修車人沉降下去，目的都是為了方便操作。所以，他說道，人家德國貨就是不同，產品品質高不說，工藝設計也考慮十分周詳。他還說，現在上海灘上，除了「積遜」、「鄧錄普」、「得利」、「祥生」那些大車行外，就輪到他的「華福記」才能擁有這麼件值錢的大傢伙了。

「儂勿要小看了它啊，幹我們這行的，打開門面做生意，只要有這台『千斤鼎』當堂一放，這家車行就算是很有臉面的了。實力擺在那裡，誰還敢小看你？」

雖然，海民聽華老板描述那台「千斤鼎」不知有多少回了，但真正站在一邊看着它正常操作，還就是這一回，是第一回也是最後一回。當他再度望着這同一台機器被啟動和運作，那是在十六、七年後的事了。那時他看見的不是機臂如何將車輛抬上去，而是看着機器中間的那塊凹型鋼板如何慢慢地升到地面上來，鋼板上躺着的是僵直了的華老板屍體。而海民的心情就像緩緩上升着的機盤一樣沉重。那時的「華福記」車行其實早已不復存在。1956 年公私合營，所有的私營企業都歸入了國企。「華福記」與其他幾家同類同規模的私營車行實行合併，成立了「上海第 X 汽車修配廠」。華老板隨「華福記」一起併入新單位，而隨華老板一塊兒加入公營單位的，還有他的那台「吃飯家生」——千斤鼎。鑒於華師傅（進新廠後，再沒人叫他華老板了，而是以「師傅」相稱——而他也樂意聞之）精湛的修車技術，雖是資方身份，但還受到相當的重用。至於那台機器，正如華老板當年所形容的那般，也變成了新廠汽檢汽修設備中的「主力軍」。整個五十年代一直承擔着重任，直到六十年代中期，文革都已經開始了，廠裡的技術設備也更新好幾代了，但那台三十年代德國製造的「千斤鼎」仍堅守在它的工作崗位上，兢兢業業地發揮着它的餘熱。而海民最後見到它的那次，就是在文革抄家與批鬥的高潮中。

海民吸進了一口煙去，又將煙圈朝着寒冷的空氣中徐徐地吐了出來。他向華老板詢問道：

「怎麼樣？問題嚴重嗎？」

「是引擎的啟電器出了點毛病。」

「那就換一個吧——有原配的嗎？」

「有倒是有，但現在的原配件很貴。物資進口已開始限量了，存貨又有限，故此價格飛漲……」

但海民沒太去留意華老板的解釋，這些他都知道。貴就貴點吧，華老板不是不明白：他李海民的車換部件，不是原配，他是不用的。

華老板明白了海民的意思，他會照辦的。海民又吐出一口煙來，此時，他注意到有個穿着臃腫的小女孩，約莫六、七歲的年紀，一付邋邋遢遢的模樣。她突然出現在海民的視野中，這是因為她從店堂閣樓的一把木扶梯上一溜煙地爬了下來。她迅速地穿過店堂，準備跑上街去。但她被她的母親給叫住了：

「翠珍，你又要去哪裡？」

小女孩飛跑的腳步一下子頓住了。

「阿六頭伊拉在後弄堂叫我過去玩『造房子』。」

「不準去！又是阿六頭——儂曉勿曉得伊阿爸老頭被政府抓了去？說他是反革命。以後不準你同她玩！」

「哇——！」小女孩聞言，一屁股就坐在了骯髒的人行道上耍起了無賴來。

老板娘見狀只得走過去，企圖將她從地上拖起來，但沒能成功。老板娘的表情告訴海民：她也很怕煩。

「好好好，你去吧，去吧。」——她不得不答應她。

小女孩這才從地上一咕嚕爬了起來，她趁熱打鐵：

「姆媽，給我二百塊錢（注：是指人民幣舊幣，相當於新幣的二分錢），我想買包鹽金棗來吃。」

老板娘從她搭扣大襟的外罩裡掏出了一張紙幣來塞給小女孩。揮一揮手：「去，去，去！」她說。

車修好了。但就當海民準備登上那輛停泊在人行道邊的「雪佛蘭」，駕車離開時，他又見到那小女孩了。她從一條斜弄的弄堂口中蹦跑出來，跑到了海民的面前，突然就蹲了下來。海民不知道她要幹嗎？她沒幹嗎，她只是叉開了兩條腿作半蹲狀，並抬起了她的那一張稚氣十足的面孔來。面對着與她相隔只有咫尺之遙的海民臉，她的神情裡含着一種莫名的專注。而就此一瞬間，海民與翠珍完成了此生的第一回面面相對。海民留意到小女孩的眉目倒很清秀，翹起的眉稍端處還有一顆滾圓的小黑痣。海民尋思道：想不到這麼個髒兮兮的小丫頭的臉上還長有一粒「美人痣」呢。

然而就在下一刻，海民見到的那幅情景與「美人痣」和清秀的眉目便大相徑庭了：一泡冒着騰騰熱氣的尿液，從小女孩叉開了的雙腿間噴射了出來。走筆至此，首先要說明一個情況：如今的中國社會，尤其在上海，已經很少再能見到未成年的孩子（更別說女孩了）穿開襠褲那回事了。但這種情形在當時的社會是十分普遍的。原因是那個時代物質匱乏，生活艱難：大人們日日都得為生計而奔波，孩子又生養了一大群，往弄堂裡像雞鴨之類的那麼一放養；一天之中只有到了吃飯和睡覺的時間，站在家門口，拔長了喉嚨，扯高了嗓音地那麼一吆喝，雞鴨以及孩子們都統統回窩來了。等辦完了該辦的事情後，再重新放回到弄堂裡去——那年代的上海弄堂，是上海人家家戶戶小孩群落的「公共放養場」。鑒於上述情形，讓孩子穿開襠褲——尤其是開襠棉褲——顯然是家長們最適當的選擇了。如此就地一蹲，無論大小便都能做到隨時隨地便解決了，既不會溺汙了褲子（那個時代離洗衣機這種現代玩意兒的出現，還相差幾十年的時間），又節約了草紙（即：衛生紙）。就像此時海民見到翠珍的那樣，一泡長尿之後，就立馬站起身來，連頭也不回一回地又奔回弄堂裡，急着找「阿六頭」去玩「造房子」的遊戲了。

海民怔怔地望着那一灘黃臘臘的尿液，沿着人行道石塊的隙縫枝枝丫丫地流淌開去，他不禁皺起了眉頭。他忖思道：這麼個邋遢又粗野的女孩家，將來誰要是娶了她來做老婆，哪才算是倒了八輩子的楣了！但想不到的是：十五年之後，正是當年的這麼個邋遢而又粗野的女孩家，變成了李海民的老婆。

二

十五年後，讓李海民第一眼就能認出翠珍的臉部特徵，正是她眉稍端的那顆「美人痣」。

那是 1965 年初夏的一個午後，海民經人介紹，在南京西路大光明電影院隔壁的一家叫「奇司令」的咖啡館，約見一位新女友。海民已年近不惑，女友談了不少，但總是東來西去如流水，竟然沒有一個可以久留越年的。開始時，他視交結女友為一種「收藏癖好」，講性講情就是不講心。他不願讓任何一個經過他生命視野裡的漂亮女人漏網：他要設法將她先追到手，之後再慢慢冷淡下去，另結新歡。在此階段上，應該說，交不到知心知底女朋友的責任全在於海民。但漸漸地，情況就發生變化了。情況變成了：不是海民不想結束這段只開戀愛之花不結戀愛之果的人生季節，他也想能早日成個家，去過另一種穩定一點的生活，但問題是：他是否就能如願以償呢？世上之事，再優越的客觀條件都不是永久的。大到一個政權的建立與維持，小到一個人婚姻問題的解決，正如偉大領袖毛主席在其名著《矛盾論》中指出的那樣：事物總是在向它的反面發展。那年代，毛主席著作的學習熱潮已在各單位開展和盛行起來了。不管你願不願聽願不願讀，每星期一次的政治學習會上，總少不了要在會前先鄭重其事地唸上一段毛語錄。而海民他，就是在單位的某次學習會上，在近乎於打瞌睡的情勢下，猛然聽聞了這段語錄的。他一下就感覺自己清醒了不少。他想：毛主席的話倒真是有點兒道理啊，怎麼連我的婚姻問題也能適用呢？打自那回起，他便以一種認真的態度來對待戀愛這樁事了。所以，從某種意義而言，海民與翠珍婚姻成功的撮合劑還是毛澤東思想。

應該說，海民的擇偶條件仍然是相當優越的，與當年華太太說的「上海灘上美女仍君挑」也差不太遠：優質大學畢業，一表人材，花園住宅（私人汽車那時已不允許擁有了，故「雪佛蘭」也已出賣好多年了），舒適的銀行職業，豐裕的收入（相對於當時人們的工資而言），等等。但……但怎麼呢？但至少年齡的優勢在逐年失去（準確一點來說，是年齡的劣勢在逐年增大）。與他年齡相仿的淑女們都已名花有主，然而，年近四十的他的心態卻沒隨他的年齡同步上升。好像已經習慣了：他的目光老喜歡投向二十來歲的女性群落，並在其中尋覓。於是，問題自然就有了。那個時代有個大齡男的問題，到了現代又轉變成了大齡女的問題了。但其實質是一致的：世界上除了男人不就是女人？而男人需要女人就如女人需要男人。這本來是件兩性相悅的事兒，只要情投意合便行。但世俗的眼光和價值觀老喜歡把它弄成了一架實用主義的天秤，讓人舉棋不定，考慮着該往這隻吊盤中加多一克法碼呢，還是在那一隻？當年的海民便是以這樣的取態來判斷他與女人之間的關係的；到了現在，可輪到女人們使用同樣的取態來看待他這麼個自以為是的男人了。

於是，歷史的時光便流逝到了那個 1965 年初夏的下午了。1965 年的上海，1965 年的上海南京西路正處在一場大風暴來臨的前夕。當年在這條馬路上挽着手臂作閒庭信步的人們的心態究竟是怎麼樣的？他們在想些什麼？期盼些什麼？預期些什麼？從今日的回首裡，你或者已無法想像出那些縷縷的心理細節來了。你能預感到一團濃黑的政治烏雲，由遠而近地傳遞來了某種暴風雨的恫嚇（這與今日裡天文台已反復播報了今年第幾號超級颱風正在逼近上海，但風暴的明顯跡象還未及時出現時的感覺有點相像），但同時，人們也都各自懷着一種暗暗的僥倖：這麼大的上海，這麼多的上海人，為什麼偏偏會選中我？大家都在這麼過，我又有什麼必要去杞人憂天呢？然而，這是一張巨大的恢恢天網，還不說疏而不漏呢，簡直就是「一網打盡」。假如能讓時光突然朝前推移二十年（二十年之於人的一生是個很長的時段，但之於歷史的進程只屬一瞬間），到了1985年的上海南京西路上。而假如你又能將當年的那個初夏的下午，行走於此的人們逐個逐對地再找回來的話，你能設想他們各自都會用一張如何驚愕而又誇張了表情的面孔，來向你講述一段怎麼樣的人生故事嗎？當然，其中的很大一部份人，你就是再有本事，也是永遠甭想再找得回了。因為，從肉體到靈魂，他們都已從這人世間永久地消失了。但此一刻，他們都悠閒自得地散步在上海的這條優雅而又高尚的馬路上，他們不可能知道什麼將在他們命運的前方等待着他們——時光創造的故事就是那麼地殘忍，那麼地不可思議，那麼地具有戲劇元素。

再回到我們小說的場景之中來。海民站在「奇司令」咖啡館的玻璃立櫃前，他已在收銀櫃前付了錢，然後再捏着一張發票來到取貨櫃台前取貨。「奇司令」咖啡館大堂的高背卡位座仍在，還有那種細條的柚木拼花地板，以及高高的、懸掛在雕花天花板上悠轉悠轉的四翼扇，也與五十年代海民常來這裡時沒什麼兩樣。唯店員的服裝和服務方式都變了。現在再不見有人端着銀托盤，前來為就座的顧客提供服務那回事了。他們都穿着日常便服，三三兩兩地站在櫃枱後面閒聊兼等人來取貨。如此服務方式的改變，實際上也是出自於某種政治理念，那種理念在那個時代十分流行和時髦：職業不分貴賤，出身不論貧富，人與人之間都是平等的。應該說，這種理念沒錯，是社會文明與先進的體現；但漸漸地，事情就又開始「向它的反面發展了」，它變成了「富貴者最愚蠢，貧賤者最聰明」了。再說了，從前到南京西路這種咖啡店裡來的人，都以所謂的「富貴者」居多，而店員又屬「貧賤者」；而哪有讓「最聰明的」來服侍「最愚蠢的」之理？

因此，服務員們站在櫃枱後等待顧客們自行前來取貨，就顯得是件順理順章的事了。

海民滿臉堆笑，而他一笑起來，眼睛又眯成了一道縫。他隔着櫃枱向一名正在撥弄自己指甲的女服務員說道：

「麻煩您了，同志。蛋糕請幫我切一切，再給多三付刀叉……奶咖共三杯，一杯多糖，一杯少糖，另一杯不用加糖……」

就聽到櫃枱後面傳來一把女聲，說道：

「儂這個人怎麼這樣煩的啦，要求多多！」

「是。是。是。實在是不好意思，同志。麻煩您了，也辛苦您了，謝謝，謝謝。」

接着，就聽到「嘭！嘭！嘭！」三聲響，被切好了的奶油栗子蛋糕的盤子擱到了櫃枱的玻璃上來。還有三杯「奶咖」也煮好了，它們被端上來的時候，搖搖晃晃的，其中一杯裡的液體，倒有一小半已經潑濺到咖啡杯的托盤中去了。但海民卻始終將笑容保持在臉上，他是個能將笑容保持多久就能保持多久的人。之後，海民又來來回回跑了三趟，才將蛋糕與咖啡運輸到了它們應該被擺放的桌面上來。這是一張靠店堂內裡的高背卡座，已有兩位女士坐在那兒等他了，一位是介紹人，而另一位則是要給海民介紹的物件——翠珍。海民用手帕抹着額頭上微微滲出來的汗珠：天氣畢竟熱了。那會兒，他早已不穿西裝了，他將自己的那件藏青色的「的卡」中山裝的上沿紐扣解開了一粒，露出了兩片雪白的襯衫的硬領來。

直到那一刻為止，海民還沒來得及收斂去他那招牌式的笑容。他已將一切準備就緒：柚木橫枱面上擺着三套點心。橫枱面的對面坐着兩位淑女。她們一律穿小尖領窄包袖的的確凉襯衫，一件亮白，一件嫩粉紅；透過的確凉半透明的質料，能隱隱瞥見兩條纖細的胸圍吊帶越肩胛而過。

海民搓着手準備就座。開始時，海民還有點不太好意思，再說也不太禮貌就向那位預備介紹給他的女性直面打量太多。怎麼樣，他還得保持一種紳士風度才對嗎。他只感覺那位女孩的動作很矜持，臉上一直保持着一種適度的笑容——不過份也不會不足夠。四翼吊扇的微風掠過時，她的那件白的確凉襯衫的花邊也隨風飄動了起來。海民目光的餘光還告訴他一個感覺，那便是：女孩的膚質白皙而細嫩——白皙細嫩得幾乎與白的確凉襯衣的色澤都有點經緯不分了。就此一點就叫海民砰然心動了：他最喜歡膚色白嫩細膩的女人了。他已經與不少這樣的女人有過床笫之好，幹完那事後，將頭躺在那片雪白的胸脯上，讓鼻孔之中充滿着一種濃濃的女性的體香。他最享受這種感覺了，其享受度甚至超過了做愛的本身。它讓疲乏的你更疲乏，酥軟的你更酥軟，幾近於融化的你終於徹徹底底地融化了。如此記憶太誘人了，他不由得轉過臉去，定睛在了姑娘的那張白嫩的臉上。這是一張鵝蛋臉，豔麗驚人談不上，但五官十分清秀，還涵有一股子嫵媚的氣質。他突然就發現了姑娘眉端的那顆圓豆大的「美人痣」。他的招牌式的笑容一下子收斂了去，他凝視着她，他的記憶搜索着。他說，你是華福記華老板的女兒吧？而此刻的翠珍也顧不上保不保持那份矜持了，她抬起臉來，用微微漲紅了的臉蛋望着眼前的這位陌生男子，呆住了。

三

翠珍的二妹翠華屬於我的同代人。唯這個結論我是能下的，再多的我也不敢說。社會的裂變在加快、加深、加劇。這種裂變的直接後果是：輩份與代溝上的傳統劃分概念被徹底顛覆了。按理說，華老板華老板娘算一代，翠珍翠華還有她們的一個叫翠媚的妹妹總共算一代。但不，翠珍與翠華、翠媚之間已產生了明顯的代溝。翠珍出生在解放前，她的童年乃至少女時代都是在某種社會氛圍中渡過的。這種氛圍離我們已經很遙遠很遙遠了，反而離張愛玲小說中的那種氛圍更近些：人與人之間，也有爭鬥也有猜忌也有恩怨也有這也有那的，但總之沒那麼尖銳，沒那麼是非絕對，沒那麼你死我活，沒那麼無所不用其極，更沒那麼非置人於死地而後快。與人之鬥遇事之爭都會有作「退一步海闊天空」之想，不會、不想、不肯，也不敢把事情做得太絕。

到我們這一代了。有人說，我們是喝狼奶長大的一代。在這點上，我似乎就沒太大的發言權了。其一：我不識廬山真面目，只緣我生在了此山中。其二：我根本無法分辨人奶與狼奶的差別，因為我自己是喝牛奶長大的。但有一條，我所講述的這隻故事中的種種或者能為讀者提供些什麼，讓他們自個兒作出聯想，作出判斷。

輪到翠媚了。嚴格來說，她還差我們「半代」。也就是說：就價值觀及人生觀而言，其一半還留在我們這代中，另一半則已經能與當代的那些經常出入「星吧克」的白領女性，或在手指間夾一枝纖細的煙捲，呼吐一口；遇上哪個看得上眼的男人也不妨與他搞次「一夜情」，從此各不相干也互不負責的那些前衛女性們接上軌了。

我是在文革之初認識翠華的，那時她家正遭難。華師傅也不再是什麼華師傅了，大家都說他是個「混入工人階級隊伍的異己份子」，一個吸血鬼，一個寄生蟲，一條「披着羊皮的狼」！他被揪了出來，批鬥、陪鬥、寫檢查。唯一的好處是人還沒有被關起來，他仍是自由的，至少每天晚上還能回家。回到家裡，在華太太的精心照料下，在天倫之樂暖融融的氛圍中，再補充些燉雞湯或哈士蟆之類的滋補品；另一方面也讓他能面對着自己的老婆和孩子們發發牢騷，罵罵娘，精神上充一下電，第二日再去單位熬他個白天。如此周而復始。

還有就是鳳陽路 141 號的那幢房屋，其底層當然仍是上海第 X 汽車修配廠的一個車間。雖然華師傅本人早已調去了別處工作，但那台已「合營」到了國企來的「千斤鼎」仍留原處。一遇有什麼緊急的修車任務，待修之車就會被運來 141 號這裡，讓這台三十年代德國製造的千斤鼎一顯身手，繼續為建設「紅彤彤的社會主義新中國」作出貢獻。141 號的二樓以前是華家的住宅，但現在遭到了緊縮。這是一幢二層式的橫向裡打通的鋼骨水泥建築。說是說 141 號，其實，它所佔用的門牌號至少不下五個。只是當年的路牌與門牌的管理都比較混亂和馬虎，故只用一個號碼代用罷了。如此一幢建築，雖不怎麼樣，但比起陋屋遍見的梅白克路上其他建築群落，也算得上是一種景觀了。讓人一瞧上去，就覺得這是一戶有點家底的人家。至於說，為什麼此屋會採用鋼骨水泥結構，而不是那個時代最流行的廉價的磚木結構呢？其實，這正是華老板當年好不容易才作出的一項決定。他的主要考慮還是為了那台「千斤鼎」。原來，這台從德國進口來「過埠新娘」的安裝與使用，是必須與鋼骨水泥，這類洋建築底子相匹配的。土木式結構，遠不能勝任其在操作時所發出的震動與噪音波的強度。於是，華家全家在二樓的住房條件便也一同沾了光。遭緊縮前的 141 號二樓，橫打通的廂房就有兩、三間；經過一方曬台後，野視豁然開闊，又有三、四間房間被間隔了出來，其中包括了一間用馬賽克瓷面磚鋪砌而成的帶浴缸的衛生間和裝置有煤氣灶頭、電焗爐烘箱的廚房。地板是柚木方塊的，窗戶是帶黃銅把手的鋼窗。這些在磚木結構的平房上毫無用武之地的現代化建築材料與設備，都在 141 號的二樓粉墨登場了，讓生活在那個時代的人們都感覺眼前一亮。

然而，這幢在上世紀四十年代日偽時期建築的樓宇，無論如何都是廉價和粗糙的。在李海民駕着他的那輛香檳「雪佛蘭」去時，它或者還新，還有點兒看頭。但當我認識翠華時，這幢被上海人稱作為「混水洋房」的水泥建築，已像是一個上了點年歲的婦人，開始掩蓋不了她那日愈在加深着的皺痕，呈現出一種疲態畢露的形象來了。再後來，敷上外牆上的厚厚的水泥表層也開始脫落，樓宇的多處龜裂；在一個巨大的外牆隙縫之中，不知哪隻飛鳥銜來了一顆樹種，樹種正巧掉在了隙縫裡，便長出了一棵幼小的樹苗來。

幼樹逐漸長大，彎曲着，掙扎着，冠朝青天。幾十年過去了，小樹竟然長成了一棵似模似樣的楊木科類的大樹，它變成了鳳陽路上的一道類似於「黃山迎容松」的奇特景觀了。

當然，在我後半截裡描述的那番景象的時代背景，已經是到了上世紀九十年代末期了，那時的中國已改革開放多年，那幢「混水」舊樓及其周圍的一大片陋屋平房，都面臨着被拆遷和徹底鏟平的命運。據說已有一位具有相當實力的香港房地產商，在洽談收購上海鬧市區的這片黃金地塊。假如交易成功，兩幢玻璃幕牆身的智慧型辦公大樓將會在原地頭上矗立起來，成為了二十一世紀梅白克路——鳳陽路上的新地標。而我，就是在那時候去那裡溜達了一圈，多少還帶點兒憑弔之意。因為，那時的華家三姐妹以及她們父母的命運都已有了歸宿。站在那條路上，仰頭看來，那幢舊樓連帶那棵「迎客松」，一切的一切都不禁讓人發出一種「人生無常」的唏噓來。

但即使是這麼一幢照現時眼光看來，並不怎麼樣的廉質水泥住宅，在 1966 年的鳳陽路上還是免不了成為房管所、居委會和街坊鄰居們的聚目中心和垂涎目標。首先，它的面積夠大，再說，結構設備也好。在華家被抄後沒幾天，房管所和居委會的人員便接踵而至，乘火打劫來了。於是，141 號的多數房間都被貼上了封條，等候處理。他們一家五口（翠珍雖已結婚，但也常要回娘家來住住）都被壓縮到了一大間裡去。後來那些被封之房陸續啟封，分配給了一家又一家拖兒帶女的住房困難戶。房管所更挖空心思，連盥洗間牆身上的馬賽克也被敲剝了下來，糞管和下水道封死，然後粉刷一白，分配給了一位造反隊的小頭目作新婚之用。從此，141號的全部住戶都改用馬桶來方便，木盆來洗澡了。晌午天，曬台上衣衫被單尿布掛得滿目琳琅，而清晨已被洗刷乾淨了的馬桶，像一隻隻朝天鼓，打斜晾擱在曬台的欄杆上。

這些，才是我第一次去華家時所見到的景象了。但翠華向我介紹說，文革之前，她家的生活還是頗愜意的。三姐妹一人一間房，兩個保姆共佔一間，還有一箱子間，用來堆放家裡的箱櫃雜物，以能保持房間裡的整潔與寬暢。每逢節慶，他們都用自家的烘箱焙烤蛋糕麵包，香鬆無比。而每季度一次的資方定息發放日最是他家歡天喜地的日子；父親總會去福州路上的一家京菜館買一隻掛爐烤鴨回來，外配蔥餅與甜醬，讓家人圍在那張八仙桌前美美地飽餐上一頓。但現在，翠華嘆了一口氣說道，什麼都沒啦。全家人都擠縮到這一間大房中來，傢具沒收的沒收，丟棄的丟棄；就剩下這些床架了，擱成了橫一張豎一張的，像個難民收容所。我環顧了房間一周，覺得也挺像。我還記得在房間的一角立着一扇屏風，屏風的背後放一隻如廁用的馬桶。

其實在那一個時期，我差點就愛上了翠華。翠華長得不能算漂亮。但她忠厚、老實；也很懂得忍讓和體諒人。說她不漂亮，其實也有點兒不客觀。無論如何，她多少也具備了華家姐妹們某些共同的、誘人的女性特質。比方說，水汪眸白膚質，纖細的十指和撩人心動的身材，還有那些帶上了明顯的華氏特色的表情動作：初遇陌生男子時，她們都會含羞俯首，然後，又會在你意想不到的一刻，突然抬眸揚眉，嫣然一笑。那情那景，怎麼不會叫每一個遇見她們姐妹的男孩着迷？

我相信，這些美妙的特質都源自她們的母親——華太太。聽海民說，年青時代的華太太就是個人見人迷的美人兒。對於此事，或許只有海民有發言權了。當年的他也只是個二十歲上下的年青人，常去華福記車行保養檢修他的那輛「雪佛蘭」。那時，他們便已熟識，言語之間，還會互傳一些曖昧的調情動作。但當我見到華太太（我習慣叫她「華伯母」）時，她已有一把年紀了，雖說仍留有些風韻，然而那些傳說之中的風采都已盪然無存了。但華伯母就喜歡我，每次見了我去，都會添多一兩隻菜，硬要留我在她家吃了飯，才肯放我走。箇中原委其實我心中也是有幾分明白的：一是她已察覺到我正與翠華在推進着某種曖昧的情侶關係；二是我的父母都在國外，平時生活靠外匯，這可是一條活泉，源源不斷。而上海家中的一套大公寓都由我一人佔用。精明的華伯母自然有她獨特的眼光與打算的。當然還有，還有在華太太的眼中，我應該是個各方面質素都還算不差的男孩，正直、誠懇，會不會還帶有幾份帥氣呢？她心中究竟是怎麼想的，我不可能準確地說出來，反正離這些也不會太遠。

但不知何故，我與翠華的交往就始終無法再向深入之處邁進一步了。

翠華是這麼個女孩：帶點木納與沉悶。她寡言不說，也寡於表情。反正，她缺乏的是某些女性天生便能悟出來的，在兩性交往方面的手法與姿態。而我倆的交往，感覺總有那麼一些生澀和不自然。當然，事情也不能全推在翠華的身上。都說男性才應該是主動的一方，但，我又如何來「主動」法呢？有一「動」也要有一「應」啊，在她面前，我怎麼找，也找不到那把能「主動」起來的鑰匙。

但她還是經常來我家（會不會是因為她母親在背後的催督？這點我就不得而知了）；而我，也會每隔

姊妹

上一週半月地上她家去一回。於外人於我倆本人，都感覺我倆間的關係似乎就是那麼回事了。但事實上呢？事實上，是那麼回事，又有點不像是那麼回事。

翠華來我家時的記憶細節似乎沒有可供描述的內容。無非是兩人正襟危坐，面面相對，說些不着邊際，也不可能太着邊際的話題。到煮飯時分了，我發現，這才是翠華最興奮，也是最能顯露她一手的時刻了。她主動請纓，為我入廚。不一會兒，就燒出了一桌可口入味的上海家常菜來，讓我吃得讚不絕口，忘乎所以。而她呢，她吃得不多，說話也不多。她只是在一旁，面帶微笑地看着我吃，一臉滿足感。然後便晚了，我送她回家。我們總走那麼多路，總經過那麼幾條街，總是在那盞路燈下停步，然後分手。而且總不忘說上那麼幾句差不多意思的話——一切似乎都有了某種設定的程式。

至於我去她家的記憶，那可要豐富多了。首先，華太太的熱情接待讓我印象深刻。其次就是翠華的姐姐翠珍和她的姐夫李海民。至少，這都是些生氣勃勃的人物，誰也不會讓你像面對翠華那般地感覺冷場與難堪。那時海民與翠珍新婚不久，常常攜同一位保姆，抱着兩個不滿周歲的孩子回娘家來。吃了午飯再連多一頓晚餐。反正，那一兩年間，人都很空閒、逍遙，各單位都處於半停工狀態。當然也有大忙人，那都是些靠投機起家，爭權、奪權，組織什麼司令部和什麼革委會的造反派。他們興奮，他們激動，他們感覺生正逢時，似乎過不了多久，這共產黨打下的江山真會拱手讓與他們似的。海民與翠珍當然不是那種人。但他們也很享受這一段好時光，至少在單位裡毫無壓力可言，倆口子又處在新婚甜蜜期，翠珍的娘家雖遭受衝擊，但一家人夜夜面對日日相聚的，倒也其樂融融。

其實，那時的海民哥也只是個中年人，但在我們的這些不滿二十的小青年的眼中，他已經是有老態了。見了人，不管你是誰，認不認識，熟不熟悉，談不談得攏，更談不上有無好感，他總是又點頭又哈腰的，堆一臉的笑，而且連眼睛都笑成了兩條縫。因此，我便很難從華太太向我的描述中，想像出年青時代開香檳雪佛蘭車的他來。華太太說，那時候你海民哥的那股瀟灑勁哪，是女孩見了都迷。

但海民哥告訴我的卻完全是另一套人生理論。

我從來便知道海民哥是個精明人，其出身與經歷也養成了他的這麼一種做人處世的個性，更別說之後的年代，他還是在「階級鬥爭要年年講月月講天天講」的嚴酷歲月裡度過的。他說，在國營單位裡工作，像他這麼個從舊社會過來的，怎麼說都帶點兒異類色彩的人，不向領導，不向同事，不向革命群眾整天扮一張笑臉能行嗎？而笑多了，笑就成了一種習慣。讓我們這些還未在人生歷練上焠過火和退過火的小青年，很難想像也無法理解。但他告訴我，他的那種「微笑外交」真還管用，真還讓他避過了不少本來很可能會落在了他頭上的災禍。

「笑是一樁無本錢生意。笑多了，除了臉部肌肉有些痠痛外，是不用付出其他代價的。這一點，你們小青年假如要在今天這麼個社會環境中繼續生存下去的話，也該好好學着點——真的。」

但翠華的姐姐翠珍給我的印象，卻是個十分莊重、體面而又有着相當氣質的女性。她見了我——就是那

姊妹

位據說父母都在國外，又獨自佔有一套大公寓她二妹的男朋友時，一般都是很得體地笑笑，打個招呼，便一頭扎進廚房幫她的母親忙這忙那去了。有時，聽到海民與我在大房裡說話說得很來勁，她便會從廚房裡走出來，邊用毛巾擦手，邊說，都在說些什麼呀？海民那，你可別把人家小青年教得太勢利太功利了啊。

正是翠珍的這些言行舉止讓我對她產生出一種敬重來。我想，翠華怎麼一點也不像她的姐姐呢？

但一直到那時，我還沒有見到過翠華的妹妹翠媚。

見不到翠媚一則是因為我去她家的機會本來就不多；二則是翠媚平時也很少在家。我只知道在她家大房裡的那些橫七豎八的床中，有兩張是屬於翠華和翠媚姐妹的。這是兩張三尺半的鋼絲折疊床，並列而擱在離放馬桶的房間角落遠一端。

我去華家的時候，一般都是與翠華兩個面對面的坐着床沿邊上聊天。她坐在她自己的床上，而讓我坐在她妹妹的床上。這是一張惹人遐想的少女單人床。床單的手感是滑爽爽的，不禁讓人聯想到某種肌膚的質感。兩個潔白的木棉大枕頭疊放在一塊，中間還隱隱地殘留着晚眠人的睡痕。枕頭底下經常會壓放着一些書籍；有時，我還能見到暴露在外的書封面的一角。我忍不住好奇心，將書抽出來看一眼，發現多是一些十八、十九世紀的西洋小說；還有一些當年地下流行的手抄本，諸如：《第二次握手》、《梅花黨》、《少女的心》之類。別瞧今天談起此事來輕鬆得很，但在那年代，這類手抄本所包含的危險，與一包沒拉響雷管的炸藥所包含的危險不相上下。

有時，還會有一些畫冊和素描寫生之類的畫稿，零亂地疊鋪在翠媚的床單上。我問過翠華，說，你妹妹是學畫的嗎？她說，不是，這些都是她男朋友畫的。但你妹妹只有十五六歲吧？已經有男朋友了？翠華笑笑說，非但有，而且還有好幾個呢。她的話讓我吃了一驚。

話於是又要說回到那個年代去了。在當時的道德觀念中，十五六歲的女孩子「軋」男朋友，而且還「軋」了好幾個的，多半不會是什麼好貨色。在弄堂偵稽老太太們的眼中，這叫「小拉三」。所謂「拉三」或「小拉三」，其實是一回事，「小拉三」就是年齡小一點的「拉三」，沒什麼本質上的區別。這與不夠年齡當紅衛兵的小頑皮們，只能另謀一個「紅小兵」的名堂來過把癮的道理是一致的。「拉三」指的是作風不正派的女孩，男孩則稱作為「木殼子」（我真不知道當年的上海人，是如何能思想出這些極富形象色彩的詞彙來的！）這是上海的那個特殊年代裡的特色產物和品名。它們的出現，叫人聯想起那些穿着勞動布長褲和穿着「迷你裙」的男女青年們三五成堆地聚集在弄堂進口拱門處，互相眉來眼去地說笑、抽煙、彈吉他，一直到深更半夜仍不肯散去的社會邊緣人群。他們模仿着阿爾巴尼亞或羅馬尼亞電影裡的某個反面角色的動作與表情，抖抖腿，聳聳肩什麼的，又講些在當時聽來已經是十分出格了的「色情笑話」。凡此種種，在當代叫「酷」的，在那時叫作「軋台型」。那些喜歡「軋台型」的青年，就是社會上刨去公認的「地富反壞右走資派」外的問題族群了。他們置偉大領袖毛主席的號召於腦後，既不去「復課」，也不去「鬧革命」，整天混在社會上想幹什麼。故此，每當節日前夕或有重大事件發生之際，就會有所謂的「刮颱風」的社會整肅運動，到時，那些問題青年們要就與地富反壞右的命運看齊，成為了群眾專政的標靶之一了。

而所謂「標靶」，就是當「颱風」季節來臨時，把他們「刮」進專政機關去坐幾天牢，以能及時純潔一下社會上的道德風氣和階級隊伍。但翠媚倒是從沒讓「颱風」給刮進去過，儘管每逢「風季」來臨時，華家上下免不了都要為她忐忑不安好一陣子，因為他們的那個家，再也不能承受多點什麼了。然而，她的那位畫家男朋友就沒她那麼好運了，逢「風」必肅。他常被「請」進「廟」（當時的人們將拘留所稱做為「廟」）裡去當幾天「和尚」（凡被關入拘留所的男人一律都被剃成了一顆光頭）。他在他的伙伴之中是個出了名的「幾進宮」式的人物。

那畫家姓薛，叫薛強。我後來在華家見過他好幾回，留着長髮（當然，那不是剛從「廟」裡釋放出來的他），老喜歡用斜眼打量人，一付傲視眾生的模樣。除了斜眼打量人外，還猛抽煙。抽的都是那些最廉價劣質的「勞動牌」或「大聯珠」，一根接一根，抽得連手指與牙齒都給染黃了。我想：這種人不進「廟」，誰進「廟」？然而，他傲視人也有他傲視人的資本：他的藝術天賦相當不賴，我就見過他畫的幾幅油畫作品，都十分傳神。其中有一幅是翠媚的肖像畫，調子晦色，但韻味十足。人物與背景之間隐隐約約着一種神秘感，不由得讓人聯想到一種宿命的含意來。這是我在見到翠媚真人前率先見到的她的形象。日後，我見到了她，與畫中人一作對比，我發覺：1、真人的她比畫中的她更漂亮更有媚感。2、畫中的她又比真人的她更含蓄更有韻味。

薛強與我差不多年紀，比翠媚大上至少六、七歲。除了翠媚之外，他還有不少女伴，一會兒與這個一會兒又與那個搞些名堂。那年代，男人要與女人搞事，必事先贈些衣衫裙子尼龍襪之類的禮品作為代價的。但薛強他不，他很牛。他從不送女孩子東西，好像女孩們能與他這麼個大藝術家在一起搞一搞，已是件很有面子的事兒了。要在別人千句好話萬句溢美之詞的誘哄下，他才肯送出一兩幅畫來，算是作為補償了。

但他同翠媚的關係有些不一般。他是真迷她。而她，也迷他。她是他畫寫生的「模特兒」。想要作畫時，他通常會向他的一位朋友借他的那間亭子間來用一用。上海的亭子間冬寒暑烤，但他倆不在乎。冬日裡設法弄一隻炭爐來生火取暖；暑天裡則放下一卷竹簾，擋駕一下直射進屋裡來的陽光。之後，他在牆上遮一幅白色的被單布，又搬來一張椅子。他讓她坐在椅子中或撐在椅背上，擺出各種姿勢來，讓他構思畫面。

但薛強說，每一回，只要他讓翠媚來當他的模特兒時，他都感覺自己會變得心猿意馬，精神說什麼也無法集中。她那天使般的面容和魔鬼般的身材常把畫家攪得血脈賁奮，心動過速。畫着畫着，他就索性甩了畫筆，跑過去，一把就將全身赤裸的她擁入了懷中。故，那亭子間又變成了他倆的作畫兼作愛房。但他說，這又有什麼呢？劉海粟不在幾十年前就已經這樣做了嗎？——當然，他指的是前半部分，至於席地作愛，劉大師的那個年代還不至於開放到如此程度。

之上所述的那些亭子間情節都是後來薛強親口告訴我的。那時候，中國社會已全方位開放。再無所謂「拉」不「拉三」，「木」不「木殼子」了。漂亮一點的女孩子有哪個不沾點這種事情邊的？社會輿論已不再以此為恥，而是以此為榮，以此作為當事人可在她的朋友面前作一番炫耀的資本了。薛強後來吃過二十年官司，勞改農場釋放後，正好遇上改革開放的大好形勢。以他的智商與才藝下海去幹一番，斬獲自然不會小，但這些都是後話了，現在不提也罷。

然而在當年，雖然我也忍氣吞聲了他斜眼打量人的羞恥與屈辱，我還是有過幾次，鼓足了勇氣，企圖能得到與他攀談上幾句話的機會的。但每次，他都哼哼呀呀，愛理不理的；仿佛像我這麼個一無才藝二無見解之人，他是不屑一顧的，自然也就無法與他一般論高低了。我心生氣悶，只能在暗中罵道：擺什麼臭架子？「廟」裡幾進幾出的人，別以為人人都要巴結你！

但畢竟，當年的我還是沒能巴結上他。

四

到了上世紀八十年代末九十年代初，年老了的華太太經常伙同一班人聚在一塊搓麻將，一為消遣，二有些不大不小的錢財上的輸贏也能刺激一下生活的樂趣。

那時華家的家境已經大變樣：華老板早已去世，連華家二女兒翠華——也就是二十年前我曾與她談過忠愛的那一個——也是重病纏身，住進了醫院，且看來此生已很難再離開那裡了。這些都可能對一個母親構成巨大的精神負擔。但華太太不是，她是個拿得起放得下的人，她麻將照搓，生活照過。她說，急有什麼用？我急死了，翠華往後的日子不更慘？大女兒翠珍的情況還不錯，生了一對龍鳳雙胞胎，如今都已大學畢業；最近正忙於準備 TOFEL 考題，希望能出國一試機會。這些當然都令華太太感到欣慰。

但最能叫華太太揚眉吐氣，而且還可以讓她在她的那些老年的麻友中間炫耀一番的是她的小女兒翠媚。剛開始改革開放的七十年代末八十年代初，翠媚就常常出入涉外賓館和酒店。她在上海大廈的咖啡吧裡搭上了一名老外，老外是跨國公司派來上海的工程技術人員。老外迷上了她，他將她帶去了美國，並一不做二不休地與自己的結髮妻子離了婚，正式娶了翠媚。而翠媚呢，當然也就順利地解決了自己的身份問題。但之後，便輪到那老外來挨霉了。因為翠媚人雖長得漂亮，但絕不是個好服侍的女人。她的忍耐是要有先決條件的，一旦目標達到，就像是一個越過了最後衝刺線的短跑運動員，再繼續作出奮鬥還有什麼必要？再說，她人也到了美國，眼界也開了，她當然不再是當年站在弄堂口收些襯衫尼龍襪子就可以滿足的翠媚了，她怎麼覺得她曾將一生夢想都繫於其身上的那個與眾不同的、風度翩翩的老外全變了呢？變得寒酸，變得猥瑣，變得自私，變得莫名其妙，變得完全不像她理想之中的那種男人了呢？她絕不甘心自己的一生從此就在這麼個窩囊廢的身邊度過。於是，她便藉故發洩，瞅東打西，指桑罵槐，讓那老外飽嚐了一位貌似溫柔的「東方女權主義者」的厲害。老外沒法，只好「忍痛割愛」。如此一來，翠媚便重獲自由。而如今的

姊妹

翠媚已今非昔比了：有了美國護照，又能拉三扯四地講幾句英語，她的前途似錦。

她先在美國的幾大州兜了一圈，接着就去了歐洲。她在歐洲的幾處城市也都作過短暫的逗留，其間，也與多個男人同居過，有華人也有洋人，但就始終沒有落槌敲定——這次，她可不會再那麼傻了，不會隨隨便便地再讓一張婚姻紙來束縛死了她的前途和選擇自由了。

誰也沒有想到是：她人生的終極泊錨地竟然是台北。

她在三十五歲的年紀上決定再將自己嫁一回出去。只是揀來揀去揀了半天，對方既不是什麼風流倜儻的白馬王子，也不是個喝足了洋墨水的飽學之士，而是個年近花甲的糟老頭。糟老頭姓王，小學文化程度。其貌不揚不說，還染有一身臊烘烘的狐臭。然而，糟老頭自有糟老頭的吸引處。這個台籍土財主的身價據說超過百億台幣；他雖從沒出過洋，很可能連英文二十六個字母都未必能背全，卻能在這洋博士滿佈的台北股市場上興風作浪翻雲覆雨，搞得洋博士們一個個都看傻了眼。土財主的另一社會知名度，便是他不斷有傳言的緋聞。他常說，他的人生有兩大愛好：一是錢財二是女人。只要他還活着一天，這兩樣中的一樣他都不能缺。其實，事情也可以反過來理解：以其狐臭之軀，竟有不下一個連隊的女人（其中還不乏明星、歌星和社會名件）同他上過床這一項事實，就證明了糟老頭絕非一普通人，他在某一方面的巨大吸引力是足以掩蓋其一切醜陋之處的。

王財主第一次見到翠媚是在一次社交場合上。當時他的兩眼就勾直了。那時的翠媚剛來台北不久，經人介紹出席過幾回名人派對。她三十四五，正值女人的蜜桃多汁期。剛從海外歸來的她有一付明星相，又有一股風塵味。而這，正是最鈎王老頭魂之處。他一展故技，立即向翠媚發起進攻。但翠媚又哪是一盞省油的燈？她使用了一個浸淫過洋水的上海女人特有的手腕與性別技巧，軟硬兼施，陰陽合謀，幾個回合下來，王財主便告敗北，並且就範了。他不得不認同了翠媚的要麼明媒正娶她，要麼休想動她一根毫毛的決心。

王財主選擇了前者。那天，他包下了整座「來來」大酒店，舉行了一次盛大的婚宴。出席者冠蓋雲集，商界、演藝界的精英不說，政壇上混的，除了總統本人不便露面外，其餘的重要人物也都大駕光臨了。而翠媚這樣做，她也有她的考慮：一是能迅速出名（管他出的是什麼名！）——誰不想來見識一下一個能讓王財主，這麼個以情場玩家著稱於台灣的億萬富豪屈身迎娶的女人究竟是個什麼樣的女人？二是能即場成為富婆，不費一槍一彈，就能分他個幾十億身價（台灣法律規定：正式夫妻離異，財產一人一半），管他狐臭不狐臭呢？就是這筆賬，怎麼算，也都是算得過來的。再說，翠媚從來就是個自信心爆棚的女人，這世界上只有她甩了別人的，哪有人敢在她眼皮底下幹些招三惹四之事的？她堅信，她一定能收復他；她具有一個女人用以來對付男人的一切天份、素質以及手段。

但這一次，她是棋逢對手了。

我是在幾年後的台灣又見到翠媚的，同時見到的還有她的那位財主丈夫。那時，我自已也去了香港，並在香港落地生根，還建起了一盤小小的、屬於自己的生意。生意與台灣方面有些往來，故時不時的會往

姊妹

台北飛上一次半回的。在這之前，我早已知道翠娟如今變成名女人了，台北的傳媒經常會提到她的名字以及社交動向。我的考慮只是：我要不要去與她見一面呢——好歹大家都是青年時代的朋友。後來，我作出了決定。我通過人向住在上海的華太太要了她女兒在台北的住址和電話，找了去。

她住在台北仁愛路三段的一幢叫「雙子星」的大廈裡。這是一套寬敞而又氣派的複式公寓，她在那裡接待了我。那時翠娟四十剛出頭，但保養優佳，除了身段稍微有點發胖外，細嫩的膚質看上去只有三十零點。

我在客廳的沙發上坐定，而她則撥了一隻室內電話出去，她朝着話筒裡說了一句：「來客人了」，便收了線。

不一會見，就從公寓螺旋形的木扶梯上走下一個人來，這是一個五短身材、肥胖的矮老頭。老頭穿了件過長了的睡袍，睡袍的下擺都快垂到扶梯的踏級上了。他一臉棕褐色的橫肉，幾縷稀少的白髮象徵性地覆蓋在他那光光的禿腦殼上。但矮老頭很客氣，一下扶梯就伸出雙手，熱情洋溢地迎上前來與我相握。他自我介紹道：

「敝人姓王，王志雄，王志雄。」

我偷偷地瞥了翠娟一眼，只見她表情冷淡地坐在沙發上，並無起身來作介紹的意思。這令我很尷尬，我望望她又望望他，這時，翠娟才坐在那邊開了腔。她說：

「王志雄，我老公。」

王志雄?這兩天，台灣的報紙與電視新聞天天都在追蹤報道的三十億台幣的假票據舞弊案件中的主角，就是眼前的這位王志雄麼?但他一臉若無其事的模樣，與我握手之後又禮貌地請我重新入座，進而吩咐道：快，慧媽，快沏茶。翠媚道，喊什麼喊，茶不早已沏好了，你見不到嗎?他說，喔。那好，那好。於是，便坐下來與我閒聊。我們一聊聊了有個把兩個時辰，只是不知道互相都在聊些什麼?究其因，首先是在這段時間裡，始終沒見翠媚吭過一聲氣。她只是坐在一邊冷眼旁觀。我既然是她的客人，我沒有理由在她一言不發的形勢下，去與一個素無謀面的誰聊得熱火朝天的。如此顧慮纏身，叫我又怎能心思集中得起來?而就在這時，我聽見大門口的門鈴響了。我見到一個被他們夫妻倆喚作「慧媽」的女傭向大門口走去。

公寓的大門一打開，就見火燒火撩的冲入來一位裝扮豔麗入時的年青女郎。她扭肢擺腰的直跑到王志雄的面前，指着他的鼻子：

「你放我飛機啊?讓我白白等了你一個多小時!」

說罷，她便熟門熟路地登上螺旋扶梯，徑直往樓上的房間裡去了。她的高跟鞋將柚木地板敲得「咚咚」直響。王老板似乎也忘了還有客人在場，慌忙起身，尾隨她而去。其間，我觀察過翠媚的臉部表情，她自始至終沒發一言，有一絲隐隐的冷笑浮動在她的嘴角邊。

又過了一會兒。王老板已梳洗打扮完畢，他挽着女郎裸白的臂膀從扶梯上悠悠緩緩地走了下來。他着一身三件套的隐條西服，斜紋領帶，卡夫寶石袖扣，幾縷稀髮被髮蠟抹得賊亮賊亮。他經過我面前時，不自然地笑了笑，說道：

「湊巧有點兒事，恕敝人失陪。你再玩多一會兒，慧嫣，再切多盤水果上來——」

他一臉棕褐色的橫肉，始終埋藏在一團親熱無比的笑容裡。但當他經過他的那位坐在一張沙發中太太的身邊時，他連望都沒有望她一眼，就與女郎兩個雙雙離去了。

就留下我與翠媚兩個了。我們面對面的坐在那裡，無言。（事實上，也不可能有言）突然，翠媚拎起了電話，她1—2—3—4—5—6—7—8地按了個電話號碼出去。

「小寶，」她在電話裡喊了一個不知是誰的名字。「你這就來。對，對，就來。而且要快，越快越好！」

打完電話，她微微有點兒氣喘。然後，她便站起身來，一言不發地上樓去了。當她再次在扶梯上出現時，她已完全換成了另一付打扮。她將頭髮高高盤起，露出一截長長的玉頸。耳環、手鐲、項鍊，模樣十分纖細的一對高跟鞋；她精心地將自己化了一番妝，又穿了一襲銀閃閃的露背高開叉的吊肩裙，一幅名貴的「明克」皮草披搭在她裸露的肩膀上，顯得華貴而又性感。

門鈴恰好在她踏下扶梯的最後一級時響起。進門來的是一名二十來歲的青年小伙，一身黑西裝，身材筆挺而削瘦。他留着一頭細軟而飄逸的長髮，白皙細嫩的臉頰像個姑娘家。長髮垂下，遮蓋了他的小半個臉龐。

他見了翠媚就主動地走向前去。他摟住了她的腰肢，並且左一邊右一邊的在她的雙頰之上，分別印上了兩個適度的吻。但翠媚的目光卻越過了小伙的黑西裝的肩膊望着我，她說：

「這個家我是連一分鐘也呆不下去了，我要出去了——」

我於是也站起了身來，說道：

「那我也走了。」

其實，除了離開，我別無選擇。

翠媚望着我的表情有些內疚，說，這次不好意思了，我們下回再聚吧。又說，你再坐多一會兒，我讓司機送你。正當我想開口拒絕時，她已大聲地將她的吩咐通過慧嫣傳言了出去。安排停當，她便由那後生摟着腰肢向大門口走去。

快到門口了，她突然就收住了腳步。她轉回身來望着我，露出了一種癡迷而詭秘的笑容（這令我相當的吃驚），她用上海話向我問道：

「儂有聽講過「鴨子」和「鴨店」哦？」

我糊裡糊塗的點了下頭。我好像聽說過，又好像沒有。我只是朦朦朧朧地知道些它的含意。「鴨」的名稱、概念以及實踐起始於日本，但就在台北得到了空前的發展和改良。再後來，鴨店在上海也開始繁榮昌盛起來，並呈現出了一種大有趕超前輩們的趨勢。所不同的是：語言的使用上有了更大的進化：鴨子不再叫鴨子，而是叫作「狼狗」了。至於「鴨店」，自然也就變成了「狼穴」或「狗窩」了。為此一則動人魂魄的訊息，台灣的富婆們一個耳傳一個，她們心旌搖盪，聞風而動。波音 747、空巴 300 地趕往上海，而且還一個比一個打扮得更珠光寶氣更華貴襲人，她們來上海領養她們的「小狼狗」。

當然，這又是另一個十年後的情景了。兩岸三地互動互助互相切磋，讓燦爛了五千年的中華文化又有一種新的攀登。

但當年在王家上演的那一幕典型的台式活劇真叫我看得目瞪口呆，大有恍若夢境之感。我離開「雙子星」大廈後再沒有回去與翠媚「再聚」過——我當然不會再去找那份尷尬與沒趣來受的。唯之後傳來的有關翠媚命運的下文，倒常常讓我聽聞得一驚一咋的。我一方面抗拒與她再見面，但另一方面，我也不是不想這麼做的。而且有時，這種想法還頗強烈。只是當我還處在猶豫不決中時，我已永久地失去了這個機會了，因為後來，翠媚死了。

然而，在上世紀八十年代末九十年代初的上海麻將台上，有關翠媚的一切新聞仍十分鮮活十分傳奇；仍是翠媚的母親華太太最喜歡用來鎮壓她的那些老年牌友們囂張氣焰的最佳法寶。

華太太仍住在鳳陽路 141 號的舊宅裡。文革結束後，舊宅的二樓已全部歸還了原屋主。舊宅很大，從前，華太太一家五口連同兩個傭人都能住得很寬綽。現在就剩下華太太一個人了，她單身隻影的住在裡邊，而大宅的空寂便由想可知了。她拒絕搬出去與女兒女婿同住，也拒絕任何他人搬來與她共處。她說，她打年青時代就住在這裡，她在這裡住慣了，舊宅就是她生命的一部分，就是龍宮皇殿她也不去！她一生都要在這裡度過，她不怕孤單。

只是這幢當年也有過一番風光年華的屋子，也開始步入了它的遲暮之年了。其情形有點像它的女主人，如今的華太太非但滿頭的青絲都已換成了灰白，而且皺紋粗細交錯，爬滿了她的那張曾經是細嫩光滑的面孔，遂使之變成為一塊此生再也無法燙平的布帕。而平時上街，連走路的樣子她都有點兒蹣跚之態畢露了。然而，到了麻將桌上的華太太仍然顯得中氣貫通，勁道十足。她每天都要找人來玩上幾圈，好像白天不玩一玩，晚上她就無法入眠了似的。我差點忘記提了：在她家常聚的麻將拍擋中有一位就是她的大女婿——李海民。

海民現在也老了，既不是1965年「奇司令」咖啡室裡的海民，更不是1949年開「雪佛蘭」車的海民了。他在前幾年退了休，經常一個人在五光十色的南京路和淮海路上盲目溜達。他想：從前三、四十年代的南京路淮海路就是這樣的，後來到了六、七十年代變成了那樣。現在世紀之末了，它們又變回了這樣——而且還更「這樣」了（倒底是什麼樣，連海民自己也說不清）。這不像是場夢又像什麼？

有時，他會從南京西路新昌路口拐彎進去，到他的老丈母娘的家中去坐一坐。正好遇上她家麻將開枱的話，他也會坐定下來搓上幾圈。搓着搓着，丈母娘就會同他開玩笑了，她說：

「當年，我們的海民小開也算是個出過風頭的人物了。一部香檳『雪佛蘭』，帶上個漂亮的女朋友滿上海兜風。又是名牌大學畢業，又是滿口洋文的，就是想勿到——」

華太太把一隻正欲打出手的牌捏在兩指間，高高舉在了半空中，停住，她望着海民笑。

姊妹

「想勿到什麼?」

「想勿到儂會變成我的女婿!」

「啪——!」華太太將一隻帶索子花式的牌打了出去。糊啦，大家一同叫了起來。接着，又將各自的牌城推倒，重新嘩啦啦地洗起牌來，邊洗，邊又互相嗑嘮起來。海民說:

「當年你不老喜歡在我面前『老娘』『老娘』的自稱麼——我這不成全了你?」

「哈，你這個滑頭海民啊。當年我是不讓你有機可乘，來吃我這塊老豆腐!」

「哪有這等事情……」不知道怎麼的，海民變得有些囁嚅了起來了。

「真是讓你小子交好運囉，把我的這麼個漂亮賢慧的女兒像釣魚一樣地給釣了去——她還差你十多歲呢。」

言語之間，華太太倒真還有點感覺吃了虧的味道。

「如果讓翠珍也嫁到台灣或者香港去的話，你們華家再出多個翠媚式的人物也說不定。」

「不同，不同。她倆的個性完全不同。」華太太連連搖頭。「不過——」

「不過」是一語氣轉折詞，轉折之後，華太太本來的打算是很明確的:她又想將談話引回那個她最感興趣的主題上去。但就有麻友及時察覺到了這一點。此人也讓翠媚長翠媚短的話題給搞煩了。再說，老吹噓自家如何如何的風光史，在別人聽來總不是件太舒服的事，那人迅速地接過話茬，插上嘴來:

「台巴子有什麼好的？我們的海民又有哪點差了？他給你們華家生了一對龍鳳胎的孫兒孫女——差嗎？」

「他給我家生？這是我們家的翠珍替他生的好哦——儂這個人真叫是拎不清！」

華太太的滿腔興致被人堵住，正在氣頭上，抓住機會正好向對方作出反擊。

「話又是要說了，」這次開腔的又換成了那個假設「翠珍也能嫁到香港或者台灣去」的牌友了，「海民與翠珍不還有一個兒子嗎？年齡與雙胞胎也差不太多。這究竟是他倆的孩子呢，還是……。」

感覺周圍沒有任何反應，說話者便從她剛砌好了的麻將方城上抬起頭來。她突然發覺氣氛全變了，各人都低着頭，假裝都在整理自己的牌陣。而母婿兩人也都不約而同地剎住了談話的制動閥。一片陰雲從天外飄來，覆蓋了整張麻將枱，也飄進了母婿兩人的臉部表情裡。

五

說老實話，我最終決定不再與翠華保持那種曖昧的戀人關係，是在我終於見到了翠媚的真人之後。

那是個深秋下午的近晚時分。我和翠華兩人仍然是面對面的坐在床沿上瞎聊。光線已變得十分幽暗了，街上的路燈亮了，隔着緊閉的窗戶，可以聽見卡車的喇叭聲和自行車的車鈴聲傳進屋裡來，突然，房門被打開了，翠媚風一般的旋進屋來。她一付倉促匆忙的模樣，想必她是趕回家裡來取一件什麼東西後準備馬上離開的。

她徑直走到了我的身邊（這是因為我就坐在了她的床沿上的緣故）望着我笑了笑，露出了一排貝齒。僅此一瞥，但一瞥已經足夠。在這晦暗、深色的光線背景上，她的那排貝齒顯得如此潔白！還有那張模糊的臉蛋的輪廓，讓我馬上聯想到油畫肖像上的她來。一下子，我的心就被提了起來，然後放鬆，它開始狂跳。好在幽暗的光線裡，誰也看不清楚誰的神情。她開始在自己的枕頭底下翻騰了起來，一雙白皙纖細的少女的手是這幽暗背景上的兩個最醒目的亮點。我看着它們靈巧地舞動着，停下，又舞動了起來。不一會兒，就見到有一件東西從枕頭底下取了出來。她再一次地向我笑笑，說：

「要趕着去還人書呢。」

於是，我也向她回敬了一個同等程度的微笑（此時此刻的我必須壓制住的是我那狂跳不已的心臟）表示說，是的，是要還書。其意曖昧——曖昧如薄暮中的光線，也曖昧如當時的那種我自己也無法來向自己形容的心情。唯有一點是明確的：我絕無可能也擁有一排同樣美妙的貝齒來向她展示。我無法確定——至今無法確定——可能一世也都無法確定的了：我這麼一個年青男子在她記憶中的第一印象究竟是怎樣的？

相互笑過了之後，我估計着她便要離開了。但不，她稍作猶豫，便將臉朝她的姐姐翠華（翠華自始至終都坐在她自己的床沿上，面帶微笑的瞧着我倆）轉了過去。她用手指着房間幽暗處的某個角落，說道：

「你們能不能去房門口站一站，回避一下。我……我想用一下馬桶。」

如此下文着實讓我吃了一驚。然而，意外之外更夾雜了些莫名的緊張和興奮。我覺得自己會不會也太「那個」了？但沒錯，這正是我當時真實的感覺。

當我與翠華站在房門口作短暫的等待時，其實我已開始變得心不在焉了，之後，更完全走了神。我聽不到翠華在說些什麼——她應該是在說點什麼的，因為，我一直望着她的眼睛告訴我說，她的嘴唇在動。我的聽覺只是在作下意識地搜索，一種仔細的、地毯式的搜索，搜索房間內可能產生的一切動靜。但我什麼也辨聽不出來，塞滿了我耳朵的只是鳳陽路141號扶梯上，走廊裡，曬台以及各家人家的屋裡傳出來的嘈雜聲。正是放學和下班的時間，大喊小叫交響成了一片。

當然，後來翠媚必定是從那扇房門裡走了出來，然後離去。而我與翠華兩個則又回到房裡去，重新坐到床沿上繼續我們的那些沉悶不堪的談話，但所有這些都是我自己推理出來的情景上的延續。事實上，在此之後我的記憶已經完全被漂白，我的頭腦中只保鮮了如此一個斷幕式的場景記憶，並從此開始了我那漫長的想入非非的歲月。這種想像一直延續到那次我在仁愛路「雙子星」大廈再次見到中年的翠媚時才嘎然而至。

後來，不僅僅是我與翠華，就連翠媚與薛強間那種關係也都扯斷了線頭。在我們的那個時代，這種事件的發生頻率是遠遠不能與現代的青年人相比的。一對青年男女，一旦確立了人們認為的那種關係之後，是不與由單方面胡亂作出改變的。否則，這將會被視作某種「不忠」與「不正派」，是要遭到社會人群的共同譴責的。但偏偏，這事就同時發生在了華家的一對姐妹身上。所不同的是：我與翠華是男方主動，而翠媚與薛強則剛好相反。還有：我與翠華的了斷是漸漸的悄悄的，而翠媚與薛強則是急風暴雨式的，說了斷就了斷的。

這事首先告訴我的還是翠華。那天，她氣喘吁吁地跑到我家中來。其實在那時，我與她之間的往來已經變得十分稀少了。是我在刻意回避着她，但我還會找機會去鳳陽路141號坐一坐。我還是坐在翠媚睡的那張床的床沿上，心不在焉、瞑想兼等待，一直等到暮色降臨。毫無疑問，我是懷着能再見一回翠媚面的希望而去的。有幾次，我如願以償了；但多數，還是白搭。

翠華或許也看出了這一點。她將她與我之間的話題，儘量往她妹妹翠媚的身上靠。她想，這麼一來，我與許就會有些談興了。但事實是：翠華的如此舉措與心態只能讓我與她愈行愈遠。是的，有一點我是不得不在內心暗暗認同的。那就是：翠華的確是個心地善良、胸無城府的女孩；但，單憑了這點我就能愛她了嗎？不行。愛，尤其是在那個年歲上的男女之愛，是決不可能靠了這麼一種理性上的對人格的認同和讚美而發生的。現代社會，人們已經對如下兩種情愛觀，形成了共識並還用語言大膽地表達了出來。其實，生活在那個時代的我們，不也有着相同的人性本質嗎？這兩條情愛原則是：1、男人不壞，女人不愛。在這方面，薛強便是一個好例證。2、寧要盪婦，不沾淑女。於是，翠媚便成了包括我在內的一班青年男子的夢中情人了。

這裡，我還想作為補充，交代一點：翠華似乎總喜歡以翠媚的驕傲作為她自己的驕傲；又以翠媚的出眾作為她也能在他人面前炫耀一番的資本。在她的心目中，或者說，翠媚是她的親妹妹，她們始終是一家人，翠媚的漂亮與出眾是她們這個家庭的公用資源。當然，這也許無可厚非；但於我就不同了，我不是她家的什麼人。我的感覺是：為什麼我的女朋友是翠華而不是翠媚呢？事實上，翠華在翠媚面前情不自禁流露出來的自貶感讓我反胃。應該說，翠媚倒是從未擺出過任何欺凌或企圖欺凌她二姐的姿態。她對她的二姐很好，很友善也很親熱。她只是在理所當然地接受着某種敬仰與逢承；似乎在這個家庭裡，她早已習慣了這一切。但它卻讓我感到了壓力：作為一個自願認低三尺的姐姐翠華的男朋友，我，又如何能自高三尺起來？這種情緒甚至還影響了我與薛強間的關係。對翠媚的仰慕乃至追求（如真有的話）那都是很正常的：一男一女，四目交投的那瞬間哪能不產生點放電效應？甚至形成為一種吸引力的磁場，也不足以為怪。別說人，就算是動物也如此。故，暗戀翠媚不會給我帶來任何心理上的壓力。但我之於薛強又算什麼呢？我怎麼可以在這麼個「幾進宮」式的人物面前，也表現出一付戰戰兢兢唯唯諾諾的樣子來呢？難道就因為我是翠華的誰，又他，又是翠媚的誰的緣故？這，未免太荒唐了！我將此一切的後果都遷怒於翠華，而遷怒的結局，當然是我再不能與她保持那一層關係上的往來了。我感覺這是一種屈辱，一種我再也無法忍受下去的屈辱。

但那一天，翠華跑來我家告訴我的這一個消息，倒真是讓我感到有些意外。應該說，翠華本人也有點情不自禁就這麼做了的意思，她連自己都弄不明白，她專程跑到我這麼個與她的關係已經變得相當冷淡與疏遠了的（前）男友的家中來，轉告這麼個與我倆都毫不相干的消息的隐性含意究竟何在？而且更令我吃驚的是：在她的敘述中，她還將薛強稱作為「薛強哥」（她在以前的談話中也曾說到過他，她如何稱呼他，我已沒什麼印象了，反正不會是「薛強哥」）。翠華平時的談吐就有點木訥，那次談話更是結結巴巴，說了半天才將事情的原委說清楚。但說清楚了又怎麼呢？我望着她，意思是說，我知道了，我知道他倆斷了，但斷了之後呢？翠華給我這麼一望就給望慌了，她不僅語無倫次，而且連手足也無措起來。我於是便有一股內疚感從心底升起。這麼些年了，我畢竟是了解翠華的，我不應該這麼做。我搬了張椅子來，讓她坐下。又端來了一杯熱茶給她，於是，一切才稍事平靜。

老實說，這樁事也不怪翠華跑來報告我。我自己對它也是具有相當的關切度的。就是說，我也是很有興趣聽聞此事發生的。只不過我更善於掩飾內心的想法，不會輕易作流露罷了。至少在翠華面前，我能做到這一點。我說：

「這事你是怎麼知道的？」

她說：「薛強哥一連到我家來過好多次——他以前也來過，但從沒有如此頻密過。而且一等，就等到深更半夜還不肯離去。」

「哪翠媚呢？他見到翠媚了嗎？」

「沒有。他始終沒能見着她。翠媚在外面躲避了好幾天。後來，先托人回來問清薛強哥真走了，她才回家來。」

但我說：「即使如此，那也無法表明從今往後，他倆就永遠不再來往了——舊情不可能復萌嗎？」

她沉默不語。在我的徵詢的目光下，她或者覺得我所說的也不無道理。

我又說：「這事怎麼會發生的？」

她說：「翠媚最近又交結了一個新的男朋友，聽說是北京那個總參謀長黃什麼勝的什麼人。」

我說：「黃永勝。」

她說：「對，對。黃永勝，就是黃永勝。」又停頓了一會兒，她才望着我，小心翼翼地說道：

「你說，有了這層關係，他們還可能和好嗎？我妹妹不是那種人。」

我心想：這倒是真的，翠媚不是那種人。但我還在口中說道：「那可不一定。」

那天翠華是怎麼離開我家的，我已經沒有了記憶。我只記得在我們臨別前，我曾囑咐她道：

「別告訴翠媚你來過這裡，也別告訴薛強。」

翠華莫名其妙地回望着我，她不明白我意欲何指？

之後，就有了很多事情的發生。我不是指我與翠華間有什麼事，也不指薛強與翠媚間的什麼事。而是

姊妹

有很多災難性的事情，都一塊兒降臨到了翠華一個人的身上，遂讓她變成了那個特定時代的一件悲慘的獻祭品。

事實上，自從那次之後，我與翠華的關係幾乎陷入了完全的停頓狀態。我突然有了這麼一種感覺：在我情慾的天邊，終於裂現了一道玫瑰色的希望的曙光。曙光似有似無，但我寧可信其有不願信其無。而那道彩光的出現又與翠華無關。相反，只要我還藕斷絲連地保持着與翠華之間的那種關係的話，那片曙光遲早會消散，而那顆希望的太陽永遠也不可能會真正升起。於是，我更主動了，我斷絕了一切與她的聯繫，盼望着將事情先作一段時期的冷卻後再謀打算。

但我忽略了很重要的一條細節：為什麼翠華從那時開始，也突然從我的生命之中消失了呢？在當時，我根本沒太去留意這個問題。我只是在隔了相當一段時期後才會偶然想起來說，好像已經有很久沒見到翠華了，我要不要去她家像探望一位好朋友那樣地去探望她一回呢？說是說去看望她，其實我更希望能見到翠媚。

但事實上，也用不到我去看她了。一個深秋的下午，翠華的母親華太太找上我的門來了。

她是沿着我住的那幢大樓的柚木把手的扶梯，一邊查看門牌一邊挨層挨戶地摸上來的。當時，我正鎖了房間準備外出。見是華太太親自來訪，不禁有點慌了手腳，同時也有一種莫名的激動從心中升起來。這兩者兼而有之的感覺的產生，是因為華太太既是翠華的母親也是翠媚的。我將她引進正房，又讓她坐定。我見她的臉色陰沉沉的，一言不發。她伸手接過了我替她泡上的茶，突然劈面問道：

「你究竟打算怎麼辦？」

怎麼怎麼辦？

「哼！——」但她停下話頭，想了想。她或者感到此話的如此問法畢竟有點不近情理，遂又改用了一種相對溫和的語調：

「你不想與翠華再來往下去了嗎？——還是想？」

「我們不還是好朋友嚒？」

她愕然地望着我，一時不知說什麼才好。後來，我見到陰沉又重新回到了她的臉上。她說：

「年紀輕輕，想不到你還這般老奸巨滑！」

她用了這個四字來形容我，叫我啼笑皆非。我想解釋說，這世上什麼事都可以勉強，都有個人情可講；唯這事是不行的。但最終，我還是沒說什麼，我選擇沉默。

華太太終於還是走了。在她感覺一切都已不會再有結果時，她終於選擇走了。她連我誠心誠意泡給她喝的那杯清香撲鼻的雨前龍井茶也沒喝一口就走了。我將她送到房門口，她仍心有不甘地回過臉來望定我。但不知怎麼的，我給她這麼一望，就望得有點神慌意亂了。我說：

「翠媚她……她好嗎？」

華太太繼續望定我。她說：「你說的是誰？翠媚——還是翠華？」

我自覺說錯了點什麼，不竟紅着臉，低下了頭去。

「呸——！」我聽見她朝我響亮地啐上了一口。就「噔噔噔」地跑下樓去了。這是她第一次也是最後一次上我家來。事實上，從此之後我再沒見到過她，直到翠華的追悼會上。但那已是在二、三十年之後的事了，那時的華太太已是個滿頭灰髮的老人了。她當着眾人的面，走到我的跟前。她用雙手握住了我的手，說謝謝我來參加她女兒的追悼會。她又提起了那回她上我家來一事。她說，她當時的所說所為實有不妥之處。不管怎麼說，我都是個心地善良的好人。她為此事向我真誠地道歉。而我也因為老人的那麼一聲道歉，感動了一段很長的時期。

六

我在之前講的，大多是關於我們年青一代人在情感世界裡的糾纏與衝突。通常，當年青人自身都陷入在感情旋渦中不可自拔時，他們是很少會去關心大人們的憂慮與生存壓力的。在這一節裡，我想改換一條情節線來講述我的故事。這在影視手法上，稱作為「蒙太奇」；用說書人的話來說則是：話分兩頭。

華師傅——也就是我在故事的第一節中將他稱作為「華老板」的那位華家的一家之主——終於在幾經沉浮後出事了。這個近似於喜劇式的悲劇事件可能只是文革大潮中的一朵小小浪花，但對於華家，這個單一的社會細胞而言，這條主藤的突然折斷，令華家的一切人、事、景、物都紛紛墜地，從此改變了它們命運的軌跡。

本來，華師傅頂多也算是個剝削階級份子，用無產階級革命派的話來說，是個「混入工人隊伍的階級異己份子」而已。這麼個結論在正常的社會環境中聽來，其實，已夠嚇人的了；但在那個帽子滿天飛、罪名林立的特殊年代，如此「罪狀」是算不了什麼的，是介於敵我矛盾與人民內部矛盾之間的某種灰色定義。這表明：你的審查者還沒有足夠時間與精力來關注你的問題，但他們又不情願讓你輕意開溜，怎麼辦呢？那就隨便先替你搞頂「便帽」來戴戴吧，讓你感覺到一種持續的壓力，因而也就不敢「亂說亂動」了。然而，隨着運動的不斷深入，對所謂「敵對階級」的打擊面也在無限擴大。而華師傅的個人問題便一步一步地被推向火線，推到懸崖的邊緣上去了。

新當權的造反派認為：華師傅的問題決不單單是個階級成份的問題，他還有着重大的歷史嫌疑。其理據是：來華福記修車的眾多客戶社會成份極其複雜，其中有上海灘上的大老板、大流氓；也有國民黨政府的高官、中統軍統特務頭目。甚至還說查出了某些國民黨匪特在臨逃離大陸前還去過華福記車行，很可能是由華老板提供了盤纏而讓他們登船去了台灣的。

事情越說越像，事情也越鬧越大。他們抓他去審訊。說，XXX，你認識嗎？他有來你店裡修過車嗎？你可知道他是國民黨上海黨部書記？又說 1948 年年底的某一天，XXX 是否曾在南京路新雅飯店的包房裡請你吃過一餐飯？你們在飯局上都說了些什麼？他向你佈置什麼任務了嗎？他給了你多少活動經費？他是否讓你長期潛伏下來成了台灣特務？他在之後還與你聯繫過多少回？……諸如此類。這些類似於《羊城暗哨》與《五十一號兵站》裡的電影情節當然都屬子虛烏有，是造反派們蓬勃的想像力，與太敏感了的對敵鬥爭嗅覺相結合後的產出物。但當這些代表了當時官方的業餘「偵察員」們，一旦隔着審訊桌向其「犯罪嫌疑人」正式而嚴肅地提出質詢時，什麼聽來好像就真有了那麼回事似的。

華老板感覺到：他就是渾身是嘴也甭想將這一切的一切都說清楚。

後來，華老板靈機一動，說了個 XXX 的名字。他說此人如今是人人都知曉其名的我黨的高級幹部了——難道不是嗎？

造反派們聞言甚驚。但他們說：「什麼『我黨』，你也配叫『我黨』嚒？」

華師傅便立即改口說：「那就叫『你黨』吧。」

「什麼？『你黨』？」

「不、不、不。是我們的偉大光榮正確的中國共產黨！」

造反派們想了想，覺得似乎也沒啥可說了，於是便默認。

「當年的 XXX 是一位地下工作者，被國民黨軍警追捕而逃到——不，不是『逃到』，應該說是暫避到——我們的小店裡來，當時，不就靠我搭救了他？」

華師傅如此一招式倒真叫造反派們看花了眼。他們之間互相望了一眼，說道：

「你倒是如何搭救他的——說來聽聽。」

或許，他們想為《沙家濱》中阿慶嫂救胡司令一命的那幕戲，增添一些情節上的聯想？

華師傅道，「你們該知道敝店的那台『千斤鼎』吧？」

「知道啊，哪又怎麼啦？」

「千斤鼎除了能將車輛抬起外，還有一種沉降的功能。就是可以將修車人沉降到地底下去，然後再來從事車輛底盤的修理工作。」

「原來還有此等功用！」一個造反派隊員聽罷有些驚訝，也有些茅塞頓開之感。

「是啊，這架千斤鼎是德國名牌貨，上海灘上只有兩台……」

「不準宣揚資本主義！不準放毒！」

「是，不宣揚資本主義。不放毒。」

「毛主席教導我們說：凡是敵人擁護的我們就要反對，凡是敵人反對的我們就要擁護——繼續往下說！」

「是，繼續往下說。但……我都說到哪裡了？」

「說到千斤鼎的沉降功能。」

「噢，對了。我就讓那位同志，不是，是那位領導躺在了機盤上，然後沉降到地下去。地面上再停上一輛有待檢修的車輛，這不就逃過了特務們的搜捕了？」

「……」

對於這段無從考稽的陳年佚事，造反隊員們顯然覺得無話可說了。

而華師傅一「軋苗頭」，便來了個乘風揚帆。他說，我也曾經掩護過我們黨的地下工作者啊，這些事，你們為什麼就不講啦？我還為革命的勝利立過功呢……

「不許翹尾巴！」

「是，不翹尾巴。」

但，但怎麼辦呢？華師傅想了想，就索性十足十地學起「阿慶嫂」來了。說什麼，我們當年的生意也很難做哇，對誰都要笑臉相迎；又說，來的都是客，人一走茶就涼之類。意思是說，到他店裡來的有好人也有壞人，而他是無從識別的，再說也從沒將他們的來去放在過心上。

造反派不想聽他那些囉嗦話，他們對此沒有興趣。於是他們揮揮手，把他給叫停了。他們說，算了吧，就這樣。以後要注意點，要老老實實接受工人階級對你的監督和改造——聽明白了嗎？明白了。這，就算結了。

其實，這事說是華師傅靈機一動，還不如說是海民動的靈機。這是海民替他老丈人想出來的主意。那時，海民與翠珍結婚已有兩年，還生了一對雙胞胎的孩子。每逢星期天，夫妻倆總會帶着孩子去鳳陽路 141 號的丈人丈母娘家呆上一天半日。而海民見到的情景是，老丈人老是愁眉不展，唉聲嘆氣的；並常常為了要在星期一交差的那份坦白交代書搞得心神不寧，魂不守舍。

於是，海民便虛構出了這個故事來。其實故事中的 XXX 並不是全無此人，他當年是海民大學裡的同學。此人一早已是地下黨，負責鼓動大學生們的反政府情緒以及組織學生運動一類的工作。他與海民有點交情，還向他借過幾次車，以便能夠掩護着去幹些聯繫工作。海民當然不會知曉事情之真相的。那是在解放了好多年之後，海民才在報上見到了他的那位老同學的名字以及經歷介紹，之後恍然大悟。這回見老丈人有難，他便張冠李戴地將 XXX 的名字搬出來，獻計與華老爹的跟前。

華師傅呢？乍一聽，還是相當有顧慮的。他說，這能行嗎？但後來，他給造反派逼急了，逼急了也就索性破釜沉舟、急中生智地使出了這麼一招來了。誰知此招還真管用，非但讓華師傅即場蒙混過了關，而且還叫造反派對隨心所欲整人這一做法產生了某些顧忌。說，這上海灘的水真深啊，說不定什麼時候在哪裡就冒出了個誰來。你看，一個黑不溜鰍、毫不起眼的華某人，國民黨黨部書記沒查到，反倒拋出了張 XXX 大幹部的王牌來，殺你個措手不及！不對，瞧這華某人那付沉着應對的模樣，非但有「胡司令」撐腰，說不定還有新四軍作靠山咧，於是，「刁德一」們還是不能不對「阿慶嫂」刮目相看；是假是真，也都要扮出幾分和悅的臉色來了。

造反派的這些態度上的微妙變化，也讓華師傅察覺到了。他拿回家來一說，海民就來勁了。他主張運用政治學習會上學到的毛主席的軍事思想——「乘勝追擊，擴大勝利成果」這一戰略方針。

乘勝追擊？「乘」什麼勝？還「追擊」呢。人家不追過來已是一天之喜了——別忘了咱們家是「資字頭」！華師傅直搖頭。

但海民說，「資字頭」又怎麼啦？我自己的家庭還不是更大號的「資字頭」？但我在單位裡邊一樣是混得好好的。這主要看你如何來應付，來操作，來做人，來不失時機地把握機會。再說了，資產階級屬人民內部矛盾——這是有明文規定的。毛在他的書中還屢屢提到呢。

從來膽小如鼠的海民，為什麼一下子變得如此激進起來了呢？是有如下幾層原因的：1、他教老丈人的第一招式，一出手，便獲得了意料外的成功。此事毫無疑問增強了他的自信——他覺得自己還行啊，竟然還有如此能耐？2、他也很想在他的老婆、丈人、丈母以及他的兩個小姨子面前逞逞強，表現一下自己。翠華和翠媚的存在，經常會觸動他——這麼一個有過無數次與異性接觸經驗的男人內心的某個最隐秘最易躁動的部份。新婚的熱烈期已經過去，又有些慣性了的感覺在他的心中開始抬頭。3、他真還覺得像華家那種歷史清白、履歷簡單的家庭遭受如此衝擊似乎有點過了；他理應幫助他們爭取點什麼回來。否則，他家有了像他那麼個女婿還不是白有了？

因為有了第一次，這回聽到女婿的表態，華老爹便不再作聲了。他說：

「那依你看呢？」

「這樣吧。」海民想了想之後，開始發揮。「索性就開口向他們要還間房來。反正現在還留有兩間小房沒有啟封。一旦哪天真有了分房的對象，再想要回來就難啦。你看噢，我們這一家老小的擠一間房，孩子都已長大，而且還是女孩。假如日後還要生活下去的話，這方便嗎？——我們自個都快成特困戶了。」

海民的提議得到了除了華師傅之外的全家人的喝彩。尤其是翠華和翠媚，住房面積大了，畢竟一切都會方便好多的。

第二天一早，華師傅就揣着一顆惶惶不安的心，冒着可能再次遭人訓斥「翹尾巴」的風險，走進了造反隊的辦公室。

誰知，竟成功了！造反隊的答覆是：將那兩間已經上封，但仍未分配出去的小間中的一間「借你家暫時先用一用」——正式手續當然不宜在現在就辦啦。

又下一城！小房間啟封的那一天，華師傅專程又去了福州路的那家京菜館，買了隻掛爐烤鴨回來。雖都說味質比起文革前的有所下降，但全家人還是歡天喜地地圍桌美食了一餐，重溫了一回昔日的美好時光。華師傅和他的全家哪裡知道：他們獲得了短暫的歡樂和寬鬆，卻埋下了永久的悔恨和禍根。

自從這兩件事之後，華師傅，不僅華師傅，就連華太太也對這女婿刮目相看了。他倆私底下說，翠珍找了這麼個丈夫，看來還是找對了啊。又說，大十多歲也就大十多歲吧，一般大點年歲的男人才能給女人帶來安全感。從此之後，他家遇事，都要找海民來商量。似乎有了海民的保駕護航，文革這片黑海洋就是再深再險惡，他家也可以安全渡過。他們全家都把海民當作是「智多星」了。

然而這一回，連「智多星」也都黔驢技窮了。

那一天傍晚時分，華師傅急急忙忙跑回家來，說：

「快！快！快把海民叫來……」

但還沒等海民他們趕到，華師傅已被隨後追到的，氣勢洶洶的造反派隊員給押走，帶回廠裡隔離審查去了。而從此，華師傅再沒能回到他的 141 號的家。（其實說他沒回過家也不太準確：他回過來，不過，他是以另一種方式回來的。）

是怎麼回事呢？原來那天上海報紙的通篇頭條，都是關於華東局的革命群眾揪出走資派 XXX 的特大消息。而那位 XXX 恰恰就是華師傅說他當年救了他一命的 XXX。消息說，原來 XXX 當年在上海聖約翰大學搞學生運動時，就與美國的中央情報局勾結上了，他是美蔣特務機關在我們社會主義新中國埋下的一顆很深很深的定時炸彈！事件當然就非同小可了。你華某人不是自己說認識他，而且關係還非同尋常嗎？——這與刁德一從阿慶嫂能不慌不忙地自日本人的眼皮底下救出胡司令的推理邏輯是一致的。既然如此，那就請你華某人把事情好好兒地說個清楚吧。

你叫華某人說什麼呢？他壓根兒就沒見着過 XXX 。連他那晚匆匆趕回家，希望能從海民那裡大概了解一下XXX的外貌特徵以及性格愛好的機會都沒得着。他又能說點什麼呢？

華師傅於是只得支吾以對，問東答西。造反派們問不出個名堂來，就讓單位開了介紹信去外調XXX本人。但問來問去也一個樣：牛頭不對馬嘴。XXX說，他根本就沒去修過車，當然也就不可能會認識什麼華老板李老板之類了。

於是，事件的嫌疑性就愈發大了起來（別忘了：那是個好生嫌疑的時代），好像這回總算讓造反派們摸到了一條又粗又長的黑線了，而假如不順藤摸它兩隻大西瓜出來，他們怎肯善罷甘休？他們一級級地往上報，最後，上報到了中央文革小組（畢竟，XXX還算是個能夠上級別的大人物）。其實，當時中央文革幹的都是些胸懷全國放眼世界的大事，而那一年，又正值「王關戚」小集團擾亂革命大方向的一年，但中央文革還是於萬忙之中抽調人手到上海來協助調查，可見事態的嚴重以及被重視的程度了。

再說回華師傅。這次的華師傅真是被搞慘了。他從來就是個奉公守法之人，不與政治沾邊。他歷經敵偽時期、金銀劵風潮、三反五反，最多麼也就是生意場上的漲落與虧蝕，而這些事畢竟不可能深心入肺得太久太深的。再說了，坐大牢總不可能挨到他華某人吧？但這次，他挨着了（在他看來，所謂「隔離審查」不等同於坐牢？）。故此，這種人生經驗對他說來是全新的。以前在單位裡挨批鬥，回到家裡至少可以讓你緩過口氣來，喝上個一盅半杯的，又有華太太和孩子陪在身邊給他開解幾句，再大的冤屈也有傾吐之處。但現在的情況完全不同了，非但沒有了太太熬的烏骨雞湯和蛤士蟆汁來增補體力，連個對話的人都沒了。

白天彎腰遭批鬥，晚上將你往陰暗霉潮的防空洞裡一塞，連燈都沒有一盞——這種日子可怎麼熬下去啊？

華師傅被批鬥了有多少回，別說造反派們，就連華師傅本人也都記不清了。但他記得有一回，那一回最荒唐。他被押去了華東局的辦公大樓，站在台上，充當XXX的陪鬥。兩個素無謀面的陌生人互相望了一眼，然後一齊低下了頭去。誰也不知道誰的悶葫蘆裡究竟賣的是什麼藥？而台下的革命群眾，口號聲此起彼伏，他們喊道：

「誰不老實就叫他滅亡！」

又說，誓要將他倆都打翻在地，再踏上一隻腳，叫他們永世不得翻身。云云。

但真正要了華師傅命的還是那次在上海雜技場的批鬥大會。雜技場那時剛造好不久，也算是上海在文革中的一座帶點「異化」味的建築了：蒙古包式的圓拱棚頂，內座是梯階式兼環圈型的，有點羅馬競技場的意思。如此設計形式除了適合表演那些舞棍弄棒、飛車疊羅漢等雜技雜耍外，還適合開批鬥會：批鬥對象往那中心點上一站，不順理順章地成了所有看台上觀鬥者們的「萬夫所指」了？那天傍晚時分，當華師傅再度被送回防空洞的隔離室時，他的決心就已下定了。

他找了個理由，向看守防空洞的造反派隊員說，他因肚疼需要如廁。就這麼，他便從隔離室出逃了。他用他身上僅有的幾毛錢（隔離對象允許帶有少量的零化錢）去一家雜貨小鋪，買了一瓶二兩半裝的「七寶大麯」和幾瓶「敵敵畏」藥水（文革時期的種種都得不到歷史的肯定，唯有一樣除外：那便是穩定而便宜的物價）。他携帶着這些「作案工具」，熟門熟路地從後窗潛入了鳳陽路 141 號底層的修理車間。或許，他也曾悄悄地上過樓去，到他家的房門口站着，屏神聽了一會兒。但他是絕不忍心去打攪他妻女們的睡夢的。後來，他又躡步離開了，沒人察覺他來過。也或許，他曾單獨的在那間堆放了許多機械和工具、充滿着機油味的車間裡坐了很久、很久，回想着他的一生，他是如何創造這一切，又如何失去了這一切的。他曾在這裡輝煌過，得意過；如今，他也要在這裡作出他人生的最痛苦的抉擇。這裡是他的天堂與地獄！應該這樣來說，這一切很可能都發生過；但這只能是我們事後的猜想與臆測；所有這些不再會有意義，其真相已隨着華師傅，這麼一個老實、本份而又勤奮的生意人，也是勞動者的離世而永遠消失了。

後來人們見到的現場是：一隻空酒瓶和四隻空藥瓶東倒西歪的丟棄在地上。人們只知道：他應該是在下半夜裡的某個時辰一口氣喝下了這幾瓶液體。然後，然後他去了哪裡了呢？活不見人死不見屍。

當然，再後來，一切也都真相大白了。但在當時，為了華某人的失蹤，造反派內部也曾發生過激烈的爭辯。有人認為：要犯潛逃，這是重大事件，是階級鬥爭的新動向，主張立即在全市乃至全國範圍內張貼捉拿通緝令，捕其歸案。但也有人覺得暫不須為此勞師動眾；在情況還未明朗前，應當先與專政機關取得聯繫，同時還可以在本單位內部悄悄地進行排摸偵查，以免打草驚蛇，云云。但還是那位當時曾警告華某人不許「翹尾巴！」、「不許放毒！」的造反隊頭頭的政策水準高，他一揮手就平息了爭論。他說，此事不是應該通知政府機關，而是應該立即通知華某人的家屬，先讓家屬明白事態的嚴重性，以能有個思想準備。因為畢竟，人是在我們這裡失蹤的，而其問題至今還沒有一個明確的結論，這種做法可進可退，我們單位不宜承擔太大的責任風險。

先通知家屬的決定看來還是對頭的。至少，此事第一絲線索的察覺還是靠了華太太。那天晚上，已經喪魂落魄了好幾天的華太太，突然發現 141 號底層的那扇後窗有被撬的痕跡。而且，窗台厚厚的積塵上還留有幾隻明顯的鞋印。這是她熟悉不過的鞋印，立即，她整個人就癱軟了下去。鄰居們見狀都不知發生了何事，急忙跑去她家，把帶病在身的翠華叫來（翠娟不在家，她還是很少着家的）。

華太太在床上蘇醒了過來。她虛弱地叫道：

「快，快去叫海民來。」

於是，海民與翠珍便趕了來。華太太又說：

「快，快去通知老華的單位……」

單位裡來人了，他們打開了車間的大門。便發現了我先前交代過的那一幕場景。但人呢？躺在床上的華太太再一次將虛弱萬分的手舉了起來，她說道：

「那台千……千斤鼎……！」

那台二十世紀三十年代德國製造的「千斤鼎」「嘰嘰」地叫喚着，將華師傅的軀體從地底下抬升了上來。人們發現：屍體已經全身發黑，且已腫脹不堪。當時，作為家屬的華太太已經虛脫到根本無法再站立起來了，而翠華則說她害怕，也躲在了家中的一個角落裡瑟瑟發抖，不願露面。翠娟仍沒回家，我與薛強當然更是名不正言不順，不可能到場。在場者於是只剩下了海民與翠珍兩個。據說，當時的翠珍的臉色轉成了死灰白，她用冰冷的手指死命地抓住了海民的手，她的指甲差不多都要掐進他丈夫的皮肉裡去了。但他倆誰也沒哭沒叫，他們保持鎮定，保持冷漠。因為儘管父親死了，但他的那頂階級敵人的帽子仍是戴在頭上的，他們必須明白一點：他們與他之間存在着一條無形的界線，這是一條他們無論如何都不能踩過去的界線。

華師傅死早了半個月。半個月之後，專案組的結論便正式下達了：華某人與那個 XXX 的大幹部根本沒有任何關係與瓜葛。但又能怎麼呢？「敵敵畏」已經喝了，人已經死了；而單位負責人更強調說，他們還是很講究革命人道主義精神的嚒，在華失蹤的第二天，他們不就已經通知他的家屬了？一切無話可說。

但說是這麼說，單位方面還算講點人情味。經研究，提出了兩條彌補方案：1、取消華某人「畏罪自殺，自絕與人民」的結論，改為「自然死亡」（此點屬「政治平反」）。2、考慮到華家因住房遭緊縮而造成的實際居住困難，決定將一間現已暫借予華家使用的房間辦理正式的歸還手續，並再啟封多一間小房作增配之用。而這，不正體現了我黨一往以貫之的給出路的政策嗎？「當然！當然！」代表了華家前去單位聆聽組織上有關決定的海民，又將他那招牌式的笑容掛在臉上了，他的雙眼眯了一條縫。他說：

「感謝政府！感謝黨！感謝毛主席的革命路線！」

他極盡溢美之辭，代表華家上下對此決定感激涕零了一番。

華師傅的枉死至少給華家今後的生活形勢帶來了如下幾點變化：1、是華家的住房條件得到了穩定的改善。2、是在一個沒有了男人的家庭中，海民理所當然確立起了他的一家之主的地位。3、是可憐的翠華的病情愈發嚴重了。她本來就罹患一種精神類的疾病，而那次事件對她精神系統造成的打擊無疑是巨大的。她已開始變得有些無法自理了。

七

那是我在過了半年之後才知道的事。原來，那天下午華太太親臨寒舍，屈身來訪的最直接原因是：翠華已經開始發病了。或者可以這麼來說，假如不是情況緊急，華太太是絕不肯親身出馬的。事情已經到了萬不得意的「臨界狀態」了，據華太太判析，我才是這世界上唯一有可能救到她女兒的那個人。

但華太太來是來了，卻沒能把事情說明白。或者她認為，即使說明了也無濟於事——說不定還更糟。

事情還是出在薛強的身上。

薛強去華家找翠媚一直沒有找着後，雙方的關係的確也有過一段冷卻期。其間，常有人見到翠媚挽着黃什麼總長侄親的胳膊，招搖過市的情景。事情傳到了薛強的耳朵裡，他又有點捺耐不住了，尤其是在那些月光浩潔、而他又失眠的夜裡。或者是，他又想在朋友的亭子間畫人體寫真，但又找不到一個體態動人的模特兒時。

他又恢復了常常去華家死纏不休的做法。

有一二次，他見到翠媚了，但沒說上幾句話，就讓她借機給溜走了。而從此之後，翠媚便有了戒心，再也沒被他逮着過。但他老這麼來也不是個辦法啊。於是，翠媚想到了翠華。她想叫翠華來對付他一下，順便也代她做做薛強的思想工作，說這事勉強是勉強不來的；大家沒有了感覺，就是硬湊在一塊也沒啥味道等等。

當時究竟是翠媚央求翠華，還是翠華帶點自告奮勇的意思，主動請纓幫助她妹妹去解決這樁煩心事的，到了今天，這已成了一樁無從查證之事了。反正那時的華家，居住條件已經得到了部分改善，翠華翠媚兩姐妹已擁有一間單獨的房間了。兩張鋼絲摺床也已換成兩張正規的單人床並排放，中間還擱了隻床頭櫃。床頭櫃的對面是一張寫字台，有一盞帶紗罩的枱燈，邊上砌着一疊書。《少女的心》《梅花黨》之類現在已不用再往枕頭底下塞了。

「薛強哥」來時，只要翠華在家（她一般很少外出），他總是先到她們姐妹倆的房中去坐，看書、閒聊兼等人。只有到了吃飯的時候，他才去大房間用一下餐。接着，又重新回到翠華的房裡來。就這麼個架勢，沒人會想到再多的什麼了。再說，那個時代，除了政治上的警覺外，對於生活上的問題，一般的人都不會太在意。

但事情出就出在了這裡。

可能是一等二等等煩了，等厭了，等火了；也可能是時辰至半夜，「薛強哥」對自身體內荷爾蒙的分泌濃度漸漸有些失控了。他走過去，一把就將翠華摟抱住了。他把他的嘴唇按在了她的的唇上，熱吻她，但他的口中還在含含糊糊地呼喚着翠娟的名字。這件事情在我後來的臆測中，翠華對「薛強哥」突襲舉動的反應，與其說是驚恐還不如說是有點慌亂。因為，當一對男女第一回有體膚接觸時，女性的所謂「慌亂」心態包含的除了此詞的本意之外，還隐匿了某種歡樂、緊張，甚至是迎合。

但後來的形勢就大不同了。薛強三下五除二地就將她剝光了，他幹了她。非但幹了她，而且還是在接近於顛狂的狀態下幹了她。非但是在接近於顛狂的狀態下幹了她，而且還前幹、後幹、平幹、側幹、躺幹、坐幹、曲幹、掛幹，一夜之間竟幹了她六、七次之多。他邊幹邊叫喊道：

「我要操死你！我要操死翠娟！我要操死你們華家所有的姐妹！」

第二天早晨，華太太所見到的現場情景是：薛強已經走了，翠華半裸地躺在那兒，臉色蒼白，手腳震顫，氣若游絲。而印花的床單上，東一灘西一難地塗鴉着白色與紅色的人的體液。華太太見狀就驚叫了起來。

而事實上，那一刻的翠華，精神已經崩潰，並從此開始了她那漫長而痛苦的精神病史的生涯。精神病患者的病理可能相同，但表現狀症卻各異。翠華的表現症狀是不停地洗，拼了命地洗：洗手，洗澡，洗床單，洗內衣褲。這種症狀一直到她後來住進了精神病院，被注射了大劑量的抗強迫症的藥品後才得以緩解。

華太太當下就去找薛強算賬。但她找不到他。於是就去他的那位亭子間朋友以及朋友的朋友處找他，但他們都說不知道他去了哪兒。

但過了不幾天，薛強自己打來傳呼電話了。他先是找翠媚聽電話，翠媚不在家。他又找翠華聽電話，但翠華連床都起不起。沒法，還是華太太來接聽的電話。在電話中，他告訴翠媚和翠華的母親說，他做了件錯事，一件大錯事。他是因為當時控制不了他自己的情緒而將錯事做了出來。但他不會因此而感到後悔（應該說，他一輩子也沒為做錯什麼事而感到後悔過）。又說，他已報了名，而且過兩天就要走人。他決定去雲南的軍墾農場務農去——他要離上海遠遠的！而且，愈遠愈好（薛強主動報名上山下鄉馬上傳談為了一樁不大不小的新聞：以其不羈的性格，假如非其自願，你休想將他攆出上海去）！他很驕傲也很痛苦地向華太太宣佈了他這一人生決定。他沒說，但他等於說了，他之所以肯付出如此高昂的人生代價，皆因他做了一樁他「並不感到後悔」的人生錯事的緣故。他替自己選擇了這種自我流放的懲罰形式。同時，他還在電話裡提到了弗洛依德，這位偉大的奧地利心理學家（弗氏是薛強最推崇的西方人文學者之一）。他說，你知道嗎？弗氏的潛意識論認為：牙齒咬破舌頭，便是一種自我懲罰的表現。

當然，華太太是絕對聽不懂他在胡言亂語些什麼的。她只能對着電話筒，一個勁地咒罵：

「你這個流氓！你這個畜生！你這個神經病！你這個千刀萬剮的傢伙！你這個不得好死的孽種！……」

但薛強絲毫不去理會那些咒罵。他等華太太罵夠罵透罵累了，並再也找不出什麼新的惡毒詞彙來繼續她的漫罵時，他又不急不緩地在電話線的彼端開了腔。他撂下一句話來，他要華太太轉告翠媚。他說：

「總有一天，我還會回來找她的──再久再久的將來，都會有這麼一天。即使到了那一天，她已經去了另一個世界，我也會追過去。我不會放棄她的，絕不放棄！……」

華太太聞言，又開始在電話筒中罵開了。她罵道：

「你這個精神病患者！你這個惡魔！你這個進提蘭橋（提蘭橋為上海監獄所在地）的胚子！你這個吃槍斃鬼！你……」

但她聽到了對方的電話線「咯」地一聲掛斷了。

罵管罵，但華家是絕不會去政府部門告發薛強的。原因又有若干點：首先是家臭不可外揚。這從來就是華家夫婦一貫的持家宗旨。但何謂「家臭」？薛強不是翠媚的男朋友嗎？雖未必成其眷屬，但在華太太的理念中，這仍屬「家臭」之範疇的。再說了，如果一旦張聲，今後翠華怎麼個做人？她還沒嫁人呢。最後還有一點：這是有關華家本身的。這些日子來，她家已讓人給折騰得夠慘夠走投無路的了，她因此不想絕不想──再去害多另一個別人了，她覺得還是要積點兒陰德的為好。

而薛強，就這樣稀裡糊塗地逃過了一劫。

以上，便是華太太於那天下午突然上我家來的背景事件，也是在許多年後的翠華的追悼會上，她為什麼會握着我的雙手，真誠道歉的原因。

然而，薛強逃過了這一劫，並不意味着他也能逃過那一劫——而且還是更大的一劫。

有關薛強的另外一次劫難，我是在他離開上海半年後，才從他的那位亭子間朋友（我們也有往來）處聽說的。當時，我真驚呆了。其實，當年他為什麼一定要去到雲南那麼遠，我始終就沒弄明白。是西雙班納的迷人景致吸引了他的畫魂？還是傳說中的白族彝族少女的飄逸之美讓他心生嚮往？當然，後來他親口告訴我的事實都不是這些，也不是他告訴華太太的，希望能離上海愈越愈好。他去雲南邊境是希望有一天能找機會偷越國境。他要去到緬甸那邊的山裡去參加一支什麼部隊（據說是當年竄逃出境的國民黨軍隊的殘餘），那支部隊既打仗又種鴉片，他說，他渴望去過一種帶點兒刺激情味的人生——真不知道，他是從哪裡聽說了那些烏七八糟的東西的。

他當然沒能如願以償。說是說邊境，其實離開真正的邊境線還差好幾百公里的路程，其間群嶺疊峰，原始森林連綿，徒步是休想穿越的。除非交錢給馬幫，讓他們帶你出去。但人生地疏的，他又能去哪裡找到這種路數呢？再說，他也出不起那份「買路錢」。他死了這條心，改為整天在農場裡吊兒浪盪，我行我素地做人處事。他的那種不羈的性格，令上海里弄幹部們頭痛的，同樣也叫農場幹部們對他毫無辦法。但他的人緣很好——尤其是女人緣。他的那股子玩世不恭的氣質讓女孩子們對他產生了一種莫明的嚮往。

於是，又出了事。

他看中了一個女孩，也是上海來的知青。因為人長得漂亮，被留在了場部當宣傳幹事。薛強是在被叫到場部畫宣傳畫時認識她的。他從來就是個擁有了一片太肥沃了的情慾心理和生理土壤的男人，沒說上幾句話呢，他便陷入了情網。唯苦於那女孩不常下來，尤其到他所在的那個連隊的機會更少，所以總是無從入手。但那天她來了，是來下面佈置宣傳工作細則的。而他，也得知了這一「情報」。天一擦黑，他就守候在了黑森森的稻田的邊上了。他等到了她，而且毫無顧忌地上前就抱住了她。他吻她，摸她，最後將她按倒在田埂上，強姦了她。

我說，「啊唷，哪咋行呢？薛強的膽子也太大了！那還不出事——你以為個個人都是華太太嗎？」

亭子間畫家答道：「還別以為，本來倒完全是可以平安無事的。他們倆誰都不吭一聲地就把事情幹完了。之後，薛強提起褲子，走人。而那女的，也從田埂上爬起身來，拉整衣衫，理理頭髮，正準備離開：而真正的事就出在那一刻。」

我望着他：「……？」——我既困惑又驚訝。

但他說興勃勃，繼續往下說去。他說：

「薛強已走出很遠了，突然又折了回來。那女的以為他沒過足癮，還想與她再幹多一回呢。但不，他要搶她腕上那塊上海牌手錶。這回，她不幹了，她反抗了。雖然，她遠不是薛強體力上的對手，但她還是意無反顧地反抗了。」

這裡需要附帶着說明一點：我們今天的讀者可能對一塊上海牌手錶，在那個時代所代表的價值概念不甚理解。一塊錶，一輛自行車，一套傢具，一架收音機，外加一座三五牌枱鐘，很可能就是一個人（而且還是一個在大城市裡生活的人），為之奮鬥為之貢獻一生的人生目標。這與今日裡一套二房一廳或三房一廳的商品房，對一位打工仔的價值相若。女孩想：她給了他她的身體，這無所謂；之後，她不還是個好端端的她嗎？但失去了手錶後的她還是原來的她嗎？不再是了。於是，她便與他糾纏了起來，她大聲地叫喊起來：

「救命哪！抓壞人哪！……」

出乎那女孩（很可能也出乎薛強本人的）意料之外，他不由自主地就罷手了，而且他不逃，他站在原地聽她叫，任她叫，直到端着步槍的場部民兵趕來，將他給五花大綁地押走。

之後？

之後的情形當然就由想可知了。他被批被鬥被「遊街」（準確地說，應該算是「遊場」：那鬼地方是無「街」可遊的）。最後召開了公審大會，宣判死刑。

哪？哪薛強就真的死了嗎？

還能不死？畫家朋友瞪大眼睛望着我，仿佛我說的是一句火星語。一粒槍子崩進腦殼，腦殼都開了花，還能不死？軍墾單位缺什麼，也不會缺槍子。

「……太可怕了！實在太可怕了！哪，翠媚知道嗎？還有翠華？」

我不知道自己為什麼會說出個「翠華」來。

「能有誰會說給她們聽呢？——但不知道也好。」

三十年之後，薛強親口講給我聽的卻是那同一隻故事的另一半，這是一隻月亮背面的故事。它與三十年前，我聽到的那前一半之間的關係恰好互補。

那時的薛強已當上老板了，擁有和主持着上海的一家頗有名氣的飯店。他已發福，一付腦滿腸肥的樣子。連走起路來也一搖一擺的。他穿一件「壽」字設計的織錦緞對襟衫，他不再留什麼長髮了，而是剃了一顆新納粹式的亮晃晃光頭——他看上來，已完全變成了另外一個人。我想，不是他變成了另一個人，準確來說，這已完全是另一個時代了。

他請我喝酒，喝很貴牌子的日本「上善如水」牌的清酒。和服打扮的日式女侍應雙膝跪地給我們倒酒。他一仰頭，將「如水」一飲而盡。他從懷裡摸出煙捲來，點上。當然。再不是什麼「大聯珠」或「勞動牌」了，而是優質的古巴雪茄。他吐出一口雪茄的煙霧來，開始敘述他的故事。

八

就當華太太仍在麻將台上吹噓着她的那位在台灣的女兒如何如何時，台北那邊的形勢已發生了翻天覆地的變化。王志雄突然身亡，這則消息，我是在香港的 TVBS 有關台灣社會新聞的節目播放中首先見到的。他死在他的一個「親密女友」的香閨中。電視報道說，是他女友報的案，被救到醫院時，證實已經死亡。電視鏡頭上甚至還出現了戴白口罩藍帽子的救護人員抬着擔架，從某別墅的大鐵門間奔跑出來的情景，緊隨其後的是王的「親密女友」，她用手袋遮住臉，躲避着追拍的鏡頭，匆匆鑽入救護車，隨車而去。之後的幾乎整個星期內，港台報紙與電視台都有相關的追蹤報道。一般來說，對於這類八卦新聞我是沒什麼興趣的；但這回不同，事關翠媚，我自然也就份外地留意了。

普遍的說法都認定：王志雄的死因是所謂的「馬上風」，樂極生悲，但也有認為其死因存疑的。為此，那位手袋遮臉的女友還屢次被請去警局「協助調查」。女友當然不可能每回出鏡都遮額遮眉，後來，她改戴了一付寬邊大框的「瓦薩奇」墨鏡，還是讓人無法識其廬山真貌。但女友很年青，身材也很窈窕，這些都是墨鏡所無法遮蓋住的。而我的唯一肯定則是：此女絕非當年的那個在「雙子星」大廈的單元裡闖進屋來，鬧完事又「噔噔噔」上樓去的女人。她應該是王志雄近年來結識的另一名新歡。

再下去，便見到翠媚了。翠媚之前，當然先是那幢「雙子星」大廈的外貌，然後是複式單元中的傢具和陳設（與我當年所見的變化不大，只是在客廳中央設置了一方白幔黑紗的靈堂），然後又是那位叫慧嫣的女傭。然後——然後就輪到翠媚登場了。她着了一身黑色的喪服，戴一頂闊邊的黑色細麻質的草帽，一朵巨大的黑絲結繫於帽沿的一側。她用一塊白色的絲帕不停地擦拭着眼淚，以示悲傷。她說，她丈夫王志雄，是個勤奮、有抱負、而且又顧家的好男人，她決不相信外界的帶中傷性的流言蜚語。她相信她丈夫的忠誠就像她丈夫相信她對他的忠誠一樣。

哪，該晚在那位女士的房中一事……？

偶然，翠媚堅定地表示，此事純屬偶然。那天的事她是知道的，志雄因商務事宜去見一位有關人士，但不幸，竟在她家出了事。說罷，她又用白絲絹擦淚，似乎，任何有關她丈夫去世一事的提及都會觸及到她的傷心處。

當然，翠媚在擦完眼淚後繼續說道，她也不是不覺得事件有蹊蹺和可疑之處。畢竟，商場似戰場嚒，為了利益，有什麼事有誰不敢幹的？為此，她已去警局報了案，而警局方面也已經接受了她的報案，並已立案開始了偵查流程。至於其他，她則無可奉告。

她又擦了一回淚。

她接着往下說。她說，現在最令她日不思食夜不成眠的事情是：在她的那位能幹、敬愛的丈夫離她而去之後，以她這麼個弱女子之肩，將如何能擔當起她丈夫生前經營的那個龐大生意王國的運作重擔？她覺得自己的壓力太大了！但她告訴自己說：華翠媚，為了讓你親愛的丈夫能安心於九泉之下，怎麼孤獨的日子你也要過下去！怎麼艱難的道路你也要走下去！而她堅信，她是能做到這一切，也能幹好這一切的……

她又開始抹眼淚了，並看上去還有準備要號啕一番的意思。好在此時的電視採訪到此中止，才沒讓我看到她真正失態的一刻。

有關王志雄事件的下一個場景，我還是在TVBS的熱點新聞專題片上看到的。場景是王志雄大殮那天的祭堂。翠媚一身黑站在一邊，準備接受來自政界與商界大亨們前來弔唁時與她握手、擁抱與撫慰。而且，這也不失為是一種機會，看看下一個的人生目標人物會不會就在此時此刻現身？然而，這一回台北殯儀館的殮堂不是當年「來來賓館」的宴會大廳了。翠媚希望等的人一個也沒等到，等到的反倒是一大堆不知從哪塊地底下冒出來的哭喪團。台北報紙戲稱他們足足有一個「企管TEAM（團隊）」的規模。其組成成份包括了王的列年列屆的外室與情婦（那位「雙子星」的「噔噔噔」是否也在其列？只因電視鏡頭搖得太快，讓我無法分辨清楚），以及一大群自稱與王有血緣關係（不信？不信你們可以去作親子鑒定嗎！）的子女乃至子女的女子們。她們一人接一人，有時索性統統都撲倒於靈位前，搥胸頓足，乾號一番。唯王志雄的那幅巨型彩照仍鎮定地掛於大堂的中央，一付我自巋然不動的模樣。彩照上的他還是那一臉正處於微笑波浪中棕褐色的橫肉，栩栩如生，恍若生前。

如上所述，不過是王志雄事件在場景上的高潮戲，並不是情節上的。其情節高潮是在一個月後的某一

姊妹

天突然之間爆發的。

那時的王事件已漸趨冷卻，預備收場了，社會注意力又有了新的聚焦目標：張XX，李XX，趙XX，八卦新聞永遠不愁沒有後繼之料。但就在此時，王志雄事件突然來了個「鹹魚翻生」，一條7.8級地震式的新聞，以雷霆不及掩耳之勢裂開了台北股市的地殼。

事件的起因，是有幾個證監部門的官員出現在電視光屏上，他們開的是一次記者招待會。他們論證了關於王氏企業千瘡百孔的財務現狀，而在那同一天，王氏股價插水式暴跌。（真看不出，王志雄其人確有法術：生前操控股市；就是死了，還能向它扔上一枚深水炸彈！）刹時間，各方債權人紛紛登門。不出一星期，所謂王氏的「生意王國」，有價值的全拍賣了，沒價值的全搗爛了。往日裡，口紅的小姐，革履的男士們進進出出的王氏大廈被交叉上了二條大封條，人去樓空，鬼影也不見一個。「換帽子」的戲法一旦叫停，人們才發現：十顆光頭之中至少有五顆原來是沒帽戴的。

王氏企業終於真相敗露：資不抵債，而且債台高築。虧欠銀行、錢莊、保險公司、政府稅務部門、員工薪水等等，合共四十八億三千餘萬新台幣！這不是大地震，是什麼？

血本無歸的股民們憤怒了，他們湧去王氏大廈，砸窗砸門砸傢具——外牆是砸不動的。他們做不了什麼，他們只是出出氣而已。下一步怎麼辦？注意力的焦點，自然而然就集中到了那一天在大殮祭堂上出現過的那些人的身上。至少，他們還都活着，這是第一點。還有，他（她）們怎可能也沒錢了呢？王志雄活着的時候，難道就不可能將其一部份資產轉移去了他的某個情婦的名下？如此理據只要在法律層面上成立，這些資產的所有權問題便有了爭議；而這些資產的所有權問題有了爭議，那些債主與股民們眼看已走到了盡頭的窮巷，便就有了延伸之可能性了。如此推理，對於那班曾前往哭堂的女人們來講當然十分危險。於是，她們便一個接一個的出面來否定與澄清他們與王的經濟關聯：是的，她們仍是有錢的。但有錢又怎麼呢？有錢就一定是王志雄給的嗎？要知道，天下除了王志雄還有張志雄、劉志雄、趙志雄呢，難道他們給的錢也屬非法？到了這個時刻，只要能保住錢，面子什麼的都屬次要層面上的問題了。再說，那些女人，本來就屬於那種不要臉皮之一族，就算說穿了故事的情節，你又能拿我何奈？還有那些本來打算去醫院作親子鑒定的，錢都交了，日期也約好了，有的還向媒體作了有意無意的透露，現在也都一一作罷。那幾天的台北傳媒，好不熱鬧！一個王志雄，拖出了一班女人，一班女人又供出了更多的張、李、趙、劉姓的「志雄」來。事件波擴開去，搞得家家戶戶大罵小哭，雞犬不寧。

熱鬧歸熱鬧，追溯資產來源畢竟不是件易為之事，故一般的案例都只能不了了之。而別人都可以逃之夭夭，唯一個人，那就是翠媚，是絕對脫不了干係的。於是，電視光屏上又出現了那座「雙子星」大廈了，這是王志雄死後的唯一一座孤島，而翠媚被困於孤島上，水斷糧絕。

當我在電視上再度見到翠媚時，她也學會了那付擋眉遮額鼠竄而逃的模樣了。應該說，起初，她還算鎮靜，還能對着鏡頭說上一些不着邊際的唐塞之辭。或，不論你信還是不信地強辯上幾句。但漸漸地，就有些招架不住了。她開始又哭又罵。她咒罵王志雄那老王八不是個東西；她將自己最美麗的青春都給了他，而他……她說，他如此死法是死得活該，死有餘辜。還有那些不要臉的狐狸精們，她也咒她們不得好死。

那一個時期的港台電視節目中還有一檔令我印象十分深刻，我也想在此一提。這是一位素以其刻薄辛辣的言辭著稱的台灣某文化名人，他同時亮相於台灣東森和香港鳳凰兩家電視台的清談節目上。一把摺扇一壺清茶一件仿綢對襟衫，來對此事件加以評論。他一上場就稱王志雄為「志雄哥」，又稱其為「王大俠」。他說：

「『志雄哥』好嘢（廣東話）！——好勢（閩南話）！——好樣的（國語）！我向你三鞠躬，我向你致敬！」

他的觀點讓觀眾聽得都有點丈二和尚摸不着頭腦了，但他接着解釋道，假如不靠「王大俠」來收拾，來玩殘那些「臭娘們」、那班「爛婆娘」，我們這些當男人的還有什麼指盼？他的言語引來了一陣笑聲（笑聲可能是預先錄製好的）。

他又說，他倒真是很想出面來籌募一筆錢的。他想為「王大俠」也修一座「雷峰塔」。至於選址麼，可以選在台灣阿里山什麼湖的湖畔，也讓它來個朝彩夕照什麼的，成為了一處旅遊景點（他認為台灣旅遊局對此不會有異議）。唯塔的地下室的設計與用途有些特殊：這是專為另類女人開闢的一處骨灰存放處。但存放處的把關條件必須嚴格，其資格是：假如那些女人在生前缺乏這樣那樣的經歷與頭銜的話，是絕對不允許進入該處安頓的，並以此來保證塔性及其功能的純正度。至於什麼才所謂是「這樣那樣」，觀眾們自然心知肚明啦（又是預先錄製好了的笑聲）！

當然，如此言辭，讀者只宜故妄聽之，不可認真也不必認真。只是既然有如此精彩的細節，小說作者是不應該遺漏的，但我仍要學着電視台在最後一行告誡辭所說的那樣：上述觀點僅代表嘉賓本人，與本台（本作者）無關。

再說回我們的小說人物翠媚。

罵管罵，哭管哭，暗底裡，她還是在做她的功夫的。半年之後，當王氏企業的破產風波已徹底告一段落時，人們才發現：原來王志雄夫人——也就是翠媚——已有效地利用了私產保護令等一系列法律手段，成功地保住了她的那幢「雙子星」單元和一批價值不菲的存款、股票和私人的珠寶首飾。從此之後，她雖不再能過像從前那樣奢豪的生活了，但精神上的枷鎖也同時打開了。她重獲自由，她可以隨心所欲了。而這條好處也並不見得比做個名存實亡的王志雄夫人更差。所謂爛船三噸鐵，她是不怕今後的自己會缺錢用的。她也加入了那批闊太太們的航空團，常飛到世界各地走走看看玩玩，其間，也常常會到上海來。在上海，她大明大方地領養了幾條「小狼狗」，而他們對她都很「添貼」。因為在「鴨店」經營者的眼中，她怎麼樣都還是昔日的王夫人麼；她還是一名相當闊綽的台灣富婆。除了翠媚的母親華太太（她並不滿意翠媚今日的社會處境）之外，應該說，其餘的人都還得對翠媚禮讓三分，刮目相看。

於是，一切便又歸於了另一個層面上的平靜與平衡了。人生就是這樣：風風雨雨，潮起潮落，生命不可能永遠輝煌或者黑暗。而翠媚目前的生活處於的正是兩個峰值間的相對的平穩區間之中。

在翠媚留在上海的日子裡（漸漸地，她留在上海的時間愈變愈長了。一方面是今日上海的色彩與生活方式令她着迷；另一方面，她童年與少女時代的生活記憶也開始被啟動；再一方面，當然也不能否認那幾頭「小狼狗」對她生理與心理造成的某種無法抗拒的吸引力），她也常常會去141號走一走。有遇到那班打牌客，她也會擠在邊上坐坐，看看，指指點點地出些主意。這時，便是最叫華太太不高興的時候了。她會一直虎着個臉，有時，連麻將都會出錯牌。

但她的那些八卦麻友們對翠媚的來到還是挺感興趣的。那位老喜歡將台灣人喚作「台巴子」的麻友話最多。這會兒她說道：聽你娘說你這說你那的，耳朵都快聽出老繭來了。總算這些天來才有機會能讓我們見識到你的廬山真貌，果然名不虛傳啊。四、五十歲的人了，有近五十了吧？阿姨沒搞錯吧？——

是的。沒錯，沒錯。過了今年的生日都四十八足歲了。

……四、五十歲的人，看上去只有三十出點頭。外面人的保養就是不同。唉，翠媚啊，說要說了，以你現在的這付賣相，口袋裡又有銅細，又能講幾句洋文，在上海傍上幾個「倩仔」應該不成問題吧？——上海灘「倩仔」的質素可是全世界都出了名的噢。

女人說的前半截話正中翠媚的下懷，但後半截呢？翠媚想了想，覺得還是不答為妙。而所有的在場者也都聽出了其中的敏感成份，全場嘰嘰喳喳的聲浪一下子靜寂了下來。

過了一會兒，又有人說話了。主題仍是有關翠媚的。那人說：

「台灣我們是沒去過——我們能去嗎？在我們那個時代，台灣兩個字都沒人敢提一提。搞不好會殺頭！就想不到變來變去，後來就變到了今天這步田地……嗨，對了，剛才我想說什麼來着？」

「自己想說什麼都不知道，還問別人——儂這個人有勿有搞錯啊？」

「……噢，記起來了，記起來了。我是想說，台灣是個啥樣子我們不知道，但據說，你老公擁有了半個台灣的產業？」

「那也沒有這麼誇張。」翠媚眯眯地笑開了：這正是她想進入的話題。但一旁的華太太的臉色卻綳得更緊了。「可以這麼來說，台北市中心最黃金段的房產有一半曾經都是我家的。」

「哇！那也了不得了啊！但後來為什麼就——」說話者從麻將桌上抬起臉來，望着翠媚，她的雙手在半空中作出了一個大幅度的滑坡動作。意思是說：後來怎麼就全敗落了呢？

「唉，」翠媚嘆了口氣，道：「這事說來話長，說來話長啊——不提也罷。」

「不提也罷？噢，噢，不提也罷。」

又過了一會兒。

「翠媚，你沒孩子吧？」

「沒有。」

「哪怎麼也不生他幾個出来呢？至少，也要有一個吧？你這麼漂亮又有本事，不留個種，豈不可惜？再說了……」

但另一個麻友馬上將話頭接了過去——

「孩子有什麼好的？沒聽說過：夫妻是姻緣，兒女是債務嗎？沒債才一身輕呢。誰說沒有債，一定要往自己的肩上弄一筆債務來扛一扛的？在這事上，老實說，你、我、還有華太太，都不懂做人應該怎麼個做法，都應該算是『憨大』（傻瓜）！你看人家翠媚，活得多自在，多瀟灑！找了這麼個富豪老公，一世吃穿不愁。這不是緣份，不是福份，又是什麼？——這樣的老公你我怎麼就找不到呢？」

又一個敏感話題。全場再度鴉瘖雀啞。突然，華太太將手中的一隻「九洞」「啪！」地摔在了枱面上，讓大家都嚇了一跳。她說：

「翠媚，你都回來這麼多日子了，也應該抽時間到醫院去看望一下翠華了吧？一場姐妹，她待你還不夠好嗎？！——」

華太太突然發難，且聲色俱厲，令所有的在場者悚然。眾人抬起頭來，看了看「山勢」，心中自然都明白有一、二分了。有人用嘴角撇了撇，撇出了幾皺冷笑，便又重新埋頭理牌去了。而翠媚卻望着她的母親說道：

「是的，媽。我明天就去。」

華太太朝房門口揮了揮手：「那你今天就早點回飯店去休息。休息好了，明朝早點兒去。我在醫院的大門口等你。」

翠媚說：「噢。」

九

翠華被送進精神病院已經有好些年頭了。在這之前，翠華還是住在家裡的。其實，華家住房最緊張的歲月，也就是我常去他們家的那段日子：全家人擠在一間房裡，吃喝拉撒都在那裡。後來，華師傅死於非命，他等於是用了他的那條性命，給他的家人爭回了兩小間的住房來。可別小看了那兩小間，在那年月，兩間小房令華家全家的生活場所頓時就擴增了一倍，而且還能相互隔離，雜物也有了堆放的空間，讓許多生活上的細節和隐私都有了個藏匿和轉寰的餘地。

再後來，形勢當然更不同了。「四人幫」一倒台，在平反冤案錯案的大潮席捲全國的日子裡，141號二樓因屬私產（底層則作為生產資料早已合併國有了），而全部歸還了房主。那時，華師傅早已不在人世，翠珍出嫁了，翠媚去了外國，只剩下華太太與翠華兩個居住這麼大面積的住房。而且，華家的經濟條件也大大改善了。華師傅身前所屬的上海第Ｘ汽車修配廠，徹底且高調地替華師傅平了反。單位同事敲鑼打鼓給他家送來平反通知書的那一天，華太太拒絕親自下樓去迎接和認領證書。她是讓海民去幹那事的。她說，人都死了，敲鑼打鼓就能活過來？別貓哭老鼠假慈悲了！說是這樣說，但她還是將那份市政府頒發給她家的平反證書藏得好好的。她將它捲成一卷，塞進了一隻花梨木的首飾箱裡，然後又將小箱藏在了大樟木箱的箱底。這些都是海民後來告訴我的。海民笑道，華太太始終有一種強烈的不安全感。她認定：這國家裡的事不好辦，誰也說不出個準來。弄不好哪天風向一變，又來個抄鬥整肅什麼的，這張證書或者還能充當護身符，拿來擋一擋煞氣。她說，當年老華缺少的就是這麼一紙護身符啊。但單位的同事們說，華師傅其實是個一等一的好人，恪盡職守，任勞任怨。華師傅悲劇的這筆賬假如真要算，也要算在那個禍國殃民的「四人幫」的頭上！說此話的正是當年的那位負責審查華師傅案的造反隊頭目。如今，再由他帶領慶賀隊伍一路敲鑼打鼓地將平反通知書送到華家的府上來，仿佛，這是樁類似於「范進中舉」的大紅喜事。

儘管如此，單位方面還是將欠付華師傅這麼多年的工資加利息都一起結算給了他的遺孀。這是一筆以當時的眼光看來相當可觀的財產了（華師傅的工資很高，除了他八級的技工待遇外，他還擁有一份作為私方代表的保留工資）。除去這筆固定的錢財外，翠媚也經常通過香港的滙豐銀行匯錢給她的母親，以盡孝意。這樣，又有了房子，又有了經濟基礎，表面上看來華家的厄運期就算是過去了；但並不是，翠華的病，給這個只有兩母女的家庭生活帶來了沉重、深濃、揮之不去的陰影。

說到翠華的病，起因當然是薛強那件事，但加深，還是在之後的一段長長的時日裡。

事情還要從文革中期，華家又增配到了兩間房說起。當然，父親的慘死於翠華又是一次不小的打擊，令剛從薛強事件陰影中開始走出來的她的精神系統，又面臨過一次新崩潰的考驗。但畢竟，這是件沒法的事兒，全國全民都在經歷，都在忍受折騰與煎熬。這對於翠華也是一種有益的精神暗示。因為，凡精神系統的疾病都有一種雙相特徵：既會相互傳染，更能相互慰藉。她家失去親人的痛苦雖然大，但比起全中國千千萬萬更不幸的家庭來說，也算是一件平常事。在這點上，時間是最好的治療劑了。時間久了，這類精神上的創傷都是可以撫平的（那時的翠華畢竟年青，機體康復能力還很強）。但就在翠華從這一場夢魘的陰影中一步步走出來之際，她發現自己又掉進了另一場更大的夢魘中。

我記得在我小說的某段中，曾提及過那兩間先後啟封、歸還於華家的小房：一間後來讓翠華翠媚做了姐妹房，而另一間則一直空着，直到有一天。其實，這兩間所謂的「房間」，是141號二層樓上最小、居住條件也是最差的兩個獨立間。各約四平方米上下。它們之所以長時間未能分配出去的直接原因，就是它們的面積：連新婚戶最起碼的要求都不達標，更甭提那些拖老帶小，擁有七、八口人的特困戶了。兩間房中的一間——就是那間先作「暫借」用的房間——相對要正規些，有窗有戶的，從前是給傭人們睡的。如今，它成了華家二個女兒的姐妹房。而一旦經歷過艱難的歲月再入住其中，怎麼感覺就大不同了呢？小房間變得如此寬敞如此舒適，今日的主人怎麼還不如昔日的傭人了呢？

另外那間空置的原因則還多了一層。那便是此房根本就不適宜住人。嚴格來說，這不能算是一間「房」，只能算是一個「間」——箱子間。箱子間沒有窗戶，只有通往走廊去的一方透氣框。後來此房退還給了華家，在相當長的一段時期內仍沒住人，只是堆放些家雜、箱櫃和被袱包裹之類的東西。再後來，那裡擱多了一張鋼絲床——就是華家姐妹撂下不用的那兩張之中的一張，這是海民的睡床。他自告奮勇地準備每星期要抽出兩晚的時間住到華家去。他說，這樣的一個沒有了男人作支柱的家庭是很悲涼的，作為女婿，他理應擔當起這個去關心和照顧她們母女三人的責任的。他的表態和他的仗義行為令華太太和翠珍都十分感動。尤其是翠珍，她覺得丈夫真是待她太好了，他是如此主動地關心自己的娘家，況且還是在娘家最艱困的日子裡，想到這裡，不禁令她都有點熱淚盈眶的感覺了。

但母女倆都忽視了一個細節，那就是：海民入住華家的那些夜晚，往往都是翠媚不回家來睡覺的那同一些夜晚。她們從沒想到過其中會不會有些什麼必然的聯繫？

海民第一次進入翠華的房間，是在他第三或第四回住進那間沒有窗戶的箱子間後的有一夜。他借了個上夜廁的機會（那時，房管所已應華師傅單位的要求，在曬台上搭了個臨時的茅廁，專供那兩小間的居住者使用），溜進了翠華的房中。

在此前，他是作了相當仔細地勘測功夫的。首先，他要確定翠華的房門沒有上保險；其次，萬一被人撞見，他該如何辦？他會解釋說，翠媚不在家，他這個當姐夫的是不放心有病在身的翠華，所以才借上夜廁的機會去探視一下她。諸如此類的藉口，合不合理，叫不叫人信服，暫放一邊，反正，你半夜三更偷偷摸去一個女人的房中，對人對己都要有個說法。

但一切似乎都很順利。沒人瞧見不說，就連翠華，似乎都很接納他。

他先是站在了翠華的床邊，將熟睡中的翠華凝視了好長一會兒。之後，他才俯下身去，親吻了她的嘴唇。翠華醒來了，她望着海民。潔白的月光從窗戶裡照射進來，翠華的眸子在月光中一閃一閃的，幻若傳說中的睡夢仙子。海民卸下了身上的睡袍，鑽進了她的被窩裡。

他擁抱着她的時候，他聽見翠華叫他「薛強哥」。他說，不，我是海民。但她仍堅持叫喚他「薛強哥」。薛強哥就薛強哥吧，反正能幹那事就好。於是海民不再說什麼了，他開始了動作。應該說，海民在幹這事上的老練、體貼、溫柔和技巧，比起薛強的粗魯與暴力來講，那要強了不知多少倍；他非但沒讓翠華感到驚恐和抗拒，反倒讓翠華在她不長的一生中，體念了真正的性愛究竟是怎麼回事：性愛不是可怕的，性愛是美妙的。

事情就這樣地延續着。其間，也不是沒發生過什麼意外的情況。比如說有一次，華太太起身上夜廁，她好像見到有一條黑影在翠華的房門口一晃，便消失了。之後，她就聽的翠華的房門「咔嗒」一聲上了鎖。華太太起先也有些疑惑，但她想，會不會是她自己睡意惺忪地看花了眼？再說，翠華為什麼就沒有可能在她之前也出房來如廁呢？華太太算是個精明人了，但她也竟然會讓這麼重要的一條線索在她的眼皮底下溜滑過去。其實，我在這之前就已經說過：在那個年代裡，人們對政治的過度敏感，是以對任何所謂生活細節掉以輕心的代價換來的。

還有一次，翠華竟然神秘兮兮地分別告訴了翠珍與翠娟，說她很幸福，因為每當有月光的夜晚，天上就有人下來與她約會、相好。她把「聊齋」故事裡的情節都搬到了現實生活中來了。根本不會有人去理會她說的話，因為，她早已被診斷是個精神病患者了。

然而，終於又出事：翠華懷孕了。

翠華的臉色不對已經有二、三個月了。但家人對從來就是個病人的她始終就沒去太留意過。後來，她開始嘔吐，有時能吐出些東西來，有時沒有。華太太帶她去看腸胃科醫生——她壓根兒也想不到這裡邊還會有另一隻故事。在醫院回家的路上，華太太驚呆了：這是誰幹的呢？

翠珍和翠娟都被母親叫到了大房裡去，當然還有翠華本人。她向她的三個女兒宣佈了這個駭人聽聞的消息，並同時開始了對翠華的盤問。但翠華還是說：那是天上來人和她相好。無稽之談！什麼天上地上的，再追問下去，她才吞吞吐吐地說：這是「薛強哥」幹的。薛強？哪怎麼可能？他不在雲南嗎？他已去了好多年了，而且從未回來過。

到了此時，華太太才猛然想起了那個有月光的夜晚在翠華的房門口一晃而逝的人影。她的臉色立即轉成了煞白。她一把握住了翠珍的胳膊，將她拖到房門外面，隨手將門掩上了。

其實，翠華懷孕一事海民早已知道了——他畢竟是個過來人。他當然十分焦慮，但又苦於找不到一個既安全又不會招人耳目的墮胎方法。那天，也就是華家三母女在大房中商討此事的同一天，他認為他已做成了他想要做的事。他去拜訪了一位已隐居多年的老中醫，說明來意，並讓他開出了一帖萬無一失的墮胎秘方；接着，他又馬不停蹄地去「雷允上」中藥房抓了藥。他想，只需今天的一個晚上再加上明天的一個白天，萬事便告大吉了。他興沖沖地趕去華家，而他遇上的恰好是華太太與他的妻子翠珍在走廊裡神色凝重，密密商斟的一幕。

他一看翠珍的臉色就知道：沙煲穿底了。

他戰戰兢兢地走了過去，也忘了手中提着的正是那三帖墮胎藥。翠珍問他：

「這是什麼？」

他望瞭望自己手中的藥包：「這……」他說不出個名堂來。

但翠珍很鎮靜，向他說：「我們去小房裡談一談。」——她指的就是海民平時睡的那間箱子間。

但不一會兒，箱子間裡就傳出了「乒乒乓乓」的一陣摔打聲，摔打聲中還夾雜着罵聲和哭聲，十分響亮。坐在華太太的大房裡也能聽得一清二楚。翠華驚駭了，她望望母親又望望妹妹，渾身上下開始瑟瑟地發起抖來。而翠媚則站起了身來，她想去箱子間裡探個究竟。

唯華太太顯得十分鎮定，她一把抓住了小女兒的手，讓她坐下。接着，便扶着翠華離開了大房，她陪她回到了她自己的房裡。她告訴翠華說：

「沒什麼事。是你大姐和大姐夫倆口子在吵架，吵一會兒就好了——這不關你事。」

當華太太安頓好翠華，從小房裡走出來準備回去大房時，正逢海民也狼狽不堪地從箱子間裡鼠竄而出。他的嘴角流着血，平時梳得油光整齊的髮縷也散開了，有一咎頭髮垂留下來，遮擋住了他的一隻眼睛。他的一隻手捂在臉上，當他將他捂着的手掌移開時，華太太看見他的臉頰上有五條明顯的血紅色的掌印。

海民隨華太太一同回到了大房間裡。翠媚見到姐夫就站起身來，她用眼光睨着他，久久，才從齒縫間擠出了一聲卑蔑的「哼！」字來。說罷，她便拎着手袋獨自外出了——本來，這些就不關她的事。

海民與華太太在大房的沙發上面對面地坐下來。海民說：

「媽，我錯了。我做了我不該做的事。」

華太太並不作聲。

海民又說：「翠珍她打了我，還說要和我離婚，我……」

華太太仍不作聲。

半晌，海民再一次的開了口。他說：「我已經替翠華配來了幾服墮胎的中藥。現在也只有這樣了，您看呢——咦，藥呢？」他突然發現藥已經不知何時不見了蹤影。

這時候華太太才焦急起來：「什麼？你配了墮胎藥了？」

「啊——」

「藥呢？」

「剛才還在的，大概是留棄在箱子間裡了吧？」

華太太急忙從沙發上站起身來，直奔門口。海民也跟隨了上去，但她轉過了臉來，表情卻顯的有些和顏悅色的意思了。她說：

「海民，你別急，也別緊張。自家屋裡的事，再大，總可以找到解決的辦法的。我同翠珍談去，你就在這兒呆着吧，別跟過來了——噢？」

海民用感激的目光望着他的丈母娘。他的意念中莫名其妙地再現了二十多年前的一幕場景：他摸出了一隻扁扁的馬口鐵的煙盒來，取了一枝叼在唇上。而少婦時代的華太太正婷婷嫋嫋的走上前，擦亮了一根火柴，替他把煙點上。她白嫩的手掌張開在寒風裡，以防火柴不要給吹滅了。他不知道這事與那事有什麼關係？但他還是在大房的房門口站住了。

後來，華太太居然真還說服了翠珍。其實，她說服她女兒的理由很簡單也很樸素——簡單樸素得來都有點原始味了。在「家臭不可外揚」的大原則下，她還擺出了其他的理據：首先，海民是不像話，居然幹出此等事來，但木已成舟；再說，海民也已知錯認錯了。你還想拿他怎麼？即使你休了他，閹了他，甚至殺了他，結果也是無法改變的。再說了（這也是最重要的一點），翠華是你的親妹妹，而今後她完婚嫁人的可能性已經很低了。好在她與海民的這個孩子，怎麼說都還是我們華家的血脈，華家的骨肉，華家的種。看在你可憐的妹妹的面上，也看在你可憐的父親的面上；還有，看在懇求你的母親的面上，翠珍啊，你就忍了吧！讓孩子生下來，將孩子扯大成人。孩子既是翠華的也是你的。媽知道你的委屈你的痛苦，但這是唯一的一條，也是最好的一條問題的解決之道。你就聽一回媽，好嗎，翠珍？

這套在現代年青人聽來簡直是荒謬不堪的倫理和道德經所詮釋的，正是老一代婦女壓抑和忍受了幾千年後形成的一種人生觀。而翠珍，所處的生存時代恰恰是在老一代與新一代的交接層上。她也一樣地不可忍受，她也一樣地怒不可遏，但最後，她還是想通了，她默默地接受了母親的意思，也默默地接受了這個孩子。

孩子生下來了（墮胎藥在當天已被華太太扔進了垃圾箱裡去），想不到還是個兒子——從理論上來說，華家的薪火終於有了個傳承。在孩子父親的一欄裡填寫的姓名是：薛強。工作單位：雲南某軍墾農場。而孩子取名華海強。他跟了華家的姓，再說，取用翠華名字中的那個「華」字，也算是對他生母的一種紀念。至於「海」以及「強」的含意，當然不言也自明瞭了。

十

不幸的是：翠華終於還是無可救藥的瘋了，她被送入了精神病醫院。

在這之前，其實，她已生下了她的孩子，但她與她的孩子連一個夜晚的時間都沒能處滿，孩子在襁褓裡就被抱走了。理由是：父親遠在邊疆，而一個精神病患的母親是沒有能力來照顧自己的孩子的。當然，後來在孩子成長的各階段中，她都一直有見到過他。但她只是目光呆滯地望着他，她並不知道這就是她的親生孩子。而孩子呢？孩子只知道翠珍才是他的母親，他喚她作「華阿姨」。沒人會去告訴她真相：她聽不明白不說，反倒可能影響了孩子今後的身心成長和生活取態。不是因為他們母子兩人的親人們不愛他們——當然不是；而是因為愈愛他們，就要忍住，不能作半點透露。其實，要長年累月地忍受一個痛苦的真相不作透露的本身，就構成了一種殘忍：對於忍受者，而不是對於不知者。

但讓翠華徹底崩潰的原因還不是這人世間最大的悲哀：母子分離。事實上她已失去了能體念這種悲哀的能力；她甚至都不太清楚自已懷過孕，產過子，已做了一個真正的母親。儘管有時，她也會有母性本能流露的一刻。比如說，她會在華太太帶她去街心公園曬太陽，作散步時，表露出她對蹦跑和嘻笑中的稚童們的喜愛。她步履遲鈍地走上前去，但孩子們一見到她，就會大聲地叫喊道：「女瘋子抓人來了——快逃啊！」便一哄而散了。讓她一個人站在陽光燦爛的公園空地上，東望望西瞧瞧，目光一片惘然。

姊妹

有時，她不知從家中的哪裡找出了一件她少女時代穿過的舊毛衣來。她很有耐性地將毛衣一根線頭一根線頭地拆散了，再一針一針地打出了一套新的毛衣衫褲來（她從小就喜歡打毛衣，且以手工精湛受到她父母、姐妹和親友們的誇讚）。這是一套精緻可愛的啤啤衫褲，她把它們對稱地疊擺在床上，橫看看，豎看看，露出了癡迷的傻笑。每遇這種情形，在一旁的華太太和翠珍都會偷偷地掉過頭去，暗自淌淚。除了淌淚，她們還能做什麼呢？

令翠華終於崩潰的那「最後一根稻草」是：不知從何時起的圓月之夜，天上再沒有人來與她相會相好了。她整夜整夜地醒在床上，隔着玻璃望着窗外：窗外的夜色，窗外的月光。華太太是知道女兒的心思的。她叫翠媚去大房睡，由她自己來陪翠華。

母親的陪伴並不能減輕翠華的病症。半夜，她起身，一身白紗飄飄的睡袍，一肩披散的長髮，她兀自站立在房間的中央，活像個女鬼。華太太也害怕了，她也坐起了身來，叫喚道：

「翠華！翠華！聽媽的話，到床上睡去——噢？到床上……」

但女鬼卻指着窗外的某個方向叫了起來。她說：

「來了！他來了呀！——」

她一頭向窗戶撲了過去，撞在了玻璃上。玻璃碎了，而她，也頭破血流的倒在地上，昏厥了過去。翠華被送進了那間住於上海西南角龍華區的上海市精神病防治院，而從此，她再也沒能離開那裡。

到了翠媚被坐在麻將台上的母親喚去醫院探望她時，時間已經又流淌過去十多二十年了。現在的龍華區已不再是當年幽靜的、富有田園風情的龍華區了。精神病院四周圍的農田農舍都已被徵用和拆遷了，林立的高樓和環線公路網取而代之。整座醫院深陷在樓廈的叢林裡，宛若一片都市里的沼澤盆地。

不僅是環境變，人也變了。那時候的翠華已完全不是當年的翠華了：她滿頭的青絲都被一種灰白色覆蓋，人也瘦弱的幾乎連風都能將她吹動起來。她目光滯純，基本上已不認任何前來探望她的親人了。她與翠媚兩個處在一起，完全成了兩代人。不經介紹和解釋，幾乎無人相信她們是姐妹，而且還是當年曾睡在一間房裡的、年齡也差不了幾歲的姐妹。

其實，在翠媚之前，我們——我是指我與海民——都先後去探望過她。據說，她在見到我們這兩個男性訪客時的反應，要比見到常來探望她的母親、姐姐、外甥和外甥女時強烈些。人的有些記憶，即使是精神病患者的記憶，也是不可能完全和真正消失的。在一個特定環境的上下文中，它們仍會穿越厚厚的歲月以及失憶的冰層顯現出來。

就說我去的那一回吧。這是個陽光燦爛的日子，當時明亮的陽光正透過一長排的玻璃窗照射進病房裡來，翠華正逆光坐在了病床的床沿上。她的灰髮蓬散如鳥巢，映在這逆光的背景上有一種光暈的效果。我慢慢地走近過去，望着她那付憔悴如七、八十歲老人的模樣，不由得悲從中來，心痛的幾乎掉下淚來。

我呼她的名字，她緩緩地抬起了頭來，望定我——我不知道當時的那個年齡上我的臉在陽光的直接照射下，會在她的腦螢幕上顯現一種什麼樣的印象？還會有幾十年前的我的影子嗎？反正，我見到她呆滯而渙散的眼神有了點兒聚焦的意思了。我分明能感覺到這對曾經是忠厚、善良、真誠的眸子背後仍然隱藏着點什麼，但我說不清。她叫我了，她說：

「薛強哥。」

我告訴她，我不是薛強，我是誰。但她不點頭也不搖頭，仍是固執地叫喚我：

「薛強哥。」

我的如此經歷，海民也同樣遇到。這是海民親口告訴我的。海民說，當時，他就忍不住哭了，痛苦混合着內疚地哭了。他與她肩並肩地坐在床沿上，在過了二十多年之後的那一天，他再一次緊緊地摟抱住了她。他將他的臉伏在了她的穿着白條形病號衫的肩上，十分放肆地大哭了一場。其間，他只聽得她在他的耳邊，用一種飄渺如流失於太空中的聲音，不斷重復地呼喚着：

「薛強哥。薛強哥。薛強哥。」

好像在翠華的整部人生語彙辭典中，什麼都已漂白，留下的只有這三個字。三個字組成了一個人的名字，但更組成了要進入她那生命叢林之深部的一個難以解讀的密碼。

後來，薛強真的還是去看望了她。那是在翠媚被其麻將枱上的母親斥責後，去醫院探望過翠華一年之後的事了。那時候，我的那些青少年時代的朋友們基本上又都接上了頭，並開始了再一輪的中年人生後的重新往來：翠媚、薛強、我、翠珍、海民，甚至還包括了薛強的那位亭子間的畫家朋友。那位朋友早已從國企單位退了下來，如今在薛強開的那家飯店裡幫手搞些設計、佈置與管理一類的雜活，一方面解個悶兒，另一方面也能為拮据的老年生活增添些收入。

薛強是在華太太的要求之下去醫院探望翠華的。那一次，翠華已病得相當嚴重了。她先是流感，後又轉成了肺炎，高燒不退，而以其虛弱非常的體質，能抗過這一次病患的希望似乎很微。醫院方面已有好幾次發出過病危通知了。於是，華太太又親自出面，她來到薛強的飯店裡，找到了他。她說，到了今天這一步，你還不該去看望她一下？薛強說，好吧，我去。

但，怎麼知道，又出事了。

其實，所謂「出事」，或者也是個遲早問題。只是因了某種因素的緣故，令到本來就要發生的事提前以及突然來到了。

其實在那一天，翠華已經退了燒，吊滴管與氧氣管都已拔掉。虛弱之極了的她躺在病床上，醫院的印着淺紅色編號的白色寬大的被子：覆蓋着她的那一截小小的身軀，她已瘦成為一把柴骨了。冬日的陽光照進病房裡來，照在她那張蒼白如紙的臉上；還有窗外高樓的巨影也投射在白色的床單上，波波褶褶的，看上去像是趙無極畫的一幅畫意玄奧的非具像畫作。

此刻的翠華顯得很安靜——十分安靜。她呆滯的目光一動也不動地凝視着天花板上的某個方位，對周圍的一切動靜她都毫無反應。薛強向她走了過去，他的身後跟着華太太，翠珍和海民。華太太說，而翠珍與海民也都跟着一塊兒說道：

「你看誰來了，翠華？是薛強啊。薛強哥看你來了，翠華。」他們都盼望着：在他倆見面的那一刻或者會有奇跡發生。

而「奇跡」，終於發生了。

薛強輕輕地坐到了床沿上去。當薛強喚她「翠華！翠華！」時，她的臉循聲而轉動了過來。她望着他，渙散的眼神漸漸聚焦了，似乎，她在開始認人了。眼神間也同時出現了某種東西，但這不是欣喜，而是恐懼！恐懼一分一分地變深變濃，它們甚至都影響到了她的臉部表情了：她臉部的肌肉開始痛苦地扭曲、抽搐。

連坐在床沿邊上的薛強也感到有些恐惶了。他將一隻手伸進被窩裡去，他在被窩的黑暗中搜索着，希望能找到她的那雙手，然後再將它們緊緊握住。他希望能給她一些精神力量。

但就在這時，翠華「呼！」地一下，從被窩中抽身坐了起來，動作敏捷得像是一隻受了驚的兔子。唯她的那對驚恐萬狀的眼睛一刻也沒離開過薛強的面孔。她開始說話了，但只有一個字：

「不！不！不！！！」

這是她語彙辭典中，除了「薛強哥」之外，僅存的另一個單字。

她掀開被下床。這時的她完全變成了一個正常人了，非但正常，而且還是個體力異常充沛的正常人。

她迅速地將床單捲起，又將毛毯與被罩拆開。大家都不知道她要幹啥？在這期間，華太太企圖上前去阻止過她，但沒成功。僅是眨下眼的功夫，她已將床單和被罩都捲成了一大綑。大冬天，她披頭散髮，打着赤腳。她只穿了一套單薄的病號衫，她骨瘦如柴小小的身軀極不相稱地捧着一大綑床單去了病房的公共洗滌處。她將那一大堆的被罩都浸入水斗中，又去找肥皂。肥皂找到了，便開始了奮力地洗刷。

所有在場的人都慌了手腳，但誰也不敢去攔她。而事實上，誰也攔不住她。他們只能通知院方。不一會兒，醫生便帶着護士長一起趕到了。他們的手中拿着一枚粗大的針筒和電休克震盪儀。他們從後腰處將她一把抱住，一針扎進了她手臂的肌肉裡。

翠華抽搐了幾下，栽倒了。但在她倒下之前，據說，她的那對又開始渙散了的目光曾經在周圍的人群之中作過飛快的搜索。它們分別在兩個人的臉上作過停留：一個是她的母親，而另一個，則是薛強。

翠華被重新抬回到病床上躺下。她雙目緊閉，而且一回再也沒有能讓它們重新睜開。醫生經過了二十多分鐘的搶救，然後，他們又用電筒光束觀察了她的瞳孔，之後，便宣佈了她的死訊。這是件意料之外也是件意料之中的事。對於她的親人們來說，雖然悲傷但也無奈。

我是在幾天之後才得知這一消息的。我聽聞後的第一反應是：假如真有前世的話，薛強與她之間在那遙遠的另一世人生中究竟有過什麼樣的遭遇、過節和冤孽呢？——只有佛菩薩知道了。

十一

既然翠娟常來還常住上海，那麼，最終遇上薛強就是件遲早會發生的事了。因為，如今薛強開了家經營本邦特色菜的飯店，聞名上海灘。那兒也是台灣名人和富婆們的常聚處，天時地理人和都決定了：他倆將在那生命的尾章中再遇，重續前緣。在翠娟與薛強正式恢復關係的好多年前，其實，我與薛強間的來往已有很長一段時間了。之所以一直沒涉及翠娟這個主題，一是我不想說，二是薛強也回避問——儘管他明白，我完全有可能是知曉相當多有關翠娟的生活近況的。

還有一點。那就是：比起翠娟來，我要早了好多年回歸改革開放後的上海。當翠娟還在台北被王志雄的情婦和私生子們搞得焦頭爛額時，我已常回到上海來悠哉悠轉了。

那是在上世紀九十年代中期的事了。上海比起我在文革剛結束不久離開的那會兒改變了許多許多，變得幾乎就讓我這個生於斯長於斯的「老上海」都無法認出她的面貌來了。我像着了魔似的，一有機會就往上海跑。在這塊我曾丟失了無數青春記憶的土地上，那些幾十年前的生活細節突然之間就會在高樓與高樓的擠壓間，或在那一塊塊還沒來得及完成舊城區改造的人行道的街磚的縫隙間，說冒出來就冒了出來。它們就像是高速電影攝技中的綠藤植物，「嗞嗞嚓嚓」就長大長粗長成了，並很快地將你全身纏了個滿枝滿葉，還開出了一朵又一朵的記憶之花，讓你一個人站在今日的車水馬龍的上海大街上看着想着就楞了傻了，不知道自己是生活在來世呢還是今生？

能喚醒年青時代記憶的另一妙法就是品嚐正宗的老上海菜餚。唯這一條，在今日的上海似乎已經不太容易做到了。如今流行的新海派菜菜譜，綜合了粵、川、閩、淮、京，乃至西菜的各種口味，搞得有點不倫不類。至少，讓我們這些專程回上海來打算懷舊一番的「土（洋）包子」們感覺失望。

正是為了滿足我的這種病態式的緬懷情緒，有朋友才向我介紹了一家叫作「上海爺叔」的純正滬式傳菜館。我一聽店名，就來了興趣：這種店名不是個老上海休想能起出來的。

於是，我便去「上海爺叔」。飯店位於富民路長樂路口的一條弄堂裡。一幢三上三下的新里住宅，被改造修繕得有品有味。小小的屋院滿植金絲草皮；我從精緻鋪砌的碎石小徑上一路踩過去，進入了一間在設計藝術上極有構思的店堂裡。我所謂的藝術構思是指其現代中帶懷舊，抽象中蘊古典；西洋的文化細節碰撞在中華文化的大背景上，顯得別致而協調。

我在店堂中一站，環顧，就感覺這不會是一般商家的手筆。我說：

「原來上海還有此等世外桃園啊。」

帶我來的朋友便笑我少見多怪。他說，今日的上海，你沒有去過，甚至連想都想像不到的地方多的是呢。當然，在它們之中，「上海爺叔」也算得上是一家佼佼者，其名氣已遠揚海外。你老兄是孤陋寡聞哪。我說：

「是的，是的。我孤陋寡聞，我孤陋寡聞。」

就在心中好奇：這家飯店的設計者和老板是誰呢？一定不是個平庸之輩——只是直到此一刻，我仍毫不知情原來它的擁有者就是誰。

其實，在我踏進飯店的第一刻，薛強已經見到我了。後來，他很自信地向我宣佈說：

「我知道你總有一天會到這裡來的。」

我問：為什麼？他沒正面回答我，反而還進一步發揮道：

「我知道，我們青年時代的朋友，只要劫後餘生，現在還能活在這個世界上的，總有一天都會到這裡來——包括翠媚。」

他沒解釋他有此立論的理據是什麼，但我相信：這不是什麼理據，這只是一種預感。

薛強從開放式包廂的帷簾後走出來。帷簾是厚天鵝絨的，華貴的紫紅色，金穗的流蘇將它們像舞台幕布一樣掠向兩邊。他徑直向我走來。當我留意到有一位肥頭胖耳、穿中式唐裝的傢伙正笑吟吟地向我走來時，他已幾乎快走到我跟前了。我凝望着他，感覺其臉型與五官好像在哪裡見過？而他，已經向我伸出手來了，並喚了一聲我的名字。他說道：

「你還不是那個模樣？只不過什麼都老了一圈——你不認識我了？」

我說：「……」

我說不出什麼來。

他於是便笑了，說道：「我知道你在想什麼。恍若隔世，恍若隔世哪！——是嗎？但有一點，你可以肯定！」他笑得更兇更猛更放肆了，「我不是鬼，我是人。我還活着，我還是以前的我，我的名字叫薛強。」

經他這麼一說，大家反倒很輕鬆了，並互相望着對方，笑開了懷。他說，這頓飯理應由他來請我吃，而我也沒推。我倆雙雙在臨窗的一個雙人雅座裡坐了下來。於是，便接上了我在前幾章裡曾經提到過的喝「上善如水」牌清酒那一幕情景了。

薛強告訴我，當年在上海有關他的一切傳聞都是正確的，都沒錯。錯誤只有一條，那就是：他們誰都不知道，也不可能知道，其後發生在他身上的一切。這是一隻離奇的故事。

那個冬日的清晨，冷風嗖嗖。他從監房中被押解了出來，綁赴刑場，執行槍決。同時被綁赴刑場的還有其他六、七個人。大家都面朝土堆，跪成了一排，等待處決的槍聲響起。

（他說到此，我真想插嘴問他，他當時的真實感受是什麼？這是踏入地獄前的人生的最後一站，列車啟動了，你在想些什麼？但我見他一臉對此事毫不感興趣，也毫不在乎的樣子，他只是想將他的故事繼續說下去。於是，我便收住口，不問了。）

槍聲響了，他閉上了眼睛。他只是尋思着，待他重新睜開眼來的世界會是個什麼樣的世界？過了很長一會，他才將自己的眼睛慢慢地睜了開來。但他見到的還是那座與他面面相對的黃土堆。而冬日的晨陽仍在頭頂之上明晃晃地照耀着。他想伸出手來揉一揉眼睛，他想看真一點，或，狠狠地掐自己一把，看看自己還有沒有痛苦的反應？但他做不到，他發覺自己仍然是跪着的，而且雙手被銬在了背後，根本無法動彈。

他轉過臉去望了望，才見到與他一同受刑的那六七個人都已倒成了一排，作嘴啃泥狀，唯他一個人還直挺挺地跪在那兒。一個軍人走上前來。他將他的頭髮一把向後揪去，他要查看一下掛在薛強胸前的那塊死刑犯的編號牌。

後來，他又重新被從刑場帶回，回到了他的監房裡。唯一的改變是：他胸前的刑牌被換掉了，換成印有另一個編號的另一塊行刑牌。當新的刑牌從他的頸脖上串掛下來的時候，他見到牌面上沾滿了泥土和鮮血。他被告知：從此之後，你不再姓薛了，你改姓熊了。

「叫熊志新。記清楚了嗎？熊——志——新！一頭熊的『熊』，志氣的『志』，新舊的『新』！」那軍人在囚車裡聲嚴色厲地向他宣佈道，「從今往後，你再夠膽說自己是薛強的話，就立即將你帶來此地，就地正法！」

就這樣，他變成了「熊志新」。待他重新做回薛強時，時光已流去了整整十五年了，中國社會也從一個時代進入了另一個時代，而他，也從雲南回到了上海。

這隻故事當然離奇，但說穿了，也就無所謂離不離奇了，剩下的只有對那個荒唐時代的哀鳴與感慨。

原來，在那天被處決的人的名單中，薛強毫無疑問是名列其中的，唯有一個叫熊志新的，是法場的陪綁者。熊志新是個政治犯，他們決定押他到刑場去「見識見識場面」，「尿一尿褲子」其目的是為能讓他迅速老實地交代自己的問題。但想不到就點亂了鴛鴦譜，將人直接從監獄送往了地獄。其實，這種事發生在一個天高皇帝遠的偏遠地區，又是在文革的混亂年代裡，要蓋要瞞的話，是完全不會有人來過問的。但畢竟，這是件人命關天的大事，故而出此下策，令薛強頂替熊某，一頂就頂了十五年。

「就這麼神差鬼使地，他們錯殺了一頭熊，卻保住了我的這條『狗命』（薛強語。他戲稱自己是屬狗的，狗能活成命，不是「狗命」，是什麼？）。」

薛強邊笑邊講，邊將嘴中的古巴雪茄玩成了一小環一小環的煙圈，吐向空中。

「能活着就好辦。今後的一切不都『事在人為』了嗎？」

那一回，我與薛強雖然談了很久，但畢竟是久別後的重逢，不可能談得太深入。後來，我又有好幾回去了「上海爺叔」（自從第一回去過後，我就迷上了那裡。當然，後來都由我自己掏錢了，我不可能老讓薛強來請客，他開門不也是為了做生意？），與薛強見面的機會因而就增多，而我心中的那些陳年疑問也在與他的多次談話中逐步逐步被解開了。

比方說，他的強姦以及搶劫未遂案總歸是事實吧。當然，被判處死刑是重了些，這是那個年代發生的事，什麼都可以理解。然而，像完全沒了那回事，逍遙法外，畢竟還是有點不可思議。但他告訴我說，現在已無所謂思不思議了，他已完全沒事了，他已獲徹底平反。在那次全國性的平反大潮中，司法機關還了他一個清白之身。不信？不信他可以出示那張雲南省中級人民法院的平反書來給我過目。我笑道，不必了，不必了。我哪有不信之理？

事情的經過是這樣的：為他清白作證的與當年指證他犯罪的是同一個人。因為只有如此，司法機關才有撤訴的可能——解鈴還需繫鈴人嘛。

所謂同一個人，就是當年的那位在場部宣傳處工作的漂亮女孩。女孩現在已變成了一個失業兼失婚的中年婦女了。她挺身而出，徹底否定了她當年自己提供的所有指控細節。她說，她是因為這般如此才說了謊的——那是個荒唐的年代，這點誰都明白。什麼人什麼事都可能幹出來，什麼人什麼話也都可能說出來，這沒啥奇怪，這是時代逼你去做的。法官要她對着莊嚴的國徽與憲法宣誓，她也都一一照做。當然，在這事的背後，薛強的花費也是不少的（但對於今日的他來說，這只是小菜一碟）。包括：金錢、時間、關係、精力，還有：「精子」。他笑着告訴我說，後來那女人成了經常光顧他睡房與睡床的多名女性中的一位了。而且每一回，他都讓她收益頗豐。

有一回，他倆在幹完了那事後，女人閃着不解的眼神問他：當年，他在田埂上佔有了她之後，為什麼還要回頭來搶她的手錶呢？他是個好色之徒，這是件明擺的事；但他也是個貪財的人嗎？她看他不像。（那女人的疑問其實也是我的）他說，他是為了繳付那馬幫的錢，他想去緬甸打游擊。那女人又問，當時周圍根本就沒人，她叫喊是為保住那隻手錶不被搶，她並不想加害於他。他反問她有沒有讀過英國大文豪迪更斯的《雙城記》？她說沒有。他說，書中的那位男主角為了他所愛的那個女人，竟然甘願代那女人所愛的另一個男人去受刑而死！你知道，這是一種什麼樣的心理嗎？與那男主角相比，他又算得了什麼？再說，事情確實也是他幹的。他停了停，也想了想。他說，在上海，他還幹過一樁更荒唐的事，這事更令他甘願去受罰。如此種種，長年累月地形成了他的一種精神重軛。從某種意義上來說，他渴望的是一種解脫。

但女人說，她聽不懂他的解釋。他說，不懂就不懂吧，不必去弄懂它（其實，他的解釋也沒能讓我釋疑。但我不敢吱聲，我怕他笑話我——他既然會笑話那女人淺薄，他也一樣會笑話我淺薄的）。他一把將她摟了過來，又壓了上去。他說，當年是田埂與野風，如今變成了席夢思與空調，難道你還不滿足？那女人笑得「咯咯」地響，她在他的身子底下顛簸得一浪一浪的。她撒嬌道：

「不滿足，不滿足，就是不滿足！——人家還想再要多一回嘛……」

他問我：「你想，要這樣一個女人去對着莊嚴的國徽作什麼樣的宣誓她會不肯？」

薛強的話讓我無話可說。

還有一次，他不知怎麼地又來了興致，再次請我去喝清酒。他不無感慨地對我說，現在他什麼都有了：金錢、女人、事業、名氣、地位；但，這樣的活着還叫活着嗎？這樣的活着還有什麼意思呢？我瞪大了一雙驚異的眼睛望着他，我用眼神來告訴他：你叫我如何來作答？

姊妹

其實，他無須我作答——可能，他知道，我也無法作答。他說此話的原因是希望能引出另一個主題來。他說：

「我常常自己問自己：比起過往的歲月，你該滿足了吧，薛強？但我想來想去，總感覺缺乏了點什麼。是什麼呢？」

他望定我，希望我接口。但我沒有。我知道他想說什麼，但他想說的正是我不想談的。而他堅持了一會兒，終於還是放棄了。

又過了若干月，他又將我請去。當然又是雅座，又是「上善如水」牌的清酒，又是跪地倒酒的女侍應。這次他單刀直入，說，他已見到翠媚了。

「我不說過，我遲早都要見到你們所有的人的？」

我說：「是嗎，那好哇。」

他見我望着他的臉並不顯現出什麼太大的反應——至少，那種反應比他預料中的要小得多。這讓他多少有點兒詫異。他說，不老，不老，翠媚一點兒也不老。事實上，翠媚還是那麼漂亮，而且漂亮得來比從前更有一種韻味，一種美不可言的滄桑感，這很令人陶醉。他又問我：想不想大家再聚一聚呢——他、我以及翠媚？但我的回答是：

「不必了吧。」

儘管我在這個談題上顯示出了出奇的冷淡，但他還是耐不住地要將他的那份「熱情」輸送給我。因為如此「熱情」除了向我——這麼一個她與他青年時代的共同朋友——透露之外，他似乎也找不到第二個人。於是，我的免費清酒又喝多了幾回。

這兒，我還想提出的一個人，就是薛強的那位畫家朋友，也就是當年告訴我「一顆子彈崩進了薛強的腦殼，他還能不死？」的那個人。他常用給我打電話，或當我到「上海爺叔」吃飯時，拉我去到廳房一角的方式，向我傳遞了不少所謂的「路透社」消息。其中的一則是：薛強又去向他要那把亭子間的鑰匙了。他說，其實，那地方已破爛不堪，長年上鎖，已無法再住人啦。而且最近，正等待遷拆呢。但薛強說：

「那沒關係的。我只想問你一句：裡面有床沒有？」

「床倒是有一張，只是長年不用……」

「山不在高，有龍則靈；房不在破，有床就行。」

薛強說了聲「謝謝」，便取走了鑰匙。

在此之前，其實，我已風聲雨聲地聽聞：他倆又各自搬出了那套老花樣，玩上了。薛強故意讓翠媚見識了他的一個又一個年青漂亮的女友；她也不示弱，每回去到「上海爺叔」吃飯，都不忘牽多一條不同型類的「小狼狗」來亮一亮相。如此幾個心理戰的會合下來，雙方都有些吃不消了。人到了這個年齡，是你先提還是我先提，都已無關重要。反正，沒過多久，就有了向亭子間畫家朋友借鑰匙的那一幕戲了。而一場國際級數的對抗賽（翠媚代表「八國聯軍」，而薛強則是土生土長的「本地軍團」）也隨之展開。那一回，他倆樓板「磯嘎」床板「磯嘎」地戰鬥了一夜。一夜下來，雙方都有點英雄重識英雄之感了。薛強對她的評價是：翠媚畢竟是翠媚，其魅力和熱力不把你在床上給熔化掉了才怪。而翠媚對男選手的評價更直接也更感性，歸納起來有二：1、強哥了不得，強哥之勇毫不減當年。他，也只有他，才讓她又重溫了青年時代的所謂「欲死欲仙」是個啥滋味。2、薑，說什麼還是老的辣，老的有味。

（當然，有關此事的結論之中難免會摻和了一些其他的感情與感受因素，這是一種讓記憶給放大了的虛幻成份。這有點像我等老希望來上海嚐一嚐所謂「正宗滬菜」的味道的理兒是一致的：味在其次，想懷舊一番倒是真的。）

當然，有了如此共識就好辦了，也有了雙邊會談的基礎了。薛強接下來說服翠媚的步驟是漸進式的：由淺到深，由表及裡，由情達意；而且，也是由微見宏的。他說，如果我倆真能長廂斯守的話，我們不又重圓了我倆青年時代的那個夢了？人生不就是一場夢嗎？你想，你經歷了這麼多，我也經歷了那麼多，我們各自分道揚鑣，去行兩個不同方向上的人生半圓，到頭來，想不到這兩個半圓又能準確準時準點地交合，這不是圓滿是什麼？又說，人生的最高界是什麼？首尾呼應才是人生的最高境界啊！

但薛強說，要達此境界的路徑只有一條。翠媚問：什麼途徑？薛強答曰：那只有翠媚願意徹底放棄了在台北的一切而搬回上海來住。他想用她從台北帶回來的錢再開多幾家「上海爺叔」：同樣的設計，同樣的色調，同樣的風格，同樣的規模，同樣的菜譜。他倆可以合作來搞他個人人都羨慕個個都眼紅的「夫妻檔」，把連鎖店開到香港的銅鑼灣去，開到台北的忠孝東路四段去，開到東京的銀座去，開到紐約曼哈頓的第五街上去！——唯去得再遠，他們都還得回來，回到上海來。因為，他們是離不開上海的，上海非但是他們公司的總部，也是他倆的故鄉，他倆的根。

當然還有，還有他計劃要在浦東陸家嘴的「世茂濱江花園」買下一層複式的巨宅。每晚，他倆可以俯瞰着彩光迷幻的黃浦江，以及對岸整片的外灘全景瘋狂地作愛！他們要如此來享受完他們的一生！而這一切的一切，豈不美哉？

這，便是薛強向翠媚勾勒出來的一幅他倆的未來藍圖。藍圖當然很美妙很童話很一千零一夜。而狐狸般的翠媚，即使再狡猾，這回也不知不覺地落入了好獵手薛強的那杆獵槍的準星之中去了。

十二

翠媚是在他倆談完話的第二天一大早就趕回台北去了。她那迫不及待的神情與態度告訴薛強：他的那篇言情並茂的演說辭終於奏效了。

兩個月後的一個晚上，薛強接到了她用全球通手機打來的電話（他一看手機的顯示幕，就知道這是她的電話了——而他等這個電話已等了長長的六十天了。他堅信，事情不會有變卦）。果然，她在電話裡興奮地告訴薛強說，她已辦妥了一切：台北的產業以及股票已全部賣出，現金已換成了香港滙豐銀行的本票，本票由她隨身帶着。她將搭乘X月X日的華航412號班機從台北起飛，經香港飛抵上海。通話結束前，她還對着手機的發話端「嘖嘖嘖」地親吻個不停，好像電波也能將她嘴唇上的那股氣息傳到上海來似的。她說，她好想他喔，兩個月了，她快熬不住快憋不住啦。但不要緊，再過幾天後的現在，他們不又在一起了嗎？她要薛強去把那間亭子間的鑰匙拿來。她說，她並不稀罕什麼「世茂濱江」之類的豪宅，她就留戀那亭子間的歲月！她要求薛強再去搞一幅白被單布來遮蓋在牆上，恰似他倆畫人體素描的那會。

薛強一一答應。但人算不如天算。

X月X日。薛強的「別克」車在浦東新機場的出口處等了差不多有一整天了，然而，他就始終沒能見到翠媚的身影，在那一長排玻璃自動門的任何一扇間出現。他有些耐不住了，只能讓司機看着車，自己則挺着個發了福的大肚腩去到機場大堂裡去轉轉。他在「到達航班」的液晶顯示板上找華航412號班機，但找不着。去詢問處一問才知道：原來滬台兩地是不能直航的。所謂「華航412號班機」的香港轉駁機是港龍303號班機。機場職員指點他說，你只要找到港龍303，就對了。華航機上所有的赴大陸乘客都在那架機上。

他於是又信心十足地回到了液晶顯示牌前。港龍303找到了。但在「入港狀態」一欄中打着的字樣是：班機延誤。他呆呆地在那塊顯示板前站了一會兒，他發現顯示板開始翻動了。而他的心臟也隨之一陣緊跳，就希望能見到他希望見到的字樣。但不是，這會兒的顯示板只是全換成英文的了，而「班機延誤」也變為DELAY。他左右環顧着，他也不知道他想找誰或想做些什麼？接機大堂裡人進人出。銀灰的色調，高聳的拱頂，柔和的光線，令這座上海的標誌性建築充滿了現代氣息。而舒緩甜美的廣播女聲不斷地響起，播報着航機抵達的狀況：一會兒說中文，一會又說英文，反復、反復、又反復。但所有這一切只是令他心煩不已，他不知道自己今天怎麼啦？他的思維在哪兒卡軸了？

他沒法，只得重新回到「別克」車中去等。等了一會再來，還是「延誤」，還是DELAY；再等，再「延誤」，再DELAY；再再等，再再「延誤」，再再「DELAY」。時間已近半夜了，他心中突然就升起了一片不祥的預感陰雲。在他的迄今為止的一生中，這還是從沒發生過的現象。甚至在那個冬日的清晨，當他跪對着那排土堆時，他的心中也不曾如此慌張過。現在，當他用一種怨恨交加的目光注視着新機場的那排燈光輝煌的玻璃趟門時，他感覺自己不叫薛強了，他又變回了那個叫「熊志新」的冒名頂替者了。他覺得有一股寒流從他的脊樑上淌下來。整個人就像是一把散了架的椅子，別說坐人上來了，就是沒人坐上來，自個兒也會崩塌下去。

看來，再等也不會有什麼意義了，他決定先回家去。

他回到了家中，但精神恍惚得可怕。他打開了電視機，是香港鳳凰台的午夜新聞播報：從台北中正機場起飛的華航 412 號班機，起飛二十分鐘後即從雷達光屏中消失。現已查明：飛機已墜入台海水域，機上二百四十二位乘客以及機組人員估計全部罹難……

薛強先是不信自己的眼睛，揉一揉，再看（別忘了：每當感覺不真實時，他就有揉眼睛的習慣）：是鳳凰台，是新聞播報，是空難事件，是華航 412 號班機——全是！

然而就在下一刻，薛強全信了：因為他那與空難事件幾乎同步的預感早已告訴了他：這是真的。他一下子癱軟在了沙發中，自言自語道：

「命哪，那都是命！——」

我是在兩天後才聽說這一消息的。其實，華航空難，這對全球華人來說，都不能不算是一樁驚天大新聞。我自然對此也就十二分地留意起來。再說了，接踵而來的還有不少謠傳：一說是恐怖襲擊，惹得美國的反恐部門也派了人員前來介入調查。二說是中共特工所為，這點上的無稽與荒唐是不言而喻的：再笨的一個大國政府也不會幹出此等傻事——你以為時代還停留在火燒國會大廈那會兒？當然，最後證明是波音機的機件斷裂而起的禍。那些天的電視新聞都讓對這一事件的追蹤報道給佔滿了。畫面上反復地出現了台灣軍方直升機，在失事現場打撈失事飛機殘骸的畫面。方圓幾十平方公里的海面上漂浮着一些零零碎碎的遺物。但播報人員說，黑匣還是沒能找到：黑匣當然是很難找到的，在水深幾千米的海底，找一隻小小的黑匣，談何容易！

但黑匣終於還是給找到了。這也是打開機軸金屬疲勞斷裂之謎的理據。當那根斷成了兩截的引擎主軸被打撈上來時，電視說，在半截機艙裡同時發現了幾十具完整的乘客屍體！只是打撈成本太高，只能暫緩打撈進程，云云。

我萬萬想不到的是：這樁驚天慘劇竟然會與我的兩位朋友：薛強和翠媚扯上關係！而那幾十具還留存在機艙裡的屍體的其中一具，完全有可能是翠媚的！但我的那位原畫家朋友卻在電話線的那端告訴我說：

「真的，這是真的！」

我立馬趕去了「上海爺叔」。但我沒見着薛強。他把自己鎖在房裡，拒見一切人，也拒聽一切電話。

其實，就在這段期間內，又發生了一段令人費解的離奇的情節。這是後來薛強親口告訴我的——儘管至今為止，我對此事的真實過程仍深表懷疑。我認為，這很可能是薛強在遭受了一次巨大的心理衝擊後，產生的某種精神幻覺。那是在一個禮拜後的事了。薛強終於完成了他的自我禁閉，在他的房中接見了我。他虛弱的半躺半坐在沙發裡，臉色蒼白，人也明顯地瘦了一大圈。他按開了手機的來電顯示幕讓我驗證。他說：

「那最上面的一條不就是翠媚的全球通手機號碼？我太熟悉這個號碼了，熟悉到它的每一個數字排列，我都能像哼一段旋律般地將它唱出來。」

姊妹

華航事件發生後的第二天的午夜時分，他的那隻早已關閉了電源的手機突然唱起曲調來了。他拿起手機來一看，電源已自動打開，而顯示的來電正是這個號碼！他說，他當時的感覺不是驚恐也不是害怕，而是有點像是在做夢——從前的夢，現在的夢，未來的夢。

他按下了通話鍵，對方是一把模糊不清的、沙沙的女聲。女聲有點語焉不詳，但其話意的大概是說：她感覺冷——很冷，很冷。這裡是一個太冷太冷的世界了。他對着話筒拼命地喊叫：

「翠媚！翠媚！你是翠媚嗎？！你現在在哪裡啊？你……」

但女聲並不回答他，而是逕自往下說去。它說，她渴望溫暖，渴望那種在被窩裡被人緊緊擁抱着的溫暖……

躺在沙發裡的薛強在敘述此事時，顯得異常地虛弱。他的眼光漸漸地暗淡下去，再暗淡下去，最後，他完全閉上了眼睛，喃喃地說道：

「女人心，海底針。此是也……」

就在我去探訪了他幾天之後，薛強便死了。這回，又是那位畫家朋友打來電話報的喪。他說，是心肌梗死，救去醫院時已沒氣了。

我聞訊驚訝得都快說不出話來了。我說，哪那能呢？我在前兩天還見過他。你不會又……但這次，我不得不信了。因為，我親自去龍華火葬場參加了他的追悼會。

靈堂中央並排掛着薛強的兩幅放大照（這種情形在追悼儀式上一般很少見）。據說是根據了他生前的某條遺願來辦理的。一張是黑白照，上世紀70年代初的他，就是那個削瘦留長髮的薛強，眼光目空一切。另一幅是彩色的，是當老板時的他，肥頭胖耳笑眯眯的，穿着那件「壽」字唐裝的他，目光則是通達世事的。

兩個完全不同的人，但他們的名字都叫「薛強」。

我去他的靈前鞠了三鞠躬，再繞躺在有機玻璃蓋盒中的他走了一圈。他人是瘦了許多，髮根鬚根也都沒有能修剪得很乾淨。唯他留在了這人世間的最後的表情還算平靜，這多少給予了我，他的一位多個人生階段中的朋友，某種曖昧的寬慰感。

尾聲

一個晴朗的星期日下午，海民、翠珍一家三口上街去。我之所以說他們「一家三口」，是因為海民和翠珍生的那對雙胞胎兄妹都已成功出國了。前幾年，他們夫妻倆為此事還真忙乎了好大一陣子。後來，還

姊妹

是通過了海民同父異母姐姐的關係，搞了張經濟擔保以及加州某大學的獎學金學額去了美國唸碩博學位。到如今，已都快要畢業了。孩子一離開身邊，便有了他們自己關心的世界，平時除了打幾個長途回來問候一下在上海的父母和外婆還都好否之外，要叫呼是不可能隨時有應答的。倒是翠華生的那個海強，長年陪伴在父母的身邊，讓海民夫婦的老年生活還不至於感到那麼孤寂。

海強如今已二十出頭了，正是1948、49年底開香檳「雪佛蘭」車的海民年紀。他身材高瘦，體魄也強健。柔軟而光滑的長髮披蓋在頭上。他的五官長得像海民，膚質則承傳了華家姐妹的特色：細白而光滑。夏天穿短袖，假如不是他臂膀上凹凸的粟塊肌肉，乍一看，他都有點兒女性化了。他在一家專科學院畢業之後，就去了一家外資的電腦軟體發展公司工作。假日及業餘的時間，他則喜愛運動：游泳、乒乓、網球、單車越野，都是他喜愛的項目，而且樣樣他都玩得似模似樣。

他是個任何人見了都會心生歡喜的、朝氣蓬勃的年青人。

海強性格之中的一個最大好處就是脾氣溫和，孝順父母，還不僅對父母，對外婆，他都一樣很孝順。或許他感覺到些什麼了，他感覺到外婆對他的溺愛之中還隱隱地包含着某種別樣的東西。平日下了班，他從不到那些如今市面上開得到處都是的娛樂場所去瘋進瘋出，他就到外婆家去。外婆的家務事都有傭人包辦，用不到他幫手。他只是去到那裡，坐在沙發上陪外婆聊聊天。他知道，能與他面對面地坐着聊天便是進入了暮年的外婆最喜歡做的一件事，也是最能為她帶來欣慰的一件事。（當然還有打麻將，外婆也很喜愛。

但打麻將畢竟是娛樂，這是不能與和她外孫間的那種隔代愛之溝通相提並論的。）

還有，每年的清明和重陽，他都不會忘記到他「華姨媽」的墳上去上香、供果、獻花兼掃墓。因為這是他父母，也是他的外婆千叮萬囑他的事，他一定會去做的。

海強的這種性格在年青一代中已是個異數。其實，也沒人教他一定要如何如何做，他只是在心中長出了某種感覺來。他渴望與他家人親近的感情之中帶着一股小小的病態式的衝動：仿佛他想抓住些什麼，又想能彌補些什麼。他表達不清這種感覺（他也從沒想過要去表達），這種感覺是：他是這世界上最幸福，也是最可憐的孩子。

那個星期天的下午，他們一家三口就是從外婆家出來，走在了鳳陽路上。又是一個滿地飄落着黃葉的深秋季了。但因為是在晌午，陽光又很好，所以空氣之中毫無寒意，反倒能呼吸到一種初秋時節天高氣爽的氣息。翠珍讓海強去對街的一家小小的私人照相館翻拍一幅黑白照片。黑白照片是上個世紀五十年代中，用老式的「蔡司」相機拍攝的。華家全家人都站在了「華福記」車行的門口：高大粗壯的父親站在最靠邊，他似乎剛在店堂裡幹完活被人叫出來的。他的身上還圍着那件油漬斑烏的工作兜，但他以一臉和藹可親的笑容望着鏡頭。苗條白皙的母親居中，她的懷中抱着正處於哺乳期的翠娟。她的邊上站着亭亭玉立、已顯現出少女樣的翠珍。翠珍的一條臂膀搭在她妹妹翠華的肩上。那時候的翠華約莫五、六歲。照片的背景是黑洞洞的店堂，但在黑暗之中，又有一斑亮點在閃爍，翠珍知道：這是「千斤鼎」操作台上的那隻不銹鋼搖手柄的反光。

翠珍最喜歡這張老照片了，她已將它珍藏了半個多世紀。她不喜歡現在的這些色彩豔麗的彩照，她覺得它們看多了沒啥韻味。然而，這張 120 的方照實在又是太小了，而且相紙也已變黃變脆。她想叫海強去把它整修一下，再放張大號的，以方便戴上了老花鏡的她，在有興致的時候，可以仔細地辨味辨味照片之中的人物與場景中的許多細節。這是張她永遠也看不厭、琢磨不完的相片。

海強年青矯健的身影越街而去了。翠珍向海民說：

「真想不到我們還鬧了個這麼聽話的兒子。」

從某種方面來說，她甚至比海民還喜歡海強。

海民賊脫嘻嘻地望着他的太太，不語。翠珍說：「幹啥？」

海民道：「你不是想謝謝我吧？」

這一下子，翠珍的臉就板了起來，並起了些憤怒的紅暈。海民立刻慌了手腳，忙連聲不迭地致歉，說他自己不是人，是畜牲。多虧了老婆大人和丈母娘的寬洪大量，他才有了今天。又討好地拉着妻子的臂膀說：

「我們走那邊，走那邊。那邊的路好走。」

翠珍任他拖着臂膀朝前走去。來到了一條窄窄的弄堂口前，他倆站住了。這一帶的鳳陽路，是舊式房屋保存最多最密的地段，連人行道上的大方塊的水門汀街板也是大半個世紀之前留下的。水泥板寬大的隙縫間留存着黑色的泥塵。泥塵枝枝丫丫地又開了去，彷彿是大地的脈管。海民說：

「不就在這兒麼？」

「什麼就在這兒？」

翠珍的面孔還板在那裡。

「五十多年前的一個冬日的上午，有一個邋邋遢遢的穿開襠棉褲的小女孩就是從這條弄堂裡奔出來，然後就在這裡隨地一蹲，撒了一泡長尿之後，連屁股也不擦一擦，就迫不及待地跑回弄堂裡去找『阿六頭』玩『造房子』的遊戲去了。」

翠珍聞言，先是驚奇地站在那兒望着她的丈夫，完全怔住了；但就一會工夫，她便「噗喇」一聲地笑了出來。她捏起了一個拳頭來，佯裝憤怒地朝海民的臂膀上打去。說道：

「儂這個壞蛋！我當初是瞎了眼，錯嫁你了！」

這時，海強已辦完事，從馬路對面走了過來。他平時很少見到父母兩人會用這樣的動作表情與方式來開玩笑的，他問：

「爸、媽，這是怎麼啦？」

「沒什麼，」父母兩人幾乎同時回答道。

隨後，母親又加多了一句：「那，我們就走吧。」

姊妹

於是，他們便一同朝前走去。讓這二十一世紀初的上海的秋陽以及滿地枯黃的落葉，望着這個三口之家有說有笑的背影，消失在了鳳陽路新昌路的拐角處。

2006年10月31日
於上海西康公寓

MOTOR WORKSHOP

車行

——劇本小說

今天是明天的昨天
當下是將來的過去
——作者

MOTOR WORKSHOP

車行

作品緣起

《姐妹》是我所寫中篇中最長的一部。動工於十一年前（即2005年）的仲春，脫稿於同年的初夏，期間跨度也就兩個來月的工夫。完全不同於許多作家們的「十年磨一劍」之說，我從一開始就養成了的創作習慣是：無論是寫小說、詩歌，還是散文，每當散亂的「印象稿」鋪滿一桌時，我就得儘快地將其捋順成文；否則，它們都將會在幾個星期內相續失血而亡，變成為一堆廢紙，讓再寫下去，寫完成的衝動與努力都打了水漂。

《姐妹》的創作當然也不可能例外。這種創作習慣的長處在於：通篇讀下來，作品的氣場始終會保持在一種自然生存了的一氣貫通中；短板是：相應時段內的工作與情緒壓力都會很大，焦慮感與日俱增。

《姐妹》著字七萬餘，是部長中篇。敘事的時空則涵蓋了大半個世記。期間，中國社會的價值觀，經歷了從一個極端滾向另一個戲劇性的生態轉型。這種外境上的基因突變，自然會在小說人物的心靈深處烙下了永不會磨損去的印記；而我要寫的，正是這些印記的生成、發展與定型。有一位作家曾經說過：人類最痛苦的歷史期正是作家們收穫的黃金期。此說耐人尋味，頗有點兒嚼頭。

應該說，這是部高密度的中篇，人物、場景、情節以及時空佈局，兌兌水，搞它個二三十萬字的長篇不是個問題。偏偏我的思維是反向的：如何壓縮其敘述篇幅，才是作家們要幹的活；兌入想像力的水分，讓它重新融化開來，那是讀者的事。我創作小說的偏好是：剝離情節，強化氣氛，讓很多本可能叫人引頸以盼的故事情節，都故意隐沒在了時代氛圍的濃霧裡。我覺得這樣做這樣寫很有趣，也符合我的文學審美觀——於作者，最忌的就是越俎代庖，替讀者說出那些不一定是他們想說和要說的話來。

這部中篇後來被一家美資的影視公司相中，打算改編為一個三五十集的電視連續劇，個中緣由自然是因為小說中蘊含了諸多的故事胚芽，一經催發，抽枝展開了去，不怕她不長出個綠樹成蔭的局面來。但就沒想到：在今日中國社會人心浮躁的大環境下，又有幾個人能改編，願改像《姐妹》這類小說的呢？這是樁吃力不討好的活兒，非得靜下心來，不磨它個一年半載，是不會出成果的。改編它？那還不如自己去寫多一部可看性更高的新劇來得更省事省力，也更有利可圖呢。

其實，小說讀讀還是蠻引人入勝的；然而一經解構，就會發現，一切故事的脈絡終不是那麼清晰、易辨、可靠，剩下幾縷氛圍的青煙「散入五侯家」，終也無跡可循了。該影視公司的負責人找了幾位「腕兒級」的改編人來探討、商榷過此事。懂行的，一讀完小說，遂予以婉拒。當然，總會有躍躍欲試的初出茅廬者；但努力是盡了，唯到頭來仍鬧了個一事無成萬般休。

後來，負責人還是找回了我，說是你自己的東西仍由你自己來改吧。但我堅拒。原因有二。其一是：我從沒寫過劇本，估計自己也沒有這種能力和興趣。其二是：自己寫的東西，再讓自己來改，改改，復又掉入了原有思路的窠臼中，豈不一場空？她說，這樣吧。你另做一個話劇劇本，「茶館」式的。就一幕場景，貫穿幾十個春秋，期間走過了不同時代背景下的各色人物不同的命運際遇。如何？至於現小說的內容，你可以借用一下，也可不用，悉隨尊便。反正我們也有要將這部小說改成一個話劇的打算，這回做了，我們一併買下，行不？

買不買下其實並不是個問題，倒是她所說的「話劇」兩字打動了我，而「茶館式」三字更強化了這種打動。一旦動心，我說幹就幹：第一次，我嘗試着地去設計、建築一座話劇的大廈，而且，還是在我自己寫的小說的地基之上！我覺得，我這樣做是不是瘋啦？

Anyway（無論如何）、三個月後，「劇本」居然還真是寫成了。劇名定為《車行》。如此命名，這是因為小說裡寫的三姐妹乃是舊上海一家車行老板的三千金，她們及其相關者們的故事，都是圍繞着這家車行的興衰跌宕而展開的。而《車行》之名異於《姐妹》，也划出了劇本與小說的區別來。

我煞有其事，按照我的理解，將各種話劇元素作為添加劑兌入作品後發現：所演繹出來的這個三萬多字的新本子，倒頭來仍然還是一部「披着話劇外衣」的新小說！如真要登台作演出用的話，還得將其重新「劇本化」了後才行。至此，事情不又繞回到了原有的那條老路上去了？可見，我之當個劇作家的永不可行，還是一心一意做我的小說罷了。

當然，影視公司方面的「買下之事」也不再會有下文了。這並無有所謂者，我的意外收穫者是：於陰差陽錯間，竟然以小說之父與話劇之母「交配」出了一種新的文學品種來，曰「劇本小說」，或「小說劇本」，都可以。這事的成就感倒教我興奮失眠了足足有好幾個晚上！

這便是這部《車行》——小說《姐妹》的孿生「劇本體」——的誕生經過，實錄於此，權當釋辭。

2016年8月31日

上海西康公寓

劇本主旨

主旨1：人都已老去，景物依舊。歷史同上海人也同全國人民開了一個玩笑，輪回一周又回到原點。

主旨2：上海人族適之生存的本領，在不同歷史時期，展示其獨特的適應能力。

主旨3：上海人群居在這座擠憋的城市裡，儘管你追我逐爭鬥不休，甚至「爾虞我詐」，但他們更是有情有義、互助互愛的一群。這是人性善良光輝的體現，也是上海之所以能在世界都市之林立於不敗之地的深層原因之一。

車行

場景體現

車行的名稱變化 華福記車行（1949年5月，白克路141號）——公私合營上海第三汽修廠分廠（1956年之後）——紅衛汽車修理廠（文革中）——改革開放後改回原名：華福記車行，並被黃浦區政府賦予百年老店及信譽企業的榮譽稱號之銅牌——2009年被私人（海強及阿三的兒子小華）收購，變成為中美合資華福記車行有限公司。

場景 完全與1949年5月白克路141號背景相似，仍然是燈火酒綠的南京西路（原靜安寺路）。體現六十年風水輪流轉的某種宗教與哲理涵意。

人物角色

華老板（華師傅的形象及性格稍作補充）

其人粗壯黝黑，一付南人北像，但他憨厚、友善，講究商譽，是一位典型的經長年學徒生涯之勤奮、而擠入老板行列的自食其力的工商業者。他的生活經歷，讓他練就了一種適之生存、與時俱進、隨遇而安的性格。他歷經上海解放前從無到有創建一盤生意事業；解放後工商業蓬勃，公私合營後的工商業者改造；文革中社會喪失理性的各種歷史時期；最後到達改革開放、烏雲退盡、陽光再現的新的歷史階段。這便是他的一生，他已垂垂老去，並在最後一幕到來之前離開人世。這是人世的戲劇還是時代的悲劇？

補充人物

1　邵排長

登場：1949年5月23日夜雨中，同入城的戰士們一塊蜷縮在華福記車行門前。翠珍上場替戰士們送薑湯取暖。屆時，華太太突然分娩，翠珍驚慌失措來請求邵排長相助，後由邵協同軍中護士助其分娩。1953年後任市政府警衛連連長，伙同司機一起來車行修車（第二次出場）。此時，翠珍十四、五歲，初中生，正積極求上進，並明顯地表現出對解放軍邵排長（她喚他作「邵哥」）的某種親切勁。公私合營後，邵調任汽修公司（即汽修廠之上級單位）經理；並因與華師傅在同一單位之緣故，能與翠珍有常見面的機會，並發展了某種曖昧關係。屆時，邵之山東結髮妻來滬與其同住，故，他與翠珍不會有結果。文革中邵經理被打倒且挨鬥，其一大罪狀就是與資本家的女兒「搞破鞋」。改革開放後，邵官復原職，改回車行原名，信譽商店及百年老店之榮譽都是經他定奪、頒發的。後來，他雖已離休，但中外合資開車行陳列店的計劃與決定，新領導也經他顧問而定。最後一幕，老去了的他與全部人物一起上場，當五十年代的黑白相片經由華太太取出給大家看時，他感慨萬千。

2 **牛三**（小名阿三或小三子）

華師傅之徒弟，後任汽配廠分廠廠長。文革中，擔任該單位革委會副主任，參與批鬥邵經理及華師傅。

1949 年 5 月第一幕出場：對其師傅師母殷勤周到，對他們八歲的女兒翠珍則顯得有些討好及巴結，他暗暗盼望能成為華家女婿，繼承華老板的家當。但老板娘對他很厭惡，老板則寬厚待之。女孩太小，對其殷勤毫無感覺。1957 年公私合營後，他積極靠攏組織，彙報華福記車行在解放前與各色人等之交往，以及公私合營期間華老板瞞報資產一事，結果當上了分廠的廠長。華師傅則受他排擠，文革時的牛主任參與華師傅與邵經理的批鬥，但當其師傅因不堪欺辱而自殺被他發現時，其人性之善面獲得了充分的展示。他將師傅親自急送去醫院搶救，救回師傅一命。改革開放後，他又獲得新領導的好感，官復原職。繼而，師傅長師傅短的對華師傅，施其一貫機靈與見風使舵的本性，為了重新適應新形勢新背景下的生存形式。送華退休時，因鑼鼓聲和見到他徒弟時的可怖回憶，令華中風癱瘓，好舉變成了壞事。八十年代後期，轉而拍馬翠媚，因其丈夫為台灣富商。他說：他是看着她長大，長成今日這幅傾國傾城的模樣。他希望從台巴子林志雄的口邊分到一杯羹。2009年最後一幕，他已很老了，他也參與了海強和他自己兒子接管華福記車行的開幕典禮。他雖沒有成為華家女婿，繼承車行的家當，但至少他也成全了自己一半的心願。

其人性格：向上爬，不同時期，不同背景，對不同對象人物的討好與靠攏，但他也有他人性善良的一面，他愛他的師傅，他的內心是敬重他的，因為，他知道，師傅也愛護他。

3 崔老板（約25—85歲）

華福記車行隔壁照相館的老板。

第一次隐性出場，1949年5月23日傍晚，隐約所見崔記照相館的招牌，兩邊還書寫有婚紗儷影闔家留念之類的廣告語。第二次露面是小林在華福記門前拍了華家全家福後，拿去隔壁照相館冲洗出來，之後，並引出了崔老板、小林與華老板之間一段對話的那幕場景。最後一次露面是在2009年最後的一場，照相館已改成了「珍妮花」婚紗攝影店。崔老板顫顫巍巍的上場，他已是個八十五歲的老人了，他雙手抓住華太太的手表示說，他的那間相館已由香港老板投資開成了一家婚紗攝影店。攝影店由其兒孫輩掌管，生意滔滔，你知道如今的年輕人個個大手大腳，拍一套婚照沒有一萬幾千是下不了場的。他問華太太：你說他們要不發也好難哪。

4 **男主角薛強**（補充）

……多年後化名熊志新回到上海，開了一家名曰藝術飯莊的海派菜飯店，他成了一個有錢的人。他在戲中能分為兩種絕然相反的人物形象：青年時代他是長髮削瘦的薛強（畫家）；中老年時代，他是發福光頭的熊志新（商人）。以此來折射出一種時代的反差。

5 **女主角翠媚**（人生軌跡）

1955年出生。第二幕，1954年年尾，當華太太再度挺着個大肚子上場時便暗示了她的到來，（華太太希望懷的是個「小子」，但有人說萬一是女兒呢？但華師傅表示說：我喜歡——我就喜歡女兒。兩個不多，三千金才好呢，才發財呢。上海人都說：生女兒發財嘎）又找了算命先生為其取名，說，假如是兒子就取名海強，意蘊上海強大發達；假如是女兒就取名叫翠媚，嫵媚就如你華太太啊！如此說法當然讓華氏夫婦都很高興，還當場批了一張命書。此書在最後一場由年邁的華太太取出，一經核對，眾人驚笑，說這都是命那，是命！翠媚的第二次出場是經華太太口述的，公私合營時，當敲鑼打鼓喊口號舉標語的華師傅，途經車行門口時，華太太抱着翠媚在二樓的窗口，她望着興高彩烈的遊行隊伍，嘀咕了一句：沒了車行，比賺回了一家車行還高興呢。翠媚的第三次出場，是在文革間。15歲的翠媚與比她大五歲的薛強一同露面，當薛在不經意間展示其藝術才華時，他贏得了一旁望着他倆的翠媚二姐翠華對他的好感。那時的翠媚，已荷尖初露，呈現出一副美人的胚子來了。小林、海明均在場，海明說：女人我見多了，我敢打賭，再過十年，這個小姑娘的屁股後頭不跟着一長串獻媚巴結的男人才怪呢。八十年代中再度上場時，翠媚已是珮環叮噹的美少婦一個了。她嫁給了一位枯瘦老年的台灣富商，原來此人就是小林的二哥林志雄。在此之前，她總是走在時代前面，口紅、燙髮，當年的那些時髦衣着她一一擁有。她告訴人說，這些衣裙都是在深圳中英街買來的。她與薛強爭吵，一會說她找了一個高幹子女，子女能搞到水泥和鋼材的批文；一會又說她老去上海大廈和靜安賓館等幾家當年上海的涉外酒店，她想去勾搭老外，想去外國；而假如外國去不成，能去港台也好，結果她與薛強鬧翻。她告訴薛強：我倆相愛管相愛，嫁你？你別賴蛤蟆想吃天鵝肉了！薛答：我這隻賴蛤蟆，就吃定你這隻天鵝了！再老再醜也吃，你去到天涯海角，也追！後來，當她挽着台商林老板的手臂從豪華房車中鑽出來到華福記車行門口時，正值牛三他們敲鑼打鼓送華師傅退休回家的那一刻，翠媚親眼目睹了父親中風的一幕。2001年林志雄在台去世，翠媚又回到上海，她高興地告訴大家說，我找個有錢的老頭還是找對了，如今我繼承了他在台灣的全部產業，她已決定將它們全數投資去美國，美國的股票，美國的房地產。現在可好了，她更發了！就在這一幕戲裡，她又見回薛強（薛強自從被翠媚拋棄後，便去了深圳和海南發展，現他也是個身價過千萬的商人了。他又回來上海，開了一家名氣響噹噹的「藝術飯莊」。他一身唐裝，一顆光頭，身體開始發福，已完全不是七十年代的瘦削的他了）。他倆再度擦出火花，青年時愛的記憶全都復活了，儘管後來翠媚知道了翠華誕下海強之身世的全部秘密，但她仍割捨不了對薛強的愛。2009年（當下），當中美合資的新車行開業時，翠媚與薛強再度亮相。翠媚已明顯地老了一大圈，頭髮也已花白，她在美國的投資在這次金融海嘯中全軍覆沒。然而，薛強仍愛她，他安慰她說，這沒什麼，年輕時代的我們不也一無所有？我們還可以重頭來過嘛。

6

林文玉

小林的侄子。

上海解放前夕，小林的大哥去了香港，留下這位侄子讓他的弟弟代為照看。小林的二哥林志雄去了台灣，即後來翠媚嫁於他的台灣富商。林文玉出生良好，弱冠之年，但其性格內向、懦弱，舉止文雅。他是翠華的正名男友。第一次登場在第三幕的1961年；1968（文革）那一幕再次登場，目擊了翠華暗戀薛強，而薛強又執着於翠媚。然而，華太太是喜歡他的，不但是因為他本人的個性忠厚，更着眼於他的出身與家庭狀況。林文玉後來去了香港定居兼繼承遺產。2009年最後一幕中他再度露面時，他已與他香港的太太離異，那時，他已步入老年。他還是決定與翠華共同生活，而翠華的病情也已痊癒。這是一樁皆大歡喜的事情。

劇情大綱及七幕（連序幕）內容

序幕

1949年5月23日上海解放日。場景：戲從該日的黃昏啟幕。三棟上海典型的三層樓的優質新式石庫門住宅，中間的那間最正面也最大型，為「華福記車行」。白克路（今鳳陽路）141號。右宅能見到大半間，白克路139號，青石橫匾上刻有「林宅」的字樣，門口蹲着兩尊石麒麟，一隻可見，一隻見不着。一幅「迷你」小公館的派頭。這是一家有點兒家底，但顯然有着「中產」冒充「闊少」之嫌的上海富裕市民的家庭。左宅為「崔記照相館」，白克路143號，也只能見着半間。背景為霓光閃爍、燈紅酒綠的靜安寺路，（今南京西路）。從斜橫的視角裡，能見到另一條橫馬路，梅白克路（今新昌路）；之上，有一橫條箭頭路標，曰：通往靜安寺路。那個黃昏兼夜晚，左右兩家都門戶緊閉，毫無動靜。唯中間的華福記車行二樓還有燈光和人物在閃動。

遠處槍聲大作，而後變得零星稀疏。從車行的二層望進去，能見到華老板一家的室內陳設。華老板、華老板娘登場。老板娘挺着大肚子，一副臨盆在即的模樣。華老板叫道：「阿三！阿三！」阿三便從木扶梯蹬蹬的跑上樓來，華老板關照：小心門戶，早點拉閘，窗戶都要堵上木條。打仗了，當兵的入城來，搶家劫舍是常事。阿三說：是，是，師傅師娘放心。華太太又朝樓下喊道：翠珍，翠珍，今晚不要外面野了，留在家裡，聽到了口伐？翠珍露面。她是一個八歲女孩。阿三更顯殷勤，他希望小女孩對他這位大哥產生好感。夜間開始下雨，解放軍從街道上魚貫而入，邵排長出場，他同他的戰友在車行門口的屋簷下抱槍而坐，雨下得更大了。華家夫婦從二樓探頭張望，並嘀咕說這樣當兵的真還沒見過呢。華太太說，給他們熬些薑湯喝吧，這些當兵的淋在雨裡，一夜下來，怎麼了得？華師傅沉吟一會，也點了頭。八歲的翠珍很樂意做這件事，她又蹦又跳地跑進廚房，幫手她母親一塊兒煮薑湯去了。不一會兒，她便拉開鐵閘給戰士們送來了熱薑湯，並表示說薑湯可以驅寒。

二樓的燈光突然亮了起來，從窗口望進去，華太太捂住了肚子大聲呼疼。翠珍與阿三扶着她，從車行門口的鐵閘間鑽出來，顯得有點驚慌失措，他們想送她去醫院。但，全市宵禁了，無人可以外出。翠珍拉住了邵排長說：「我媽……我媽，她……她要生了……！」邵排長聽明白後，讓翠珍他們先將華太太扶回家去，說讓他來想辦法。一會兒他找來了一位穿軍裝右臂上繫着一塊紅十字袖章的女護士，他們一同從鐵閘間鑽了進去。又過了一會兒，華家的二樓，便傳出了一聲「哇！」的啼哭，一個新生命降生了，而一個新時代也同時來到。幕落。

第一幕

時近1954年年尾。外國和官僚資本被趕走後，又在新政府各項政策的扶持下，上海市面一派欣欣向榮的繁華景象，這是上海工商業者們的黃金歲月。有一句流行於資本家圈內的口頭語，曰：「難忘的1954年啊，

1954……」（這句話要借華老板、華太太、小林夫婦和崔老板們的口中多次說出，甚至還可以譜成歌詞唱出。即使在多少年後的階級鬥爭的風潮中，還會經常被那個時代的那些人們說起；然而在文革的紅色年代裡，這又恰恰被證明是「剝削階級夢想奪回他們已失去了的天堂」的有力證據）

華福記車行仍是老模樣，只是路牌改了，改成了鳳陽路 141 號。車行前，一片人熙人攘的熱鬧景象。李海民駕着他的那輛 1948 年型的別克車上場（這是上海解放前車輛進口商們能進到的最新款車型了，之後，便不再有美國車進口。直到 2000 年後，GM 又來上海設廠，而最新款 08 年型的別克車，則在話劇的最後一幕由華老板的外孫海強駕駛登場，以此來營造出一種時代的反差效果），他的車油缸漏油，待修。當年的邵排長已升為市政府警衛連連長。他伙同市府車隊的一位司機同志一塊來到華福記修車，華師傅如今是一位遠近聞名、技術精湛的修車師傅了，他的技術得到了各種人們的稱許。他滿面紅光，忙進忙出，華太太則在一旁為他接生意，周旋於客戶之間。千斤頂（即：前文中的「千斤鼎」）設備第一次露面，並以華之口告知海民此設備的各種技術功能，明顯地表現出華師傅對進口貨（尤其是對德國貨）的敬佩之情。小林夫婦登場。小林夫婦正指揮工人在拆卸「林宅」石匾和移走石麒麟，並與古董寄售店的老板討價還價。林說，這青石是蒲田青石，石麒麟的雕工又如何好如何精緻，希望賣個好價錢。但古石店的老板卻說，都什麼時候了，這種東西現在不興了，都是拆下來賣不出去的貨色，我收了還不知道到哪裡去找出路呢，你出高價我可不要了。林忙說，哪好，哪好吧，老板你開個價。老板說，石麒麟二十元一對，橫匾十元。林太太惱怒，斥責老板太貪心，她說，你知道我們當年買這些東西回來用了多少錢嗎？……但小林忙阻止，說，算了算了，成交吧。於是，他倆一手交錢一手交貨。老板用平板車將石材拖走後，小林拉住了他太太，小聲說，你也不看看形勢，三反五反鎮反，這東西掛在那裡招不到財，反倒惹禍來！

小三子（牛三）露面，這回他已不像第一場中那般鞍前馬後地討好他的師傅和師娘了。他剛從區裡開完了會回來，如今，他已是華福記車行的工會代表了。他甚至還掏出來筆記本來，向小林太太唸了一段他的會議記錄：要團結工人階級，向不法資本家作堅決鬥爭之類。他陰陰地笑道：我們這些人如今是監督資產階級做好社會主義改造工作的骨幹力量啦！他感到了被賦予某種權柄後的快活。翠珍登場。她十五六歲，初三的中學生，她已長大成一位水靈靈的少女了，白皙的膚質一如她母親。她梳着兩條可愛的馬尾散辮，一付當年中學生的樸質文雅的扮相。她積極要求上進，希望能入團，但因出身非工農子弟的原故，故遲遲未能批準。她見了邵排長十分高興，眼中放出光彩來，邵見了她也很高興（他們四目交投中具有某種曖昧性）。她喚他作「邵哥」，可見那回送薑湯事件後，他倆還有過不少次往來，她把他視作為了那個時代少女們的偶像。但邵告訴她說：他已把他在山東鄉下的妻子接來上海與他同住了，翠珍聽罷神色黯然。小三子見了翠珍仍有些巴結之意，但明顯退卻了某種卑微感。他喜歡她，這是因為她長得漂亮、誘人的原故。但華太太討厭小三子這人，她稱他為「江北人」，因他來自於蘇北農村。她說：「江北人裡個好人少來系！」但華師傅不以為然，他說：小三子這個人勤奮、刻苦、好學，他承認小三子有點兒見風使舵的兩面派個性，但他說，我們當年來上海打拼天地時，也不那個樣？他還是喜愛他的這位徒弟的。華太太則意屬海民，這位出身高尚門第的富家公子。她說：海民好，衣着體面，戴金腕表，開別克車，又是名校畢業（聖約翰大學經濟系），家裡還有好大一幢花園洋房等等，等等。小林夫婦上場，小林手中握着一架從寄售商店淘來的「蔡司依康」相機，這是他用賣了石匾和石獅的錢買回來的。他邊走邊同他太太說：用青石匾和石麒麟去換這個德國寶貝回來，合算！合算！你想，石匾和石獅是招人現眼的東西，說不定那天還惹出點禍來，這相機就不同了，一樣值錢，東西又小，往家裡頭哪兒一藏，誰都不知道。嘻嘻！見到華太太，他便炫耀地拿給她看。華太太挺着個大肚子，看來又很快要生了。華太太笑道，那就用你的相機給我們照一張全家福吧，就在車行門前，邊說邊拍拍自己的肚子：「反正最小的那個也已經在肚子裡了！」林太太問：不知是男是女，叫算命先生批過命書了嗎？華太太說，已經批了一份，男的取名海強，女的則叫她翠媚。華太太將正忙着修車的華師傅叫出來，說，小林有相機了，來，快出來！他給我們照張全家福……華師傅從車行裡出來，邊走邊在帆布工作兜上擦着他油膩烏黑的雙手，說，照相機？什麼牌子？答：德國的「蔡司依康」。華說，好哇，德國貨好哇，用一百年還都能用，這是一件傳宗接代的東西！拍照了，華太太將站在一邊等修車的海民也拉了進來，一同照：小三子站在一旁有點失落，華師傅說，小三子，你也來，也來！華太太明顯地表現出了一點兒不高興的神情，但又不能拗其夫之意。翠珍則蹦蹦跳跳地跑過去，把邵排長也拉了過來，華家夫婦都有點愕然，但又不好出面阻擋。於是，這張「全家福」變成了一幅「雜燴照」了（此照在最後一幕，

車行

當各種人物都上場亮相時，再由年邁了的崔老板取出給大家看，令眾人大為感慨。而店堂內的千斤頂也在人縫間被攝入了相片內）。照畢，小林看了看相機的計數器，說，一卷膠捲正好用完，讓我拿去隔壁崔老板店裡沖洗了就能有相片看啦（林轉身進入照相館）。華老板高興地向老婆說，如今，咱們生意這樣好，用不了多久，我就能攢起足夠的資金來實現我的宏圖大計啦。他的宏圖大計是當一家德國名牌汽車的上海總代理，比如說：賓士、寶馬。他要大幹一番，開成一家真正的、名副其實的車行，而不只是間小打小鬧的修車店。華太太說，什麼奔不奔士的，現在還弄這些玩意兒？小心人家說你崇洋媚外！但華老板說，外國貨，尤其是德國貨，就是好就是信得過嘛，你不看我們的那架千斤頂，雖說是二手買來的，一直用到現在，從不出問題，使用起來得心應手，可幫了我們生意的大忙啦。小林從照相館裡出來，崔老板也與他同出，他倆拉着華老板想說點什麼，但望了望正在一邊等修車穿軍服的邵排長，便欲言而止了，說，我們上二樓去吧。二樓場景。華家夫婦，崔老板和小林。崔告訴華說：這回的三反五反運動可厲害啦，我的好幾個朋友都跳了樓，還有一個跳了黃浦江。其時，小林太太從邊台跑了出來，她找不着華師傅和小林他們，便徑直往車行的二樓去了。她告訴她丈夫說，派出所來找過他兩三回了，說他去了台灣的二哥有重大的敵特嫌疑，要小林去一次公安局，把事情說說清楚。還有他的那個去了香港的大哥，他的孩子文玉也交給我們來代他照管，今後的事情怎麼說得清？還是讓林文玉回到他淮海路的公寓裡，單個去住罷了。林道：這怎麼行？孩子還小，是大哥交托給我們的，我能不負責嗎？形勢驟然緊張，小林夫婦還將小三子唸給他們聽的會議記要也轉述給了華家夫婦聽，說，就別做你代理賓士寶馬的美夢了吧，能把眼前的日子打發端正已屬大幸了！華師傅聽罷，有些頹然，一屁股坐進了沙發裡去，他似乎已預感到某種政治風暴的逼近。就在這時，翠珍急急慌慌地奔上樓來，說，不好了，媽，不好了！翠華在馬路上玩，給腳踏車撞傷了，邵排長他們已把她送到醫院裡去了。（第一幕終了）

第二幕

八年後的 1961 年，正值三年自然災害期。（當年流行的背景音樂）

華福記車行現已變成了：公私合營上海第三汽修廠分廠。清晨，華太太從小菜場買菜回來，菜籃子裡只有幾顆黃包皮的捲心菜和一些豆製品。她站在車行門口（車行還沒有營業），向着招牌看了一會兒，十分感慨。她在門口遇見了小林太太，兩個女人便抱怨了起來，說，這如何是好？買點小菜什麼都憑證，怎麼夠吃？小囡又正值長發頭上……老華老省下來給孩子們吃，自己營養不良，有些浮腫。還有，翠華這孩子也不知怎麼弄的，好像有病，老悶在房裡很少與人交談。我怕營養不夠，會不會影響了她大腦的正常發育？女孩子這個時候最重要了。長得好，一切毛病都可以帶走；長歪了，毛病跟你一世。林太太也是又搖頭又嘆氣，說，我們大城市裡還算好的呢，雖說定量供應，但還能勉強過得去。聽說河南安徽一帶的農村餓死的人也不少……她叫華太太要想開點，得過且過吧，不要同以前的日子去比……

她剛與林太太分手，打算上樓去時，二女兒翠華和小女兒翠媚正好從樓上下來，準備上學去。翠華是初中生，翠媚剛上小學。翠華顯得有些木訥，站在那裡，望着其母。翠媚很活潑，蹦蹦跳跳地跑上來，拉着母親的手無比親熱。說：「媽，有什麼好吃的嗎？早飯吃的是薄粥湯，吃不飽，餓煞我了！」接着，就翻騰起母親的菜籃子來。她從其中找到了一塊油氽粢飯糕，取出，咬了一大口。母親忙喊，別全部吃光了！給姐姐半塊，給姐姐……但她已三口兩口地吃了個精光，並嘻嘻嘻地望着母親。母親伸出巴掌來，佯作打下狀，但翠華卻訥訥地說，妹妹，走吧，我先送你上學去。

文玉從小林家走出來，見到娘仨。華太太對他十分親切，馬上迎上前去，問，你不已搬到淮海路自己家中住去了嗎？你叔叔嬸嬸說你只在星期六日才會來這裡住兩天，今天怎麼來啦？文玉答，因為他有事要找叔叔嬸嬸商量，所以才來住了一晚，現在趕着要去學校上課了，於是便匆匆離去。正在此時，翠珍也下樓來上班去，她已大學畢業，正好分配在汽修總廠任技術員。她一直積極要求上進，中學大學一貫如此，但她的入團入黨願望，基於出身原因，就始終沒能實現。這令她很沮喪。她一副上世紀六十年代女大學生樸素秀美的扮相，步下扶梯時，正輕輕地哼着當年的那首流行歌曲《讓我們盪起雙槳》。見到母親回家，便朝她說，爸已起身，正等你回家去給他弄早飯呢。母親答，知道啦。轉而問女兒，儂軋男朋友的事情有進展不？華太太知道她意屬當年的邵排長，如今已擔任汽修公司經理的邵長江。但母親說，你倆雖然天天在一間辦公室工作，但邵經理畢竟是個有家有室的人，這怎麼使得？影響不好不說，也不符合我們華家的儀規啊。其實華太太的心中，早已有了人選，那便是海民。她說，雖然海民現在汽車已不再能開了，但他家住高安路上的一大幢花園洋房，每月還有定息拿，又有外匯寄過來，自己的工作也體面，在銀行上班，有那點不好？翠珍低頭不語，她對海民並沒反感，但她最愛的人仍是邵經理。

華太太上樓去了。場景切換成了車行的二樓，那兒仍是華家一家的住址。華師傅已一早穿戴整齊，今天他換了一套新做的呢子中山裝，一付喜氣臨門的模樣，而他老婆則吃驚的望了他一眼。華師傅就在樓下的分廠上班，因他技術好，擔任車間主任一職。他每日都提早去延遲歸，工作十分賣力，他說，反正家就在樓上，他多照看着點是應該的。華太太老說他，廠已經是國家的了，你還把它當作自己的？公私合營公私合營，那個「私」字是擺擺樣子的，你還當真了呢。五六年，公私合營那回，老華你帶頭敲鑼打鼓放鞭炮喊口號的，不像是我們失去了一家車行，倒好象是我們賺回了一家似的。當時，我是抱着只有一歲大的翠娟，站在窗口望見你們遊行隊伍從車行門前經過的。但華師傅說，你們女人真叫是頭髮長見識短，現在時代變了，只有靠近政府才有出路！說着，他便從中山裝的內口袋中驕傲地取出了一份硬封面的派司來，說，單位上把我劃成小業主，已發給我「職工證」啦！如今，我也是工人階級隊伍中的一員了，這些都是邵經理對我的關照，我理應報答他。他又問妻子：你知道為什麼我今天會穿得如此嶄新的嗎？他神秘地笑笑，悄聲告訴妻子說，他已將他這麼些年來珍藏的數部賓士車的原裝發動機都捐獻了給國家。目前國家正缺物資，這些寶貝疙瘩對國家的建設還是很有用的呢。邵經理因此而表揚了我，說我覺悟高。昨天，邵經理打來電話，說他今天會來分廠作一項宣佈，叫我不要離開。我估摸着很可能是升我做分廠的廠長啦！華太太聽罷，也很高興。但對其夫把如此值錢的發動機捐獻上去，很不滿意。她說，這要值好幾千塊錢哪。

傍晚下班前，鳳陽路 141 號，汽配廠裡一派熱火朝天的工作場面。華師傅在中山裝外繫了一條舊帆布的工作兜，一如他在當老板的那會兒。他這裡走那裡走地指導工作，並在幾個輕工的機床前站立下身來，熱情地手把手地教他們修車技術。那隻千斤頂仍擺放在老地方，它的使用頻率很高，不少人擠在那裡，要派它用場。突然，馬路上響起了汽車喇叭聲。邵經理伙同牛三一起從車上下來，徑直往分廠走來。華師傅見狀，急忙脫了工作兜，迎上前去。但他見到邵經理的態度有些異樣，也有些冷淡。牛三則向他師傅尷尬地笑了一笑。邵經理召集全體分廠職工會議，說要宣佈兩項決定。第一項決定是：由牛三同志擔任上海市第三汽修廠分廠廠長一職。第二項決定是：經有關部門查證核實，原車間主任華福根（華師傅本名）由於瞞報其合營時的資產數額，撤銷其主任一職，並當場沒收他的「職工證」。原來牛三已在暗中向組織上反映了公私合營其間華福記車行的資產評估情況，並將他那時保存的華福記的舊賬簿也一併交了上去。指出：其合營資產已超出五萬元人民幣，故，華師傅已不是小業主，而是資本家身份了。華師傅聞言，整個人都癱軟下去。但沒法，這是組織決定，他只得十分痛苦地將「職工證」從中山裝口袋裡掏了出來，交給了邵經理。牛三在一旁，望着他師傅的一舉一動，目光帶些歉疚。華師傅回望了他一眼，目光渙散而木然。

下班時間到了，工人們都三三兩兩地離去。邵經理將牛三叫住，說，我倆留留，研究一下今後分廠的工作安排。他們進入到廠裡去，工廠的平移鐵閘也拉上了。華師傅則垂頭喪氣地回到他二樓的家中去，一會兒，家中的電燈便亮了。光亮中，能見到華家夫婦倆活動的身影。小林從他家的門口走出來，手裡還拎着一袋東西。他沿着邊梯上到了華家。他是專門來看望他的這位老鄰居的。原來，今天下午他途徑廠門口回家時，偶然聽說了華師傅被撤職一事。二樓華家的房間裡，華師傅與小林面窗而坐，華太太則坐在他倆對面。小林說：眼下，正值國家困難期，而現在，北京中央那頭已確定讓劉少奇來主政了，所以居民出國的政策也隨之開放，他馬上就讓他的侄子林文玉申請到香港他父親那兒去。但文玉今天來告訴我說，申請沒被批準，據公安局說，大哥在香港那頭不靠近左派，而參加了右派的商會，還擔任了該會的會長！故，他不愛國，他的孩子也不能去。讓他留在祖國大陸，看他父親還敢在外面亂說亂動不？我這大哥呀大哥，他怎麼就不替他留在上海的親人們想一想呢？我們有壓力啊！但，小林說，他哥寄回家來的豬油和牛油罐頭倒是月月不脫期，還匯錢。小林取出了一疊紅綠卡及僑匯特供券，說，我們也用不完，老華，給你們一些吧。你可以到南京路七重天二樓的華僑商店去買些「嘜事」，價細也便宜，嘜事又挺刮！他叫華師傅別把那些事放在心上，資本家就資本家啦，上海灘資本家又不是你一個人。華家夫婦對他們的那位熱心鄰居千謝萬謝，感謝他的僑匯券，更感謝他在他們受難痛苦無助之際，對他們作出的安慰。

街上的路燈下，廠門口的鐵閘拉開了，邵經理與牛三從鐵閘內走出來，揮手告別，分道揚鑣。牛三下場，邵剛轉身準備離去，翠珍上場來了，她剛下班回家，而她在總廠也聽說了她父親的事。面對邵經理，翠珍抽泣了。她說，您不知道，邵經理，我爸他多麼看重他的那份「職工證」啊！沒了它，他還不知道會有多難過呢！……邵趨前，他動情地握住了翠珍的雙手，說，這是政策，沒法的。突然，牛三從黑暗中閃出，喊了一聲：「邵經理！」邵華兩人急忙分開。牛三狡猾地看着他倆，神色古怪，道：「我剛才忘了，我還有一些工作要向您彙報。」邵經理說：「彙報工作？哪……哪好吧……」（第二幕落）

第三幕

1968年夏天，「一打三反」運動的高潮中。幕布在文革的那首著名的「大海航行靠舵手」的歌聲中正拉開

現在，車行名稱已改為「紅衛汽車修配廠」，一旁，黑字白底的豎牌上寫着的字樣是「紅衛汽車修配廠革命委員會」。豎牌的上方紮着一朵大紅綢花，兩邊則有綢帶飄垂下來。牛三帶領一幫造反隊員從車間裡走出來，他們拉出的一幅橫幅標語是：穩、準、狠地打擊一小撮階級敵人！善於見風使舵的牛三如今又被選進了三結合領導班子，成了紅衛廠的革委會副主任。他告訴手下人說：等會兒要在這裡開一場批鬥會，叫大家分頭去做些準備工作。

二樓華家的氣氛很有些緊張，原因是華師傅已被廠裡的造反派拉去隔離審查多日了，此刻，華太太從視窗望見造反派們在佈置批鬥會現場，心裡就有了一種忐忑不安的預感。她吩咐翠華去把她的大女兒大女婿找來（翠華的神情顯得更木訥了，尤其在經歷了文革初期家庭的一場衝擊之後，這種情形已變得十分

明顯），她要找他們商量。李海民如今已成了她的女婿，因為翠珍終於明白了她與「邵哥」之間是不會有結果的。再說，邵經理在文革之初已被當作「走資派」打倒，一切便更無望了。而她對自己的資產出身的家庭成分也感到絕望，她覺得自己在這樣的社會現狀中，再要求上進也是白搭。她聽從了母親的勸告，嫁給了海民。不一會，海民夫婦倆便抱着只有一歲大的女兒回到娘家來了。

小女兒翠媚也回家來了。她15歲，細腰身，白皮膚，豐滿的胸脯一挺一挺的，她已出落成一朵含苞待放的水荷蓮了。海民也有多時沒有見到她了，因為她平時很少回家，老野在外面，與各色人等瞎混。海民目不轉睛地望着她，他同翠珍說，美女我見多了，你這小妹妹，我敢擔保不出十年，屁股後面一定會跟着一大串巴結討好的追求者。翠珍瞪了他一眼，她最不滿意丈夫這種對於女性不嚴肅的態度了，吃着碗裡的還想着鍋裡的。她道：「都什麼時候了，還講這些！」見翠媚一個人回家來，從來木訥的翠華此時也開口了，她說，薛強呢？薛強他怎麼不同你一起來？翠媚不屑，反問道：他為什麼一定要同我一起來呢？薛強是位畫家，比翠媚大五六歲。而翠媚是他選中來作畫的模特兒，同時，也是一個他正熱烈追求着的女孩子。果然不出一會兒，薛強便追到了。薛強是個高個子的青年人，長髮，削瘦，老叼着一枝煙捲，一付頹廢藝術家的模樣；但卻有一股才氣和靈氣從他身上輻射開來。他帶來了一幅新近完成的翠媚的人物油畫肖像，襯托在深暗的背景上，模特兒白蓮般的臉蛋顯出了一種半明半晦的神秘，十分迷人。大家見了，一致叫精彩。翠華更在一旁癡癡地望着畫家。華太太見狀很不高興，她有意將女兒支開，便叫道：翠華，去灶頭間燒點開水出來，你不見這一大圈人都沒水喝了？海民說，我認識上海油雕所的一位叫陳逸飛的畫家，也見過他的油畫作品，他是上海灘上公認的最優秀最具實力的畫家之一。但我怎麼感覺薛強也不比他差多少呢？那邊廂，薛強與翠娟卻爆發了爭吵，薛強是因為翠娟又有了新男友，而忍無可忍的。薛道：我只是弄不明白，那個北京人有什麼好的？翠娟道：好，就比你好！他是總參謀長黃永勝的侄子，你是嗎？他有軍車開來接我，你有嗎？薛說，他就是不能讓其他男人來碰她。翠娟道，你是我什麼人，不讓別人來碰我——你也管得太寬了吧？正在此時，樓下傳來了兩聲吉普車的喇叭聲，一個穿軍裝的青年在窗下高喊道：「翠娟！翠娟！」翠娟應了一聲，轉身奔下樓去。薛強也大吼一聲，跟了上去。大家都驚愕地看着這一幕，華太太直搖頭，說她管不住她的這個小女兒。突然，翠華從廚房中出來，也跟着下樓了，邊走邊叫道：「薛強，薛強哥！——」但她被華太太拉了回來，把她重新轟回了廚房裡去。

說話之間，只聽得樓梯咚咚的響，文玉跑了上來。華太太一見是文玉，分外高興，她暫時忘記了自家的煩惱，說，翠華正在廚房裡燒水呢，我去叫她出來。又問：你今天怎麼有空來你叔叔家的？文玉說，正是叔叔嬸嬸叫他來的。其實，他們要他來與華太太「串聯」一下，告訴華太太說，紅衛廠的專案組曾到小林夫婦的單位去外調過，調查華師傅解放前曾為國民黨的某位高官修車；解放後，又替共產黨的高幹修車，他們認定華師傅是從解放前一直隐藏下來的一條又粗又深的黑線。國際國內的反動勢力利用他做掩護，相互勾結，企圖顛覆我們無產階級的紅色政權。如此駭人聽聞的大「罪名」，大家聽了自然都很驚慌，唯有華太太並不以為然，她說，她還不了解華福記車行和她的丈夫？這些無稽之談不屑一顧。她倒是更擔心華師傅的身體，說他經常有心區疼痛的毛病，還有肝病，這都是三年自然災害期間落下的。他們這樣折騰他，能否頂住？文玉說，他要走了，他不便久留。但華太太說，你有什麼好怕的？你不是在同翠華軋朋友？這是眾所周知的事，這也是為什麼你叔叔嬸嬸自己不來，而讓你來找我們的原因。不急，不急，吃了飯再走，吃了飯再走。的確，文玉是翠華正名了的男友。但文玉在這方面還是有他的想法和顧慮的。第一，他知道翠華喜歡的人是薛強（儘管華太太並不喜歡薛強）；第二，翠華平時的那種神神叨叨的表情與行為令他感覺此女有些不妥。但華太太每回對他如此熱情，又教他不好推卻。他站起身來要走，被華太太按回了原座；復起身，復被按回。華太太還讓翠華不要去忙廚房裡的事了，她說讓自己來做，她要翠華出來陪陪文玉。

就在此時，樓下的紅衛廠裡，敲鑼打鼓，人聲鼎沸了起來。大家探頭一看，才發現批鬥大會開始了。批鬥會場就設在廠門口，面朝大街（即面朝觀眾），而華師傅與邵經理分別從舞台的兩個方向押上台來。兩人都戴着尖頂高帽，華師傅的帽上寫着：打倒反動資本家華福根！邵的高帽上則是：打倒死不悔改的走資派邵長江！而且，邵與華的名字上都又上了紅色的杠杠。

批鬥會開始了，小林夫婦、崔老板、崔太太也都小心翼翼地走出自家的家門，站在一邊旁觀。牛三的揭發內容，主要集中在走資派邵經理如何與資本家的女兒「搞破鞋」這一問題上。當然他也帶到了「反動資本家」利用女色來將我們革命隊伍中意志不堅定分子拖下水去的罪惡企圖。其他造反派的揭發則更趨於政治化，邵經理當然是忠實地執行了資反路線，而華老板的問題則越揭越來事了。說他老提什麼「難忘的1954」，這不是「剝削階級時時刻刻夢想奪回他們已失去了的天堂」，又是什麼？這正好為劉少奇的階級鬥爭熄滅論提供了最有力的反面證據。他們提到了某個已逃亡台灣的國民黨高官×××，又說到了共產黨內被打倒了的高官××和×××，說都與華老板有聯繫。說到高潮處，便高呼「打倒」和「橫掃」一類的口號，又敲鑼又打鼓，以助聲威。突然，華師傅手捂胸口，人有點兒歪斜了下去。有一個造反派隊員說他「裝死」，冲上前去，準備對其採取革命行動。就在這時，牛三一個箭步攔在了他師傅的跟前，他手舉紅寶書，高呼「要文鬥不要武鬥」的口號，將其他人圍擋在了外面。這時的小林夫婦和崔老板等人都有想趨前相助的衝動，但誰也不敢動彈，都膽怯怯地站在了那裡。華太太在二樓窗口見狀大驚，慌忙退回屋內，趕下樓來。但她見到的那幕情景是：華師傅與邵經理已分別被人押着離開了批鬥會的現場。

深夜，路燈昏暗的光線中，有一條黑影從虛掩着的窗戶間潛入了紅衛廠的車間裡。車間裡並沒有亮燈，也不見有任何動靜傳出來，除了有一陣「嘰嘰嘎嘎」的機械轉動聲外。不一會兒，翠珍便慌慌張張地在舞台上出現了，她疾步從傍梯跑上了二樓去。接着，二樓的電燈便打亮了。她告訴母親說，父親從隔離審查室逃跑了，他有回過家沒？母親說：沒。但華太太突然明白了點什麼，她的臉色驟然轉成了煞白。

就在此時，發現華師傅逃跑了的造反派們也打着手電筒趕到了。他們中的一部分人跑去二樓華家，另一部分則拉開了廠門口的鐵閘進入到車間裡去。他們亂晃的電筒光發現了躺在地上的幾樽「敵敵畏」的空瓶和一支「七寶大麴」的酒瓶。牛三立即打開了車間裡的全部燈光，他按動千斤頂的電鈕，機器的升降板便「嘰嘰嘎嘎」地從地底下升了上來。和酒服下了「敵敵畏」的華師傅直挺挺地躺在了鐵板枱上，已昏死了過去。見狀，造反派們便在一旁大聲朗讀毛主席語錄，說，革命不是繪畫繡花，不是請客吃飯，革命是暴力，是一個階級推翻另一個階級的暴力行動。又說，華某某，自絕與人民，死有餘辜，等等。但牛三卻跑了上去，他抱起了他的師傅，眼淚流了下來。就在此時，華太太他們也趕到了，她冲上前去，像一頭發了狂的母獸，企圖把她的丈夫搶過來。但牛三不讓。她於是便指着牛三的鼻子，破口大罵，說你不要貓哭老鼠假慈悲了。你這個忘恩負義的東西，簡直禽獸也不如！但牛三低着頭，任他師娘謾罵，既不還口，也不辯駁。一個造反隊隊員推來了一輛「黃魚車」，牛三便將他的師傅輕輕抱上了車，並親自騎車將他送往了醫院。

一切歸於平靜。翠華從黑暗中悄無聲息地走了出來，她行動遲緩，表情麻木，她走到了千斤頂的旁邊，將那台機器撫摸了一邊又一邊，突然，她仰天放聲，大笑了起來。在受了巨大的精神刺激後，她已徹底瘋了。

（第三場落幕）

第四幕

又過了十七年，1985 年秋，文革早已結束，中國已進入了改革開放新時期。「紅衛廠」又復名為「華福記車行」，一幅很大很漂亮的橫匾廠標高懸於鳳陽路 141 號底樓的樓檪上。原因是：華福記是一間有着歷史內涵的老店了，在這改革開放的新時代裡，理應將其打撈出來，並讓它再度發揚光大。但車行還是國有制的，仍屬汽配廠分廠。而牛三在文革後雖經過一番組織審查，但憑着他圓滑的個性和生存技能，仍被定性為「好同志」，並再度重用，官復原職，做回了分廠的廠長。這天，是華師傅的退休之日（華如今是個德高望重的老前輩了，他的人品與技術都得到了領導和同事們的充分肯定和高度讚揚。大家都尊稱他為「華老」）。他一早就去了總廠，在那裡，要舉行一個隆重的歡送儀式，以表彰華師傅這麼些年來對國家和人民作出的貢獻。儀式由邵經理主持，而他也早已恢復了原先的官職。

華太太則在幾天前動身去了湖州的鄉下，她打算把翠華從一家精神病康復中心裡接回上海來。原因是翠華已有了十個月的身孕，都快臨盆了。畢竟是自己的女兒，華太太捨不得呀，若把她留在鄉下，坐月子誰來照顧她？再說，她還有病。但使華太太納悶而又痛苦的是：這孩子的父親究竟是誰？她問了康復中心，中心答，除了你家的大女婿常來鄉下看望她之外，是沒有其他外人與她有過過密來往的。華太太不禁滿腹狐疑，此刻，母親正攙扶着女兒從強生計程車裡出來。華太太已是位準老太太了，頭髮花白，行動也沒有像從前那般利索了。而翠華則變成了一位中年婦女，挺着一個大肚子，除了失神了的目光和茫然的表情外，她一切都酷似四十年前懷翠媚時的她的母親。到家了，母親還在一個勁兒地審問她的女兒：到底這人是誰？誰又同你幹了些什麼？她指着女兒的大肚子說，你怎麼會變成現在這樣了呢？女兒環望着這些熟悉的街道和房子；那廠房，廠房裡的千斤頂還擺放在老地方。還有那座傍梯和她從小就在那裡長大的家的視窗。她的表情開始變化，她開始產生出了回憶。她突然向她母親說：是薛強——薛強哥！那晚，他從月亮裡下來，他同我睡在了一塊……母親聽罷，又氣又惱。怎麼可能是薛強呢？那些年來，他同翠媚的關係時好時壞，時和時鬧，這都是因為翠媚在外面交了太多個男朋友的原故，尤其在改革開放初期，市場秩序遠沒建立。她老與那些幹部子女搞在了一塊，倒賣水泥鋼鐵汽車一類的批文來賺錢。她又打扮得十分新潮，穿最新款的港台時裝，口紅、甲油、燙髮。這些都令薛強很沒有安全感。後來，1980 年的那一回翠媚與他徹底鬧掰。他賭氣去了雲南，後來，聽說又去深圳。他在離開上海時，還給過華太太一個電話，說翠媚永遠都是他的，誰也甭想把她搶去。即使將來大家都老了，他也不會放棄她。華太太在電話的這一頭就罵了他，「神經病！」便掛斷了線，之後便沒有了他的消息——這又怎麼可能是薛強呢？華太太自言自語，自問自答。她很想問清楚翠華：到底海民有對她幹過點什麼沒有？話還沒來得及問出口，就見小林從他的家門口走出來，見是華太太和翠華，便笑嘻嘻地走了過來。但當見到翠華高高凸起的肚子時，他驚呆了。但他立即機警地說：恭喜你呀，華太太，又要做外婆了吧？接着，他便迅速地轉了一個話題。他說，他的二哥今天偕同新婚不久的妻子，一同回上海來。二哥出去四五十年，還沒回來過一次，他準備出去買點東西，來將家裡扮相一下，也不要讓二哥見了太寒酸。正說着話，崔老板也從他的照相館裡出來了，如今，他的照相館櫥窗是櫥窗，燈光是燈光。標牌是標牌，都已今非昔比了。但他說，當個體戶雖也能賺到一點錢，但終究已趕不上時代了！他打算將店搞得再好些再高檔些，他的那個大學剛畢業的兒子也同意他的看法。他和小林兩個都明顯老了許多，但神態卻是喜氣洋洋的。說，今後的日子只會越來越好，再沒有階級鬥爭搞運動那回事了……崔老板見到翠華的模樣也很吃驚，但他知道這種事情是不便問的，而華太太也佯裝沒事，顧左右而言他。崔老板說，聽說翠媚在美國混得很得法，他兒子希望去美國讀書，能請翠媚經濟擔保一下嗎？華太太說，應該沒問題吧。她說，當年翠媚的確是在「靜賓」認識了一個老外，繼而便嫁到美國去了。但沒多久又離了；她現在是在台北定居，又重新結了婚，今天她就是與她的新夫婿一同回上海來看望我們的。待會兒見了面，我一定讓她替你兒子把這件事辦妥。崔老板連聲說「謝謝」，又恭維道，翠媚長得這麼漂亮，又去了美國這些年，說一口洋文，哪個男人見了不會被她迷倒？但華太太說，他們要趕着回家去了，一會兒老華他們單位還要送他回家來呢——老華從今天起開始退休啦！

二樓華家。華太太和翠華剛坐定不久，便響起了敲門聲，華太太開門一看是文玉。文玉告訴華太太：他的申請已經獲準，他準備到香港去了。所以特地來向華伯伯華伯母道一聲別。他還說，虧得現在的政策已開放，否則，他父親年邁，身體又不好，公司沒人管理，真還不知如何是好呢。華太太則祝他去港後一切順利。她說，她多麼希望他能成為她的乘龍快婿啊，但沒法，這是天意。文玉望望呆在一旁看着他們的翠華的模樣，心中也十分難過。他說，其實，翠華是個心地善良的女孩，只是……嗨！他能說什麼呢？海民一家三口也來了，他們是剛去了國際飯店見過翠媚夫婦後再回家來的。文玉則乘機告辭離去。翠珍告訴母親說，翠媚他們一會兒也會來。她讓母親今晚上不用準備晚飯了，翠媚請我們全家到國際飯店頂樓吃西餐去。

一方面，也慶賀一下父親光榮退休。華太太說，國際飯店吃西餐？還請全家？那要多破費啊。海民於是便插上嘴來，說：媽，這您就不必去替翠娟操心了，妹夫在台灣是大老板。再說，他也是個老上海了，解放前，他常去國際飯店吃大餐的。他說，他有「國際飯店情結」！其實，那時候的我倒也常去那裡，說不定還遇見過他呢，只是想不到，時隔半個世紀，彼此會成為親戚，嘻嘻。海民這次插話是很有點巴結和討好意思的，他明顯地感到她的妻子與丈母娘對他的不屑與冷淡，她們幾乎誰也不願搭理他，他自感沒趣。突然，翠珍發作了。她的臉蛋漲得通紅，指着海民：「李海民，你究竟幹過些什麼對不起我，對不起翠華，也對不起我們華家的事？你說！你——說！！」海民一下子給嚇呆了，唇顫臉白，變得語無倫次。他心中是很明白她們母女倆所指是什麼的。他哭喪着臉說：「我是常常去看望翠華的。湖州不是我的家鄉嗎？那家醫院不也是我介紹的嗎？我……我……」「你，你什麼——！」翠珍彪圓了眼睛盯着他。「我……我是抱過她……也……也吻過她……但，但我沒幹那事啊！我……我只是同情她，想安慰安慰她……」。翠珍大怒道：「放屁！安慰她——你這禽獸不如的傢伙！我當年真是瞎了眼，錯嫁了給你！既然你沒有幹過，那我問你，翠華怎麼會變成現在這個模樣的？！」海民喃喃道：「我也納悶，我也感到奇怪，我也不知道啊……」翠珍瘋狂地冲上前去，一把抓住了海民的衣領，她將他從椅子上揪了起來：「你不知道？！除了你，還能有誰？」她連打帶推地把海民推向房門口，說：「你給我滾！你給我滾回你自己家裡去！我們華家沒你這個女婿！」她打開了門，將海民一把推了出去，然後，再「砰」地關上門，接着便嚎啕大哭了起來。華太太冷眼旁觀了這一切，她既沒去拉，也沒火上加油。

這邊廂，觀眾見到海民沮喪萬分地從傍梯上走下來；那邊廂，在華家的二樓，母女倆正面對面地坐着談話。翠珍不斷地在那裡抽泣，母親則很理性的將問題抽絲剝繭地向女兒交攤個明白。她說，至此一刻，當然還不能肯定這事是誰幹的，但這並不重要，重要的是：怎樣善後的方式才是最合理的？母親懇求翠珍能看在他父母的面上，看在她可憐的妹妹的面上，承擔起對這個即將誕生的新生命的全部撫養責任。不論他（或她）有沒有海民的血脈，反正他肯定是華家的血脈。華母還說，我甚至還希望他是個小子。假如真是個小子的話，名字我也都替他起好了，就叫海強，蘊含了上海強盛發達之意。再說，也遂了我與你爸爸沒有兒子的心願。翠珍保持了沉默。眼淚卻撲簌簌地往下直掉，她緊咬着自己的下唇，下唇都快讓她給咬出血來了。但華太太明白：為了顧全大局，善良的翠珍已經應諾了。

此時，樓下傳來了汽車的停車聲。母女倆探頭一看，一輛豪華型的錦江計程車就停在了鳳陽路 141 號門前。車上走下來一男一女。女人打扮光鮮，從上到下，一身國際大名牌的包裝，她便是翠娟。男人乾枯、矮小、謝頂，年齡與華太太相仿，足足大出翠娟四十有多。翠娟一下車就忙着要上樓去，那矮老頭卻站定在了街中心，四周好奇地環望了起來，神情有點兒驚奇。翠娟叫他：你幹嘛，怎麼不走呀？但那老男人仍在那裡看個不停。見狀，華太太忙趕了下來。翠娟見到母親，一把緊緊地抱住了她，淚汪汪。事畢，又同她介紹自己的老公：林志雄。林志雄甚至在與初見面的岳母握手時，也顯得有些心不在焉。他問道：「這裡是白克路嗎？」答：「這是從前的名字了，現在這兒叫鳳陽路。」林又道：「白克路 139 號？」答：「那是隔壁的門牌號，我家是 141 號。」但林志雄慢吞吞地朝着小林家的方向走去，他指着門楣說：那幅「林宅」的石匾怎麼沒了？又指着門口說，那對石麒麟呢？這回，華太太真是楞了，驚訝得連話都說不出來了。她終於明白：所謂林志雄就是小林去了台灣的二哥！

華家二樓。圍坐着一圈人：華太太、翠珍、翠娟、林志雄，還有，小林夫婦也到場了。大家唏嘘不堪，半個世紀的風雲際會，人生坎坷，大家有着談不完的話題。翠娟見到二姐的模樣，十分驚訝。她悄聲問母親：這是咋回事呢？母親先是望了望翠珍，後又搖了搖頭，說：「不提也罷！不提也罷！」說得翠娟更困惑了，她怔怔地望着她的母親。就在此時，樓下的鑼鼓聲由遠而近，一輛白色的麵包車，載着一眾歡送華師傅退休的同事和領導以及華師傅本人，一路往鳳陽路 141 號駛來。麵包車停下，邵經理、牛三等人陪同華師傅一起由車內下來。此時，分廠門口也都站滿了同事，大家熱烈鼓掌，鑼鼓聲又響起。此回的華師傅又穿上了那套呢子的中山裝，胸前還掛了一朵大紅花。見大家對他如此熱情，華師傅的心中是很快樂很感激的，他笑着向大家點頭打招呼，又抱拳向各位致謝。但一見到在廠門口的這副人聲鼎沸的場景，又有喧天的鑼鼓聲又有牛三，甚至連邵經理也在場，他便明顯地進入了某種回憶的狀態之中。他的臉色開始變白，走路也有些搖晃了起來。他用手捂着胸口說：「我有點不舒服，我要回家去，休息一會。」牛三見狀，忙上前扶住了師傅。他又恢復了從前牛三的那付殷勤勁，一個勁兒地對他師傅噓寒問暖。他問師傅道：這是怎麼了，您不要緊吧？華師傅虛弱地向他擺了擺手，說：「不要緊。不要緊。」他便在他徒弟的攙扶下蹬梯歸家而去。邵經理緊隨其後，他冷眼旁觀着牛三的一切表演，一付不屑和反感的神情。

又回到了二樓的場景裡。華師傅在椅子上坐定下來，之後，又喝了幾口水，情勢明顯好轉，大家也都鬆了口氣。牛三見到了翠娟，又身不由己地展現出了一付討好巴結的樣子來了。他說，他是看着她長大的，從小就機靈漂亮，到了今天竟長成了這般傾國傾城的模樣！接着，他便轉了個話題。他說，如今的國營廠經營起來是越來越困難了，人員開始下崗待業，看來今後的趨勢會越發嚴重！因而，他說，現在的廠長真是不好當啊，不比從前，有上級單位管你吃喝拉撒。如今，這幾百號人都要向你張嘴要飯吃！他兒子替他出主意說，還是找找你師傅師娘他們吧。還有他們的小女兒、大女婿什麼的都有很多國外關係，而且又有地位，又有錢。請他們來投資，合資，就是搞些「來料加工」也可以啊，這樣或者還有可能救活這家廠。華太太乜斜着眼睛望着他，不言語。對於牛三這個人，她的態度與邵經理的相若。但華師傅聽了便不忍心，他問翠娟道，你倒是同林老板商量商量，看看有此可能沒有？林志雄見岳丈大人開口，忙搶答道：這成沒問題！這成沒問題！牛三見勢便進而提出，說他的兒子已大學畢業了，學習成績還不賴，他一心想去美國深造，不知道翠娟夫婦能為他提供一份經濟擔保不？這會兒，倒是輪到華太太開口了，她說，對了，今朝遇見你隔壁照相館的崔伯伯，他的兒子也希望這份什麼擔保的。翠娟，你都替他們辦一辦，好嗎？翠娟道：是，媽。於是，皆大喜歡。

就在此時，樓下又響起了鑼鼓聲，眾人都探出頭去張望。見有兩位廠方的同事從白色麵包車裡取出了一幅大紅橫標來，舉起，並將其緩緩展開。上曰：祝賀我們敬愛的華福根同志光榮退休。如此設計，當然也是牛三的傑作。正當他暗暗得意時，就見華師傅臉色蒼白地站起了身來，他或者想去做點什麼，但沒行幾步，便突然倒地，不省人事了。他的右臂右腿猛烈地抽搐着，眾人驚愕得不知所措。唯華太太憤怒地沖到窗前，她向着樓下喊道，別敲啦！別敲啦！把横幅也給我收起來！都是這些該死的鑼鼓和橫幅惹的禍，它們害死老華了——！屋內大家亂作一團，七手八腳地把華師傅抬上床去，躺下。但邵經理說，這不行，還得趕快送醫院。這才提醒大家又將華師傅抬下樓去，抬進了麵包車裡。林志雄將翠媚拉到一邊，問道：那今晚上國際飯店的西餐還吃不吃……？翠媚怒斥道：還吃西餐呢！快，快一塊兒乘車上醫院！他倆也一同鑽進了麵包車裡，麵包車開走了。唯有一個人留在了車後，沒跟去，那便是下午被翠珍趕出家門來的海民。海民望着遠去了的車子，心中十分失落，天色暗了下來。

夜晚，路燈亮了。街上很安靜。有一輛掛着私家牌照的「雪鐵龍」駛至，車在141號門前停了下來。車裡鑽出來一位中年男子，他剃着一顆光頭，對襟的「壽」字唐裝在路燈的輝照下發着幽光，他的身形也開始發福。他站在街邊，往華家的窗口望去，只見屋內一片漆黑。海民走了上來，昏暗的燈光下，他倆彼此都認不清彼此的臉。海民說：「請問，您是……？」「華翠媚在家嗎？」「她們全家都外出了，你找她有事？」胖子從衣袋裡掏出一張名片來，海民取了，就着路燈光邊看邊唸了出來：上海藝術飯莊董事長兼總經理：熊志新。海民抬起頭來望着對方，驚訝道，「藝術飯莊」是一家很出名也很有品位的飯店，我去過，原來您就是……」突然，兩人都發現了點什麼，海民道：「這不是薛強嗎？」薛道：「原來你是海民哥啊！——」他倆的手握在了一塊。（第四場落幕）

第五幕

2001 年 7 月 1 日，香港回歸紀念日。

21 世紀伊始的上海，「華福記車行」仍存在在原地頭上。只是在它紅磚白嵌線的牆上，如今掛多了幾幅銅牌。其一：百年老店。其二：信得過企業。其三：市級保護建築。這些榮譽，都是上海汽修集團總經理邵長江在離休前向有關部門打報告，為華福記車行爭取來的。而今天，更有一幅新增的彩旗從這幢石庫門樓房的三樓一直垂掛下來，上曰：熱烈慶祝香港回歸祖國四週年！車行還有一定量的修車業務，但已不是主力了。其主業是出售各種汽車配件。鐵閘早已移走，換上了一排鋁框玻璃的落地門，玻璃門的上方橫着一綑不銹鋼的捲簾。而玻璃窗上則貼滿了各類出售物品的品牌以及宣傳海報，諸如：豐田、日產、奧迪、桑塔納、比亞特等等。遠遠望過去，車行左側的那間「崔記照相館」似乎也在進行着一次大裝修，幾個工人高爬在鐵質的攀手架上，在商店的外立面上敲打着什麼。年齡已經有一大把了的崔老板身體仍很硬朗，他站在街邊，親自督工。

華師傅坐在輪椅中，輪椅由華太太推着，從右邊上台來。自從那次退休日事件發生至今已有十多個年頭了，華師傅中風雖被搶救了過來，但已行動不便，且隨着年齡的不斷增大，健康日漸衰退。華太太精心地照料着她的丈夫，每天都推他去街心花園悠轉一圈，讓他呼吸一下新鮮空氣。而這，也正是華師傅最想做的一件事，因為，他可以下樓來，看看他的車行。今天正巧已退了休的牛三也回廠裡來，當他隔着玻璃窗見到師傅師娘在門口停下時，他忙拉開了落地趟門走了出來。如今，對師傅師娘，牛三已完全恢復了他從前的那種感覺和感情了，尤其是當他也退了休之後。他打心眼裡尊敬和感激他們。華師傅見到牛三，心中就十分高興。他問道：小……小華他一切都……都順利吧？中風後，華師傅說話口齒有點不利索。牛三忙答道：很好！很好！上星期他已被德國總部升任為上海大眾集團公司的副總裁啦！剛才還打手機給我，說一會兒他要與海強見面，有事商量。小華是牛三的兒子，自從那次翠媚答應為他做經濟擔保後，他便考到了柏林大學去攻讀工商管理；畢業後，進入了德國的大眾汽車廠工作。前些年，又被派回上海的分公司來任職。牛三說，小華有今天，不，我牛三有今天，不還都靠了您與師娘的栽培？還有翠媚，我也感激不盡啊！華師傅道：嗨，阿……阿三，別扯這些了！只要你……你好，小……小華好，我就高……高興啊。華太太說，你師傅是常常唸叨你，剛才在街心花園裡，他還說起你呢。如今，華太太對牛三的態度也不同從前了——人是靠心來換心的。華師傅望着徒弟就像望着自己的孩子一樣，他幸福地微笑着，蒼白的臉上都有紅潤之色泛現出來了。這自然令牛三感動不已。那邊廂，崔老板見是華師傅他們，便朝這邊走了過來。他邊走邊向華師傅說：老伙計，今天的氣色不錯啊。華太太說，他是見了他的徒弟高興。又問，照相館準備裝修啊？人都這麼老了，你還要弄點什麼動靜出來不成？崔道：不就為了這樁事兒嗎？這爿照相館雖小，但也是我和崔灝他娘丟進去了一世精力和希望的地方。不錯，崔灝是我們的孩子，他倒是靠了你們老哥老嫂還有翠媚侄女的相助，有了一個好的前途；但這照相館呢？它也是我們的孩子啊，我倆都老了，我們也應該為它找一個好的歸宿吧？華太太問：此話甚解？崔老板解釋道：兩星期前，他接到了他兒子從美國打回家的一隻長途，說，現在港台婚紗攝影很有前途，也很賺錢。而他的一位朋友在香港就是搞這一行的。如今，上海消費市場日趨繁榮、高端，他們於是便打算到上海來發展業務。而我們這家小店，雖不起眼，但地處市區黃金段，他們決定首選它，作為登陸上海灘的第一站。崔灝說，既然如此，我們就應該將它先裝扮裝扮，這樣，在與對方談判時，價碼才能開得高。他對我說，爸，這筆錢是省不來得，只有吃了這等小虧才能賺到大便宜啊。噢，原來如此。牛三在一旁註釋道：老太婆要重新嫁人，還需替她先扮扮俏，是這個意思吧？崔笑道：也差不多，也差不多。眾人於是大笑。笑罷，華太太說，我們要先回去了，老華吃藥的時間到了。大家這才將輪椅推到了電梯邊上，再小心翼翼地將華師傅攙扶下來，然後，由牛三和華太太一塊兒將老華送上了樓去。

場景再度切換到二樓華家。觀眾見到二樓的裝潢也改變了許多，傢具陳設中也包含了不少能代表上海當下物質生活水準的元素。聽到鑰匙開門的聲音，翠華從廚房裡跑出來，她喚了一聲：「爸，媽，您們回來了啊。」翠華的病好轉很多了，她已是個五十開外的準老人了，頭髮都已花白，但比起她的兩個年邁病衰的父母，她的手腳則要顯得輕盈利索得多。如今，這一家子的人都各棲其巢，只有她與二老住在了一塊，負起了照料他們日常起居的責任來。她將父親安頓在了一張沙發躺椅上，又倒了杯水來，又拿了藥來，伺候他服用完畢。她轉身向母親說道：媽，您先回房中休息吧，忙了一上午了，一定很累了。正在說話間，大門上又有了動靜。把手轉動了一下，門便開了。海強從外面回來，與他在一起的是牛三的兒子：牛小華。海強 17 歲，是個健康、陽光的年青人。他穿着一件 POLO 的體恤，兩隻曬得黝黑黝黑的手臂裸露在外面。牛小華已是中年人了，稍見發福。他西服領帶皮鞋，豎挎一個牛皮質的公文兼電腦包，一幅「海歸」派的行政人員的標準扮相。他倆雖說是兩代人，但關係卻很好。海強將小華叔視作為某類成功人士，是他今後的人生奮鬥目標。而小華對海強的情誼之中除了有對華家一家人的感激外，還包含了對海強這個年青人由衷的讚許。他感覺，未來的海強必成氣候。海強今年高中畢業了。兩個月前，他以六百五十分的高分通過了托福考試，他將成績單寄去了遠在美國賓夕法尼亞大學當教授的姐姐（即：海民與翠珍的女兒），而就在一星期前，他收到了賓州大學的入學通知書。他當然很高興，他對美國充滿了嚮往，他希望再能向小華叔，問多一點有關他將在那兒讀書和生活的各種生存要訣。海強進門見到翠華，分外親熱。他叫她作「華阿姨」，但不知怎地，他與「華阿姨」的那種感情卻遠遠超出了一個阿姨與外甥間的。翠華對他的感覺也相似，此刻，她不停地撫摸着海強的那一頭烏黑光亮的短髮和他的那肌塊壘壘的臂膀，說，我家的海強最聰明了，華阿姨最以你為傲了。海強卻說：

「華阿姨，您近來晚上的睡眠好嗎？別忘了您又要去康復中心取藥了。我陪你去！」

說話之間，海民與翠珍也回娘家來了。海強喚了聲「爸、媽」，其親熱勁反而還不如他對華阿姨的。他向母親翠珍道，小華叔說了，憑我的成績極有可能爭取到全額獎學金。要知道，賓州大學是最重視人才培養的。到時，我就可以自己養活自己啦，這不很好嗎？然而，母親卻笑道：好。好。但我告訴你：以現一刻你的父親的能力而言，就是再培養多兩個像你一樣去美國留學的大學生，也綽綽有餘！翠珍一言既出，全家人都驚呆在了那裡。原來，海民夫婦今天回家的目的就是來向家人宣佈兩大喜訊的。第一個是：海民今早接到了香港的一家律師行的法律文本，讓他去香港接受一筆為數不菲的家族遺產。第二個喜訊也是在今天上午獲得的：徐匯區房管部門已正式通知他去取回他家的那幢高安路洋房的產權證了，文革時期強佔此屋的有關單位及人員一律被勒令按時遷出！海民興奮地說，兩大喜訊幾乎同時降臨，你們說，我家是不是財星高照哪？眾人都說：哪還敢情說不是？大家嘰嘰喳喳地對這兩件天降喜事議論了好一番，興奮夠了，海強與小華便說有事要先離去。海強還說：華阿姨同我一起走吧，我帶您到康復院取藥去，反正小華叔有車。翠華有些遲疑地望了望他的母親，但華太太說，去吧去吧，就讓海強帶你去吧！你還怕我午飯燒不成不是——都燒了有幾十年了！於是，海強他們三人便開門走了。華太太則入廚房準備午飯去，屋內恢復了平靜。華師傅半躺在躺椅中，用遙控機打開了電視。電視光屏上正在重播四年前香港回歸交接儀式舉行時的那一幕情景：江澤民講完了話之後，便輪到查理斯王子講，然後，再是中國國旗和香港區旗的升旗儀式。一旁，海民的神色忽然有了些異樣，他一個人坐在屋角裡，默不作聲，眼望着窗外，發愣。翠珍走上前來，說，怎麼？又在為那些陳年舊事窩氣啊。海民一聽，果然氣不打一處來。他說，人受了這樣大的冤枉，是註定要牢記一世的，尤其是在這種事上！你可別忘了，十六年前，我就是在這裡被你趕出屋去的！翠珍道，大家都早已把此事忘到九霄雲外去了，就你一個人還揪住不放，啥意思？海強現在這樣乖，這樣懂事，這樣出色，這不一切都得到補償了？看來，媽當年的決定是對的。海民道，我就搞不清了，為什麼就不能去做一做基因檢測？你知道，現在的檢測手段是很準確的……翠珍道，有那必要嗎？再說了，海強和翠華至今不曉此事，一旦去做什麼基因檢測之類，一切不都穿幫了嗎？媽能同意？海民一聽翠珍提及華太太，便不再言語了。原來，海強的身世之謎，雖然在華家的兩代人中是件人人皆知的事，但海強本人卻一直被蒙在鼓裡，還有，就是他的生母翠華。這些都是華太太的意思，她堅持要這樣做，她說：翠珍養育栽培了海強這麼許多年，就是看在這個份上，不是生母也勝似生母了。再說，翠華的病雖已大有好轉，但仍未痊癒，萬一談及這個痛苦的往事，再觸發了她的病，又如何是好？儘管老了，但在這個家中，華太太仍有着她說一不二的權威。從此，這事便沒人敢再提了。

翠珍和海民正在那裡嘀咕，客廳裡的電話鈴響了。翠珍剛打算起身去接，正好被從廚房裡走出來的華太太接着了。只見華太太的臉上出現了一種意外而又興奮的表情。她對着話筒說：「文玉……文玉，這是你啊！你在哪裡？……噢，在香港。……什麼？你在看鳳凰台……看香港回歸……對，對，我們這裡也正好在看呢。……你好嗎？……好……什麼？不太好？這是怎麼回事呢？……」後來，當華太太擱下了電話筒時，大家才知道了文玉在香港的近況：原來，文玉去港後便順利地接手了父親的企業和遺產。十多年來的經營也相當成功。即使幾年前的那次亞金風暴也沒對他造成太大的損害。照理說，這些都很好，但，人無完人，福無全福。文玉如今遇到的是他的婚姻危機。他天生懦弱與文雅的個性，現在反成了遭人欺負的最大原因。文玉在電話裡告訴華太太，這些都是錢造的孽啊。在香港這個地方，錢少了不行，錢多了有時更糟。這會讓周圍的許多人都來窺探你的財，算計你的錢，甚至包括你自己的親人！這讓人如何是好？如何有安全感？此刻，當我見到香港的回歸之日，上海外灘的鏡頭一閃而過時，我的心中真是難受極了！我掛念上海，掛念上海的那些與我在一起度過了童年和少年歲月的人們……文玉說着說着便在電話線的那頭哽咽了。他說，翠華還好嗎？華太太說，她很好——她好多了。他說，他想同翠華說兩句。但華太太說，真不巧，她同她的侄子海強一同出去了……華太太說到這裡眼眶也變得潮濕了。她安慰文玉道：華姨理解你，也了解你。相信好人一定得好報，也相信人生沒有邁不過的坎……她還能對文玉說點什麼呢？大家聽罷，也都神色黯然，心情沉重。

此時，樓下又響起了轎車的停車聲，眾人探頭望去，只見停在141號門前的是一輛烏光漆亮的「大奔」。從車上走下來的是：光頭發福的薛強和年近五十，但仍不失嫵媚和妖嬈之氣質的翠娟。翠娟挽着薛強的手臂，她將頭半靠在他肥厚的肩膀上，一副親昵樣。他們一下車就從邊梯直奔二樓來了。現在，薛強已是個身價過千萬的商人藝術家了。這十多年，正值上海經濟高速發展的黃金期，而他的「藝術飯莊」也已開成了一家飯店管理集團，引資融資，十多家分行遍佈了滬杭寧地區。翠娟的丈夫林志雄則在去年過世，留下了一筆十分龐大的資產，讓翠媚做了他的全權繼承人。現在的翠媚已是自由身了，她忘不了那段舊情，到上海來找回了薛強，重溫舊夢，她感覺幸福無比。她向着她的父母、大姐和姐夫說道：當年我找個老頭嫁，沒嫁錯吧？告訴你們吧，這種婚姻設計在港台乃至歐美的華人圈裡是很時興的，各取所需嚒。我想，過不了多久，上海也會如此的。她嘿嘿地笑了兩聲，見大家並無反應，便停住了。華太太不耐煩地向她擺了擺手：翠媚，別再向我們提這些事了，好嗎？翠媚默然。薛強道：我這邊可是終生未娶啊，那時，我不同華伯母說了？我既然愛你，我就會等你一世的。這不？我實踐了自己的諾言。從來便對薛強沒有好感的華太太，第一次向他投去了讚賞的目光。而全房間的人對此言論也都無言以對。翠媚只好轉了個話題。她說，她當下就將林志雄留下的資產給處理了，全都換成了美金，投入了美國的金融和房地產業。如今她更發了，她甚至擁有了比林老頭在世時更高的身價。她說得眉飛色舞：你們可不知道了，這兩年美國的房價翻了兩番，還有華爾街的那些著名的投行，名目繁多的金融衍生品（她說了幾個產品的英文名稱），年回報率竟然高達百分之五十，甚至更高！海民說，你說這些沒用，這兒的人聽不明白。反正一句話：你發了，更發了——對伐？翠媚說，對個，對個。她突然用手拉住了薛強的胳膊，臉上露出了一種罕見的柔情。她說，如今，只有我華翠媚才能幫到你，支持你！我能支持你將「藝術飯莊」開到大陸以外的國家和地區去，開到香港的銅鑼灣去！開到台北的仁愛路去！開到東京的銀座去！開到紐約的第五街上去！繼爾，她更動情的說，強哥，感謝你等我，一等就等了這麼些年。今天，乘爸媽大姐大姐夫都在場，我倆就向他們宣佈我們打算永遠生活在一起的那項決定吧！但薛強卻低下了頭去，他說，不，我……我有顧慮。顧慮？你有顧慮？翠娟驚訝極了，她說，你不是說你愛我，你願等我一世？你不是說，為了我，你至今未娶？你……？薛強慢慢地抬起了臉來，他說出了十七年前他的一段人生經歷。那年他被翠娟拋棄，心情十分沮喪而焦躁，他常常借酒消愁，又來到鳳陽路南京西路這一帶走動，只希望能再見翠娟一眼。但就始終未遂心願。後來，他偶然聽說翠華去了湖州養病，便思忖說，翠娟一定會去那裡看望她二姐的。只要他到那裡去，說不定會有機會見到她的。一個圓月之夜，他喝醉了，他冒稱他是翠華的哥哥，進入了翠華的房間裡。那一夜，在半醒半醉間，他竟將翠華當成翠娟，與她有了熱烈的一夜情。薛強說，這是一塊他負疚了近二十年的心病，他想，他應該當着翠娟的面，也當着華家全家人的面，坦承這一切，將他的這隻心理包袱永遠地放下……

翠娟聽着薛強的敘述，她握住他胳膊的手漸漸鬆垂下來，她轉過臉去，抽泣了。薛強走過去，企圖去拉她的手，他問她：你能原諒我嗎？但翠娟狠狠地將他的手甩了回去。薛強轉過身去，他的臉在痛苦中抽搐。他一步步地朝房門口走去，他準備離去了——永遠地離去。但突然，翠娟轉回身來，她奔上前去，一把抱住了薛強的腰。她說：你薛強不是完人，我華翠娟更不是！讓過去的都過去吧，我倆都不能再一次地失去對方了！

一屋子的人都屏息地觀摩了這一幕高潮戲的演出，鴉雀無聲。唯有翠珍拉了拉海民的袖口，悄聲地說：基因檢測的結果不已經出來了？今後你可不許再提此事了，好嗎？海民笑了，他如釋重負。他說：好。（第五場落幕）

第六幕

2009 年 5 月 23 日傍晚時分，夕陽無限好，金色的夕暉灑滿了整條鳳陽路和座落在鳳陽路上的華福記車行。車行的名稱又改了，改成了長長的一串：中美合資華福記車行有限公司，十多個黃銅鑄刻的大字，在夕陽的輝照裡顯得更加光彩奪目。從正面望去，整個場景與六十年前的那一幕幾乎沒有什麼兩樣，只是什麼都嶄新了一圈：三幢新式石庫門建築，中間的那座最大最正規也最醒目，左幢只能見到一半；如今也已粉飾一新，一排店牌是：珍妮花婚紗攝影沙龍。右邊也只見半幢。再望過去，便是一條橫街了，橫街的街牌上寫着：新昌路，上方一枝箭頭，指明了某個方向：通往南京西路。而背景一樣是燈紅酒綠的南京西路，天還沒暗下來，但霓虹燈已搶先放亮：可口可樂的廣告一圈一圈地閃動，還有大光明電影院的屋頂上，那幅巨大的「哈利波特」的宣傳海報在碘鎢燈的照耀裡，十分搶眼。唯一有別的是：在南京西路遠遠的背景裡多了好幾幢高層大廈的樓影。今天的華福記車行也已完全變了樣，明亮的店堂佈置得現代感十足。在一排強射燈的燈光裡，停泊着幾輛最新款的「賓士」車樣品。那台鏽跡斑斑的千斤頂還在，它被高高地舉托在店堂中央靠牆的一方平台上。如此這般，與四周現代化的氛圍形成了一種強烈的反差效果。車行的門口，擺放着一張長桌，之上，酒水、飲料、點心、小食，應有盡有。西裝革履的海強和小華分別站立在長桌的兩端，他們的身旁擺放着不少慶賀的花籃。花籃的綢帶上則寫道：祝賀華福記車行閃亮開張，××× 和 ×××

公司敬賀之類。還有一輛 2008 年最新款的別克商務車，這是海強和小華駕駛來停泊在一旁的。海強已經二十六歲，他學業有成，在賓大拿到了 MBA 學位後便回滬來創業發展。他在小華叔的協助下獲得了「賓士」車車廠的上海代理權，又在其父海民的資助下，和小華叔合力將已面臨倒閉的國營華福記車行收購了下來，開成了「賓士」車的展示廳。這是他踏上商場的第一塊階石。而今天，正是新車行的開張之日。至於為什麼偏偏會選中今天，這都是他外祖母的決定。儘管老了，但外婆在這個家中仍保持着她說一不二的權威地位。

年近九十的華太太銀髮蒼蒼，她在翠珍的攙扶下登上台來（華師傅已去世），海民緊隨其後。他們一行三人徑直往車行去。海強見是外婆，忙迎了上去。他搬來了一張太師椅，讓外婆坐在了他的身邊。前來慶賀的人流絡繹不絕，有當地的，也有外地甚至外國的。海強一會用上海話，一會用國語，一會用洋文與來賓們握手寒暄。他請他們隨意吃點喝點什麼，然後再進去參觀。華太太則笑眯眯地坐在一旁，望着來來往往的人們，沒有動作只有表情。後來，當她見到年過八十的崔老板手握一圈東西從他的照相館裡走出來，向這裡走來時，她才顫顫巍巍地站起了身來。但崔老板卻說：老嫂子，您坐。您坐。崔說，他兒子本想專程坐飛機回來慶賀新車行開張誌喜的，但是實因公務纏身，無法成行，只得讓我代他來拜候您老人家，同時也表祝賀之意……華太太笑道：那不礙事。那不礙事。崔又說，他讓我代送了花籃來，喏，就放在那邊——最大最高插滿了紅玫瑰的便是。華太太再說道：謝謝。謝謝。又問，你們照相館生意好不？崔說，好。好得連我都看不懂啦。香港人台灣人賺錢真夠狠的，如今，拍一套婚紗照要一萬好幾千，儂看得懂伐？當然囉，那班年青人，也甘做「蔥頭」，任人「斬」。反正，在我們那個年代，這種天價誰敢開出來？不給物價部門把你扣起來才怪呢！老嫂子，阿拉這些人都老啦，落伍啦，現在做生意，只要讓儂踏牢一塊磚頭，就教儂發得勿清勿爽！……不講這些啦，崔老板繼續說道，我倒是替你和新車行準備了一份特別的禮物。他說着，便將他手中握住的那卷厚紙卷在簽名長桌上緩緩地展了開來，這是一幅 24 寸寬 48 寸長的黑白放大相片。由於年代遠久，相片有點泛黃，但卻更加蘊含了一種別緻的韻味。照片就是 1954 年在華福記車行門口用小林的「蔡氏依康」相機拍攝的那一張，照片上的人物，除了華師傅一人以外，都還建在，只是都老了。而最有意思的是那台千斤頂：在人們站立的縫隙間，居然也清楚可見。崔老板說，都過去這麼多年了，但他還保存着這張底片，今天新車行開張，他琢磨了很久，心想，送花籃也太俗套了，是否搞點更雅趣的呢？於是，他便想起了這張底片。這回，他親自操刀，把它在暗房裡給擴放了出來，他建議海強他們去配個鏡框，再將它在店堂裡壁掛出來，而且就掛在那台千斤頂上方的牆上。這不就更有意義了？他的提議得到了全場人的一致喝彩。都說：如此裝飾，既有歷史感又有現代感，好主意！好主意！

正當大家的注意力都集中在崔老板帶來的那幅照片上時，薛強和翠媚已不知在何時也到場了。薛強倒還是那副老模樣，但翠媚卻老了許多。頭髮都花白了不說，人也憔悴了，完全失去了昔日的那種風采。他倆的「藝術飯莊」希望能開到香港台北東京和紐約去的願望終究落空了。原因是：翠媚在美的投資在這次的金融海嘯中幾乎全軍覆沒。一夜之間，她從富婆變為了窮人。那時的她幾近崩潰，她焦慮她抑鬱，她想過自殺。後來，還是薛強得知消息，親自飛去紐約，將她接回了上海。此時，當他倆見到這幅相片時，感慨萬千。薛強見翠媚又有了些情緒波伏，便逗她說，在這張照片中，我沒露面，其實，你也沒露面啊！你不藏在你媽的肚子裡？——我倆是一個等級的。但翠媚沒說什麼，她徑直向母親坐着的那張太師椅走去。見小女兒朝她走來，華太太想起身，但翠媚已走到她跟前了。她抱住了她的母親，將臉伏在她的肩上，哭了。她說，我錯了！媽，我錯了！我失去了青春的同時也失去了財富。我終於懂得，這世上，除了真情和親情外，什麼都是假的空的，什麼都不可靠，什麼都不是永恆的道理！她在她母親的身邊跪了下來，她將頭埋在了母親的膝蓋間，抽泣個不停。華太太則一遍又一遍地撫摸着女兒的頭髮，說，這沒什麼，翠媚，這沒什麼——啊。又說，難道，你就見不着你的成就嗎？經你擔保和資助的孩子們一個個的都學業有成，事業有成，他們都會感激你一輩子的啊。這，便是你人生的最大成功了！薛強見狀，也走了上來，他將翠媚的一隻手合在了自己的兩隻手掌之間，不停地拍打和撫摸。他安慰翠媚道：沒錢，咱們就將去外國開店的計劃暫時取消唄！這又有什麼相干的？沒了錢，我們還可以從頭來過，幾十年前，我們不也一樣沒錢？再說了，我現在的連鎖店經營得也不錯，放心吧。翠媚，我倆窮不了！華太太抬起臉來，她感激地望着薛強，她說：薛強，謝謝你！……這時海民也走了上來，他似乎有話要對薛強說。但薛強的注意力完全放在了翠媚的身上。他從挎包中取出了一件東西來，他希望能讓她開心起來。他取出的就是上世紀七十年代他給翠媚畫的那張肖像畫。薛強說，他走遍了全國各地，這幅畫他就一直帶在身邊。畫中的翠媚還是那樣新鮮、美麗，花季的她仍然隐沒在一團漆黑、神秘的背景中。他向翠娟說，在我心中，你永遠都停留在了那個時代的那個年歲上。翠娟緊緊地抱住了薛強，她一邊掉淚一邊快樂地笑了。周圍的人見此情景，也都很感動。尤其是海民，他走上前來，握住了薛強的手。他說，熊總，不，薛強——嗨，我到底該如何稱呼你才對呢？薛強笑了，他說，熊志新是他在改革開放後改用的新化名，時代都已經是兩個了，人名就不許也有兩個？但，他說，外邊人都叫我熊總熊志新，但在自家人中，他還是希望大家都叫他薛強的好，這樣的稱呼會令他更有親切感。海民說，薛強兄，你的那家「藝術飯莊」，無論是菜餚和裝飾品位我都很欣賞，我倒是有個建議，不知合勿合適？你看噢，我的那幢高安路上的小洋房收回也有好幾年了；這幢房子地段好，花園大，樓層又高敞，但我同翠珍兩個人住又嫌太大太空盪了。租給老外吧，我也有點不情願，再說，租約兩年轉一轉的，也太麻煩。所以我想……薛強睜圓了眼睛望着海民，他的眼中有一種異樣的光彩放射出來。他說：你想，你想什麼？海民道：我想，我想把它拿出來開「藝術飯莊」，就算是我入股你公司，而我這頭也就不再拿現金出來了……薛強不等海民說完，就一把抓住了海民的手，說：太棒了！這不是太棒了嗎？海民哥，謝謝你，真謝謝您啊！有了您這幢房子來作為我們「藝術飯莊」的旗艦店，還提他什麼銀座和第五街的？我們就能直接從上海走向世界啦！聽到薛強如此表態，海民也很興奮。他說：那，那我們就說定了——？薛強說，說定了！說定了！一旁，華太太，翠珍、翠娟一眾人聞言，雖有點意外，當終究都很高興：他們想不到在海民與薛強之間，還有此等好事！

大家都在興奮交談時，已上了歲數的邵經理也來到了開張慶典的現場。他見到了坐在太師椅中的華太太後，便直接向她走了過去，他打算當面向她表示祝賀。牛三也前後腳到了。牛三今天換上了一身全新的行頭，雖然也逾八十，但卻神采煥發。他早年希望能繼承「華福記」的衣缽，做華家的女婿的願望雖沒完全實現，但也算是成全了一半——怎麼樣來說，他的兒子牛小華不成了車行的股東老板之一？這時候，小林夫婦也從139號的門口裡走了出來，準備參加酒會。小林與他太太如今也已變得十分之衰老了，他倆行動遲緩，互相攙扶着地向簽名長桌慢慢走去。華太太見她所盼望要來的人都到齊了，就顫顫巍巍地站起了身來，她準備向大家說點兒什麼。海強見外祖母這模樣，便示意讓大家安靜下來。突然，華太太想起了什麼，他問翠珍說，翠華呢？翠華他們呢？翠珍道，他們還在樓上呢。於是便挨着窗口，大聲地喊道：「翠華！翠華！」翠華與文玉同時從窗口裡探出頭來，翠珍道，你倆快下樓來吧，都要準備剪綵了！原來，文玉已在去年從香港回到上海來定居了。他已與他香港的太太離異，他分給了她一半的財產，徹底了斷了這段漂泊他鄉的生活。他找回了翠華，找回了能給他老年的歲月以安全感的泊港灣。文玉夫婦倆從樓梯上下來，加入到前來慶賀的人群中去。如今的翠華已徹底地病癒了，她面色紅潤，笑意盎然，看上去反倒比前兩年更年輕了。人都到齊了，華太太開始說話。她說，海強老追問我為什麼一定要選今天來作為新車行開張的良辰吉日呢？我告訴他說，我已查閱過老黃曆了，今天是黃道吉日，適宜安床開張展業。其實呢？其實我只說對了一半，今天是黃道吉日也不是，不是黃道吉日也是：今天是上海解放紀念日！六十年前的那個黃昏，天空中下着小雨，解放軍就是從這個方向入的城（她用手指了指新昌路那條橫街）。那時的邵經理還是個解放軍的排長；

入夜後，雨下大了，他與他的戰友們淋雨抱槍坐在了這裡，就坐在了這爿車行的屋簷下！她轉而問邵經理說：「對伐，老邵？我講得對伐？——」邵經理很有些激動，為了不打斷老太太的思路，他強忍着自己的感情，他希望她能繼續說下去。而華太太呢？她略略停頓了一會，又馬上將話頭接上了。她說，還有，還有就是你的華阿姨，六十年前的今天，她就是在這家車行的二樓出生的！所以說，今天是你華阿姨的六十歲生日，剛才在二樓，你文玉叔叔不就在替她做生日？海強你說，到底今天算是黃道吉日呢，還算不是？我們這麼幾代人，生活在這麼個時代，還有上海這座城市，還有鳳陽路這條馬路，還有華福記這爿車行，我們都是前世的有緣人哪，才會輪到今世來這裡相聚！我們都要珍惜這份緣。今天，新車行又開張了，海強啊，外婆只希望你能把新店管好辦好打理好，將這段珍貴的友情和緣分永遠永遠地繼續下去！華太太的這番話說得聲情並茂，讓在場的所有賓客都聽得激動不已。一段短暫的靜默後，由海強帶頭，人群之中便爆發出了一陣熱烈而由衷的鼓掌聲。而華太太則在掌聲中坐回到她的太師椅中去了。海強說，外婆，您就放心吧，如今，車行已交由我來經營了，我一定會像您像外公一樣，將這番事業幹得更加輝煌更加出色！華太太向他滿意地點了點頭，她相信自己的外孫能做到這一點。

新車行在正式開張前，還有一個剪綵儀式。大家一排站齊，海強居中，小華居右，海民居左。就當海強手中的那把金剪刀準備「啈嚓」之前一刻，翠珍——海強的母親——突然就高聲地喊了一句：且慢！她說，在這大喜時刻來臨之前，她有一件事要當眾宣佈。大家都轉過臉來，望着她，楞了。因為是母親，海強不便阻攔，他只得放下剪刀，走到母親跟前，悄聲問：媽，出啥事了？但翠珍並不回答他，她只叫他再去搬多一張太師椅出來，與外婆的那一張並排放在一起。而她自己則親自走入人群之中，走到了她的二妹翠華的跟前。她向文玉說，文玉，能向你借用翠華幾分鐘嗎？文玉莫名其妙，說，行，當然行啦……他不知道大姐要幹嘛？別說文玉、海強不知道了，就連華太太也不明白此一刻翠珍的想法與打算，她的目光追隨着翠珍身影的轉動而轉動了起來。只有海民見狀，心中有點數，他兀自笑了。場景都佈置好了，翠珍先讓翠華坐到太師椅上去，然後，便令海強在她「華阿姨」的面前跪下。跪下？海強驚呆了，他問母親：這是為什麼？翠珍表情鎮定，她告訴海強說，不為什麼，因為你的「華阿姨」才是你生身母親啊！接着，翠珍便向海強說出了一隻發生在了二十六年前的故事。翠珍說，我不能允許自己再將真相隐瞞下去了，對我來說，這是一種每一刻都無法擺脫的精神折磨。海強你應該知道你真正的母親是誰？而翠華她也應該知道她親生的兒子現在究竟在那裡？這是你們生命的權利！聽到這裡，海強「咚」的一聲便跪了下來，他用膝蓋在地上朝着翠華坐着的方向跪爬過去，而翠華也「忽」地站起了身來，她奔跑過去，一把將海強扶了起來。「媽！——」「海強！——」在經過了長長的二十六年曖昧的歲月後，母子倆終於抱在了一起，哭作一團。而在場的不少人雖然都早已知曉這故事的真實內容，但在這麼個場合的這麼個時刻亮相，還是令所有的在場者都感動得熱淚盈眶。突然，海強將翠珍也拉到了自己的身邊，他一隻手握住了翠珍的手，另一隻握住了翠華的，他面朝觀眾，將她倆的兩隻手同時高高地舉了起來。他大聲地說道：「我，只有我，才是這世界上最幸福的人！別人只有一個母親，而我有二個，兩個都是如此深愛我的母親！」

素以堅強著稱的華太太，這回，望着自己的那位善良的大女兒，眼淚也止不住地撲簌簌地往下掉。半響，她才將眼淚擦乾。她見到剪綵儀式已經完成，海民打開了一枝大香檳，白色的泡沫射得老高。華太太向着她身邊的邵經理感慨道：老邵啊，如此情景，假如能讓老華活着見到，他該有多高興啊！但老邵卻說，我們也都老了，總有一天，我們都會離去，而將這個世界留給了我們的下一代。這是一條永久的真理。正如毛主席他老人家說過的那樣：世界是你們的，也是我們的，但歸根結底是你們的。華太太笑了，她拍打了一下邵經理的那隻握在了她椅柄上的手背，說：你居然還能背出這麼一段語錄來？邵說，為什麼不呢？這些正是留在我們這代人記憶之中最深的刻痕，永誌不忘的東西。每一代人都有每一代人年青的歲月；我們有我們的，海強他們有海強他們的，而青春的記憶永遠是美好的，這與那是個什麼樣的時代無關。大家在一旁聽了，都說，對啊，對。邵老說得很對，很好，也很有人生況味人生哲理！於是，在眾人的陣陣笑語聲中，大幕徐徐落下。（背景音樂響起：這是一首變異成了搖滾樂節奏的當年最流行的革命歌曲）

全劇終

2010年6月2日

於上海西康公寓所

剽竊這門學問

THE ESSENCE OF PLAGIARISM

請排印出來。

剽窃之門學問

做每種事都有學問，剽窃也一樣。

所謂剽窃，那是指他人的作品經過剽窃者的精神與勞動的嫁接，再貼上自我標簽的演變過程。其實，剽窃也就是一種創造，不是嗎？拼拼湊湊剪剪裁裁拆拆挖挖剔剔拉拉地做起來又會比創作輕鬆多少？再說，剽窃者還要有一種恆久而堅定的自信：什麼張三李四王五的，傻瓜，那個鼻子對眼的，還不是我這麻子的親骨肉？

這便是剽窃人士必須具備的心理素質，環顧當今文壇，真的具有此天份的人其實並不多，卻偏偏總擠進這剽窃者的行列來瞎折騰一番，弄不好，毀了自己事小，影響了該行當的整體信譽事大。因為說是說剽窃（都說了，這兩個字從一開始就用得不怎麼地道——窃窃聲地，剽多剽月！你難道就沒見過[illegible]嗎？每天，他們往台上那麼一站，一束束鮮花一只只兔子一疊疊花紗乃至一桌桌酒席都會從他們的袖管中變出來，有誰還會相信這些都是偷的？但他們可以其行業，我們就不行？）其實，要做到這般點石成金的也不是那些搞手便可拈來的，由於是，剽窃人士便有了新老手之分。再說，被剽竊的對象也是有着相當之局限性的。比如說，長篇小說就很難剽竊，最多也是一種開窮之後的模仿。例如假冒《紅樓夢》而寫出一部《白亭醉》，因《白樓夢》而寫出一部《黑虎地》的，說什麼也不能不稱是另一類成功。只是已歸門於剽竊這行當的我們之中的絕大多數都缺乏這種才能與功力，再說也不合乎我們那事半功倍的效益政策。精彩的詩篇以及散文雖然篇短句簡，形式素白，卻往往又因帶有強烈的個性色彩、獨特的語法結構以及巧妙的思維想像而不易上手。說是詩歌比較易于容改觀的也只是對詩魂的驚醒度缺乏認識的緣故。況詩一旦被抄襲，就得通篇，才能免斷中氣。反而像是短詩，一個閃光意象的捕捉与呈現往往也只是詩人靈感一閃而迸射的剎那之作，只要截取在手，再經某種稀釋材料裹妝後倒也能似模似樣地說出個人樣來。難怪一位以寫短詩著稱的詩人的困惑是怎麼總會閃閃爍爍地在他人的作品間老跟那些點點滴滴的意象來的。聽聞了這種事的我們，除了瞎瞎地偷笑外又能做些什麼？

話說剽竊的專業分類也有好多種，前摘錄若干要項謹供行內人士參考。

一、整篇移卸型的：依我說，這種作業最非難剽竊，即使受害者只是一名文壇法碼盤上的"忽略不計"，也至少會遭人暗地裡跳起脚來罵爹罵娘罵上你十八代祖宗什麼的——這又何苦來哉？）

二．中湯藥合成法：取甲兩句乙三句丙四句而整體裝配圖紙又卻採用丁的，為此完成流水線的批量生產，然後再申請專利權的（眉批：這不能說不是一種比安妥的方法——當甲乙丙丁都說不上擁有時，你便成了當然的擁有人）。

三．即釣即殺即炒即食法。此法的最大好處在於題材的絕對時鮮，鎖準口味肯定適合；難處則是釣食者最好為某子文化圈地的把持人。一旦徵文告示，說是為了配合大好形勢某某，本刊（報）決定如此這般，而本圈地一向公開，跟乎不用說。來稿一經刊用，即奉潤酬若干，老幼無欺之類地群眾一旦發動，還怕稿件不會雪片也似地飛來？到時，一杯濃茶，一枝香煙，然後便是一夜燈下的垂釣。（眉批：……）

四．聊齋鈎魂法：竊取靈感或像竊取了一個活物的魂魄，然後再驅使其追隨你的特定節拍而起舞的（眉批：這無疑是高手之舉。）等等，等等。

當然，在我們長長的爬格生涯中，難免會有不經意直接了當抄襲，卻又不得不引用他人的一些佳篇以壯閣下聲威文名之種種乃當面出現的時刻。此為以上的除外，除了千年以外的古人或是當代已公認了的文豪及其名篇外，公佈其姓名及出處外，一般都宜用"佚名""作者不詳""出處朦朧"支吾以對；此等的妙處又在於確保對面的人借到及光的那些是何下本人而非相反。對於被剽竊的作家的壓制打擊好為不致之等，所為後錄寫更屬最重要先策；除此，最好還是深諳其的除此（即業作對此式人等的絕對一無所知）才是專業化了的操作程式。要知道，任何能引起第三者注意力的舉張——無論巨貶——都有風險。所謂"小不忍則亂大謀"，因為剽竊，畢竟是剽竊（自己人不說外話），這與超級市場的偷竊個案說的原理相仿：一次失手便足以致殘。於是，最安全的方法便成了先讓它不為人注目地風干若干歲月（比方說幾年），待到時過境遷水到渠成後的某個意想不到的早晨，突然一拍大腿說是"啊呀——糟糕！"地來個反咬一口，且嗚呼哀哉痛心疾首地悲憤激昂作一篇檄文加以揭露（切記：這篇悲憤陳辭最好避免也用剽竊手法來構成），於是——於是水便攪混了，是魚的吾辨的，只覺得眼前一片渾水滔天，哪還會有心思分辨水草究竟是屬於一種什麼樣了品名的偽之偽羨？這，便是剽竊人士的最高境界了：你的我的他的，僅憑一道合成與分解的化學反應方程式，便偷梁換柱為了第一之珍饈。

至於說綁手拴腳的苦修往之後，原是精巧的變成了粗劣的，原是流暢的變成了死硬的，原是新鮮酥脆的怎樣都染上了寂自隔粗糙霜凍食物的那種敗味感，這些都是窮年累月與生俱來的不足，若要再打聽說如何妙手才能善其後者，除了狠狠跺行之外，也只有兩手一攤，道："這叫神仙都 at his wits' end（黔驢技窮了啦）！"

九六年四月二十日於
劉逵

做每樁事都有學問，剽竊也一樣。

所謂剽竊，那是指他人的作品在經過剽竊者的精神消化與手法的加工後，再貼上自我標籤的那種演變過程。其實，剽竊也是一種創造，不是嗎？拼拼湊湊剪剪裁裁挖挖填填遮遮蓋蓋躲躲藏藏地做起來，又會比創作輕鬆多少？再說，剽竊者還要有一種恒久而堅定的自信：什麼張三李四王五的，您瞧，那細鼻子對粗眼的，還不是我趙六麻子的親骨肉？

這便是剽竊人士必須具備的心理素質了。環顧當今文壇，真能有此天份的人其實並也不多，卻偏要擠到這剽竊者的行列裡來瞎折騰一番，弄不好，毀了自己事小，影響了該行的整體信譽危害就大啦。因為說是說剽竊（都說了，這兩個字從一開始就用得不怎麼地道——「竊竊」聲地，有多刺耳！你難道就沒見過那些以變戲法為職業的魔術家嗎？每天，他們往台上那麼一站，一束束鮮花一隻隻兔子一疊疊花鈔乃至一桌桌酒席，都會從他們的寬袖管中甩變出來，有誰還會不知道這些都是假的？但他們能成其行業，我們為什麼就不能？）其實，功夫要做到縫道服貼彎位圓滑，也不是那麼隨手便可拈來的，於是，剽竊人士便有了新芽與老薑之分。再說，被剽被竊的物件也是有着相當之局限性的。比如說，長篇小說就既惡剽又難竊，最多也是一種開竅之後的模仿。假如能因《紅樓夢》而來一本《白亭醉》，因《白鹿原》而寫出一部《黑虎地》的，說什麼也不能不算是另一類成功。只是已歸門於剽竊這行當的我們之中的絕大多數，都缺乏這種才能與功力，再說也不合乎我們那事半功倍的效益政策。精彩的隨筆以及散文雖然篇短句簡形式素白，

剽竊這門學問

卻往往又因帶有強烈的個性色彩，獨特的語路韻律和巧妙的思辨軌跡而不易上手。說是詩歌較易整容改觀的，也只是對詩魂的驚醒度太缺乏認識的緣故。長詩一旦被抄襲，就得通篇，才能免斷中氣。反倒是短詩，一個閃光意象的捕捉與呈現，往往只是詩人靈感一湧而起時的剎那之作，只要截取有方，再經某種稀釋、充料、包裝之類的退火處理後，倒也能似模似形地站出個人樣來。難怪一位以寫短詩著稱的詩人的困惑，是怎麼總會閃閃爍爍地在他人的作品間發現那些熟口熟面的意象來？聽聞了這種事的我們，除了暗暗地偷笑外還能做些什麼？

話說剽竊的專業分類也有好多種，茲摘錄若干要項謹供行內人士參考。

1、整篇整部型的。（依我說，這種作業者非癡則蠢，即使受害者只是一名文壇砝碼盤上的「忽略不計」，也至少會遭人暗地裡跳起腳來罵爹罵娘罵上你十八代祖宗什麼的——這又何苦來哉？）

2、中湯藥合成法。取甲兩句乙三句丙四句而整體裝配圖紙又採用丁的，如此完成流水線的批量生產，然後再申請專利權的（這不能說不是一種比較安妥的方法——當甲乙丙丁都談不上擁有時，你便成了當然的擁有人）。

3、即釣即殺即炒即食法。此法的長處在於題材的絕對時鮮，領導口味的必定迎合；難處則是釣食者最好為某方文化園地的把持人。一段徵文告示，說是為了配合大好形勢某某，本刊（報）決定如此這般，而本園地一向公開，現更不用說。來稿一經刊用，即奉薄酬若干，老幼無欺之類地群眾一旦被發動，還怕稿件不會雪片也似地飛來?到時,一杯濃茶,一枝香煙,然後便是一次燈下的垂釣。

4、聊齋鈎魂法:竊取靈感像竊取了一個活物的魂魄,然後再驅使其追隨你的特定節拍而起舞的(這無疑是高手之舉)等等,等等。

當然,在我們長長的剽竊生涯中,難免會有不便於直截了當抄襲,卻又不得不引用一段他人的佳篇,以佐閣下聲威文名之種種局面出現的時刻。此當口上的你,除了千年之前的古人或是當代已公認了的文豪及其名篇,才能公佈其姓名及出典外,一般都宜用「佚名」「作者不詳」「出處朦朧」支吾以對;此舉的妙處,又在於確保能向他人借到反光的永遠是閣下本人而非相反。還有,對於被剽對象的壓制打擊均為不智之舉,而當街漫罵更屬不可饒恕之失策;冷藏,最好還是深凍式的冷藏(即裝作對此式人等的絕對一無所知),才是專業化了的操作程式。要知道,任何可能引起第三者注意力的聲張——無論褒貶——都有風險。所謂「小不忍則亂大謀」,因為剽竊,畢竟是剽竊(自己人不說外話),這與超級市場內的高買會留案底的原理是相仿的:一次失手便足以至殘。於是,最安全的方法便成了先讓它不惹人注目地風乾若干歲月(比方說幾年),待到時過境遷水到渠成後的某個意想不到的早晨,突然一拍大腿說是「啊喲——糟糕!」地來個反咬一口,且嗚呼哀哉痛心疾首地慷慨激昂地一篇滔滔加不絕,然後——然後水便攪混了,是魚的是蝦的,只覺得眼前一片濁水昏天,哪還會有心思來分辨水草究竟是屬於一種什麼拉丁品名的悠悠盪漾?這,便是剽竊人士的最高境界了:你的我的他的,僅憑一道合成與分解的化學反應方程式,便偷樑換柱為了單一之我的。

至於說笨手拙腳的斧修，往往會使原先精巧的成了粗劣的，原先流暢的成了僵硬的，原先新鮮可口的，怎麼樣都染上了那種取自於隔夜冰箱之內食物的敗味感。這些都是剽竊業與生俱來的不足，若要再打聽說如何妙方才能善其後者，除了徹底轉行之外，連只會說英語的上帝也只有兩肩一聳，兩手一攤，道：「This is at my wits' end（這叫我都黔驢技窮啦）！」

1996年4月20日

於香港

究竟缺乏了什麼？

WHAT OUR EARTH IS

LACK OF ?

究竟缺乏了什麼

幾乎，每個作家都會有那種經歷，那種似乎進入了一個「江郎才盡」期的經歷。對比起那些日夜，那些情如泉湧、落筆千言，那些之所以才讓你一舉成名為了一位作家的蓬蓬勃勃的日夜，一股焦慮困惑之情不禁會自心底升起：

究竟，我缺乏了些什麼？

缺乏生活？缺乏感覺？缺乏語言？或者都是，或者又都不是。你思路翅膀的最終收落點應該是：你缺乏了自我——那件你最易擁有也最可能失去的財富。擁有，擁有得像影子，千方百計都摔不掉的影子；而失去，又失去得像風，百呼千喚都叫不回的風。似乎很玄，但自我就是這麼的一種存在，它是你精神本身的投影，不管如何形變，它都專利般地屬於你。形變，只是徹底精神化了的你，與你創作素材光源間的一種影隨式的認同，自然而且必然，它是此時此刻你眼中的世界，獨特且無可替代。

誠然，生活之於作家就如空氣之於生命一樣地根本。它是我們更新每一刻的依歸，舒吐每一息的需要。然而，它卻不能被作者喜厭選篩為非某某或者須某某。生活，絕無可能為老是那種高潮迭起、大喜大悲之例，這是謊編，不是生活。生活是尋找不來的。所謂生活，就是你身邊的那些最日常的展開，樸素、親切而自然，常有那些袋着一方小本去「深入」生活的勤奮型作家。可惜的是，震魂之品或傳世之作往往與他們無緣。這是因為作家創作的成功，取決於他與生活的溶合度而非生活本身的情節濃度。即使是最平淡的生活，日出而作日落而息、粗茶淡飯簡陳陋室之中，也都隱含着你所生活的那段時期、那方天地、那層人生斷面上的特定風情，這是你的作品之所以，也只能是你的作品的精魂所在。一位優秀的作家，無論生活將他拋擲到哪一塊荒原（精神的或者是物質的），他非但都會不斷地有作品問世，而且恰好都是那種荒蕪氛圍的最精確藝術傳神：沉悶、壓抑、絕望，再活潑的心情，再強大的讀者個人意志，都會在其中消溶而隨着作品的精神節拍起舞。生活，並不需要年年更換佈景，月月氣象萬千，天天轟轟烈烈，甚至分分秒秒地牽魂動魄；平淡是生活的本色，是生命泱泱的背景之色；偶然的盛開之所以矚目以及可信，正因為了它恢宏的襯托。所謂缺乏生活，因此，那要視你自哪一個觀察角度切入而定，只有蹩腳的作家才會將沒有胃口歸罪於菜不可口飯不香。

至於缺乏語言或者感覺，那更是在理解推理上的另一種誤導——生活的光源往往會將一件物品側影或逆襯成了完全酷似的另一件，理解的原理也一樣。對於一位作家，語言當然重要，它是構成你一切美妙表達術的原素，就如戰爭中的武器，然而它的終極依托仍是它的使用者。語言妙，就妙在某一恰當辭彙在某個恰當時口上的閃過；這是一種萬千選擇以及搭配中定位的果斷，這不是巧合或者幸運，而是一顆深深感悟了心的閃光式傑作。因此心，才是語言真正的探索者，在開墾了沃地的一片又一片後，仍有無際的荒原有待你去拓展，語言永不會缺乏，缺乏的只是你那顆詩心的蘇醒度。

創作，因而成了某種美好狀態的力圖保持，一種新鮮感的持續，一種感受觸覺上的極度敏銳，一種起飛慾，一種淩空感，一種攀完一峰再一峰的衝動始終不肯退潮。處在這種創作顛峰上的作家，任何字句都令他敏感，任何語彙都對他可親：語言，這一種他於平時閱讀間的並不太經意的累積，說不準什麼在何時就會從他那黑洞洞憶庫的深處彈跳出來，鑲嵌到他的文篇之中去，令他既欣喜又吃驚。再說，創作根本就是一種掏空思想囊具的勞作，艱巨且還沒有絕對能成功的把握，作家全部心智的聚焦點。因此，不應是在語言，而應是在語言企圖表達的那層意境上，語言缺乏在只有當意境輪廓的本身都模糊時。

當然，再強烈的興奮也都有消退的一刻，再難抵禦的誘惑也會有慣舊、麻木的時候，再詩人化的詩人也都將經歷不再敏感的日子，這是你創作的冰川期，是下一個百花吐豔之春前的嚴冬式的等待。沉澱、累積、內燃，讓生活之海照舊在你四周洶湧翻騰，而將你自己偽裝成一艘礁岩般泊停着的軍艦，灰色着堅定與沉默，卻又時刻準備升火起航和點炮轟擊。

或者你需要吸取？或者你需要體念？或者噴瀑般傾吐後你需要美與真的補給？還是你那方歷經太多年種植的心田需要一段「休耕」期？反正，這是一窄瓶頸口，突破是一番天地，回流又是另一番。在心理與藝術均缺乏承受力的前提下，作家對自己寫、寫、寫的鞭打，只會使你心靈那一處最敏銳的部份日趨麻木，而這，才是你作家生命的可怕老化。就自這點意義而言，培養感覺，有時或許比將它記錄下來更可貴。讓一些舊物舊歌舊作，讓一些遠年記載、佚名篇段、失傳小記，讓一些最普通的細節，最樸實的感人、最易被忽略的日常，來肥沃你的思想，養份你的感覺：雨中的散步，月下的沉思，臨風的把盞，凡能使你那繆斯動容到動心的，你都有理由去貼近去投入去誇大化了地沉迷。記住，你在找回昨天，找回影子，找回一個既虛無又實在的自我。作為一個作家，世界如此看待你，你也如此判斷自己：你之所以是你，這是要在那個心你與物你完全疊合的時候。

1995年8月17日
於香港

語言的比重

THE SPECIFIC GRAVITY
OF LITERARY WORDINGS

語言的比重

比重的物理定義是：每單位立方物質所擁有的重量。這一定義同樣適用於文學語言。所以，不是說文章大部就重，小塊便輕；一塊再小的文篇，放在思維的掌心中，它的那種沉甸甸的重垂感，讓你感受到生活，這個大主題的某一局部的份量，所謂大手筆小文章意即在此。

同樣，在語言的比重上，也是鐵大於木的，而金更重於鐵的。棉絮般地一大坨，龐大得連手掌都托不住，但吹口氣又都能飛揚了起來，這樣的文字組合在當今的文化市場中，俯身竟然能拾一大筐。

語言比重的微觀結構解析是：辭彙與辭彙間最精巧最縝密的鑲嵌，帶動着思路最精彩最潤滑的轉換。每一個字眼甚至標點的選用，都對應着創作者思想的一次輝閃。滿天星斗以及由此而激發了的對於整座銀河系的遼闊聯想，便是在這些讀似平常思時卻神奇的字型間產生的。這是因為，文字獨立的本身並不存在能量，聯想的能量只產生於字與字的搭配中，這與重水引爆核彈的原理相仿：假如要讓文章具備承托起一座星空的氣魄與力量，語言的比重是個先決條件。

常聽人說有百萬字的創作計劃，我說，得一百字篇而能流傳千載者，已算是一項偉大的文學貢獻了。「萬」的數量單位引入膨脹了體積，卻縮小了比重。當然，在一個急功近利的時代，在一個連稿酬都以百字若干元計算的年頭，堅持砥礪筆鋒的作家，已逐漸絕跡成了文壇珍稀動物。如今的文藝「繁榮」在滿街滿巷花花綠綠的雜誌堆裡，腿之林，乳之溝，有一種堅信認定：與一段本身就能叫人血脈賁奮的情節相比，再美的語言不都一樣地顯得蒼白無力？

事實恰恰相反：用臃腫而貧瘠的語言，來敘述一大截跌宕起伏的離奇情節效應，恰似讓你面對一位蹩腳的吹牛者。聽眾失去耐性，這是件遲早的事；而以最傳神的語言來點觸某個你最熟悉的生活細節，倒會在你心底猛然驚醒一連串的生活記憶。圖像、聲音、色彩，其實，你也並不缺乏這所有的一切，一旦聯想成一幅有聲有色的心理畫面，感動，便會自你的內心升起。

當然，語言比重度的增加，並不能單靠精簡句式間的字眼來獲得。這是一種誤解：古代經典與現代文學，長篇巨構與短思簡辨，各有精彩，各具功能。將一段千字文精裁成百字的，這不是個斬文砍句的「物理」手術過程，而是個徹改思軌重斟辭彙再組句式的「化學」反應結果。對於同一主題的描繪，語言的切入角度，構成了作家優劣標準的最佳區分指數。一個劣質寫作者期望仿冒文學大家的寫作風格之所以沒可能成功，首先就是在他們天淵之別的語言比重之中透露出來的——就像潑墨宣紙成不了張大千一樣。

傳神，其實也就是那麼一、兩個字眼，能從辭海的浩滔之中垂釣上來，精確、對應你思考版圖中的某個亮點已經很不容易，還必須將它們不留痕跡不動聲色地融合到一片語言鋪墊的背景與氛圍之中，更是難上加難。這不是件偶得靈感便能一蹴而就的事兒，而是個堅韌不拔的作家，在歷經了多少年跋山涉水的語言長征後，必將、必會、也必能抵達的境界。對於每一句寫下的語言的把握度，他都要建立起一個穩定的自信，他的思維剔除着一切不合他比重標準的語言雜質——儘管它們其實可能已經很優秀——進而再日以繼夜地苦思冥想，努力要找尋到一句更精確、更美妙，但又不致於重復了過往自己的表達替代。這是個揪心揪魂的思路探索過程，卻更磨亮磨銳了他語言的斧鋒。在完成也完美了一篇文章的同時，在他日後創作的大廈上，也因之而墊多了一塊永不再會被移去的功底的基磚——作家語言的精彩度，便是靠這麼一步一腳印地走完其萬里長征的；而構成一個成功作家要素之一的獨特的語言風格，也便在其中漸漸成型了。

1997年12月26日
於上海

姊妹

作者　吳正
策劃　拇指工作室
主編　Michelle Lee
責編　Chuk Yu
設計　Arthur Denniz
排版　吳江濤
出版　人文出版社（香港）公司
地址　香港新界白石角香港科學園西區 19W 大廈 981 室
網址　http://www.hphp.hk
電郵　info@hphp.hk
印刷　中華商務彩色印刷有限公司
版次　2023 年 4 月初版
分類　文學小說
ISBN　978-988-74703-3-5
定價　HK$148　RMB¥128　NT$558
發行　香港聯合書刊物流有限公司
　　　台灣貿騰發賣股份有限公司

Facebook　Wechat

人文出版社 HUMANITIES PRESS